魔王様、リトライ！ S

明智光秀
（あけちみつひで）

九内伯斗
（くないはくと）

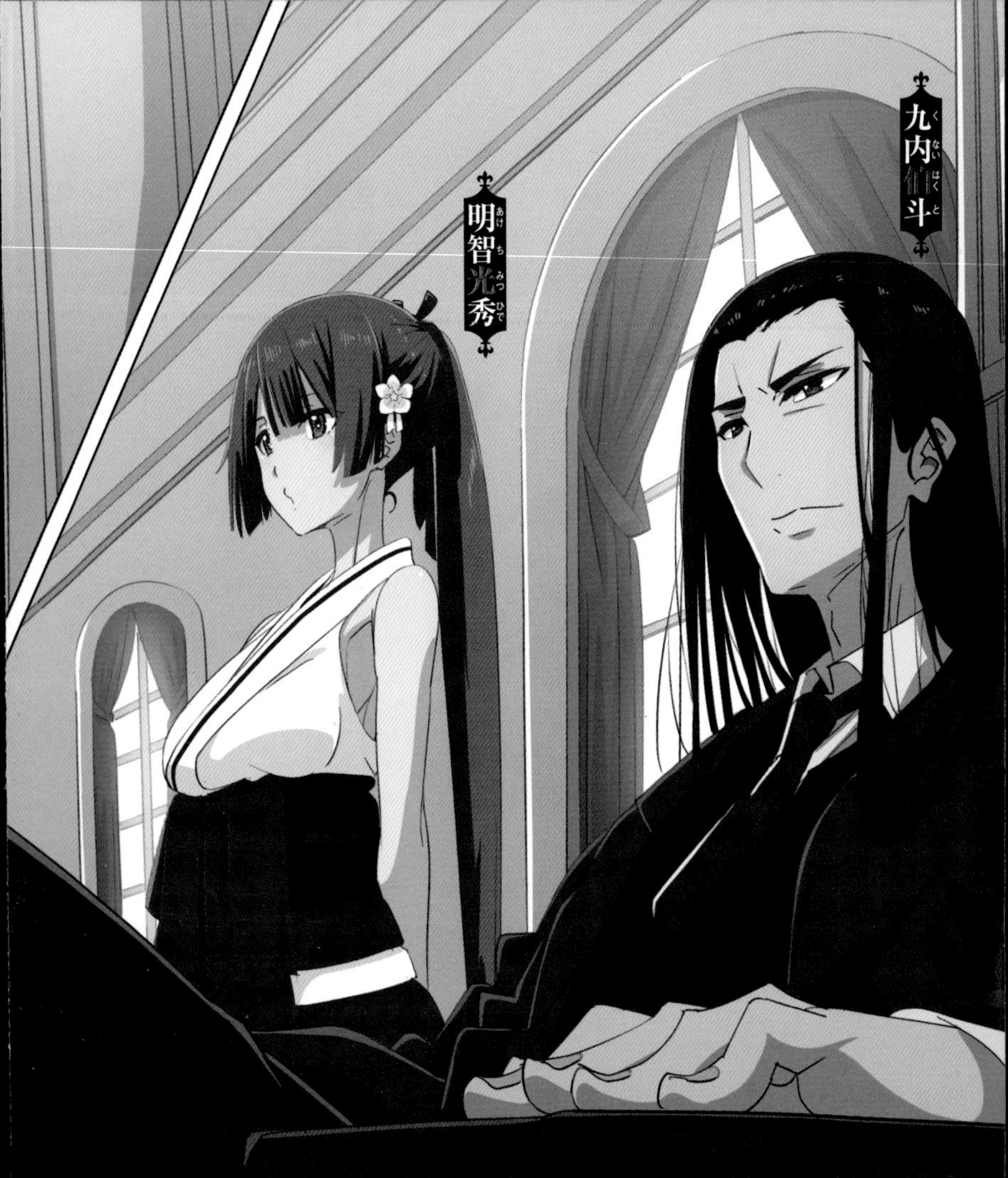

キャサリン
ゴルゴン

イーグル

Maousama Retry!

魔王様、リトライ！ 8

神埼黒音
Kurone Kanzaki

[ill] 飯野まこと
Makoto Iino

魔王様、リトライ！ 8

十章　夜の支配者

変化と決断……6
独裁者が消えた街……38
魔王殺し……67
バタフライ・エフェクト……92
民族大移動……130
虚々実々の戦い……160

人形遣い …… 197

頂上会談 …… 223

本当の異世界 …… 248

舞台袖の演者たち …… 268

再降臨の夜 …… 302

あとがき …… 328

十章 ― 夜の支配者

変化と決断

――聖光国　ラビの村――


国内の勢力争いが激化する中、この村だけは嘘のように平和であった。

今では朝の風物詩となったラジオ体操、もとい、大帝国体操から始まる一日は実に賑やかで、独特な風景である。近藤がスピーカーを使い、村全体に音楽を流しているのだ。

あちこちの広場では、いち早く体操を覚えた者が率先して体操を行う。

指導役として選ばれた者には、日給に銅貨5枚が追加されることになっており、誰もが真剣な面持ちで体操を行っていた。

実際、この体操には大きな効果があり、事故や怪我などが減少傾向にある。寝起きから全身を動かすのは結構な運動であるが、誰もが大真面目であった。

「ぐっ……ぅ……もっと大きく、綺麗に伸ばさないとな」

「あぁ、総監督様の目に留まらねぇと！」

銅貨5枚と言えば500円でしかないのだが、この世界の住人からすれば、とても無視できる金額ではない。10日も経てば、5千円もの違いになるのだから。

誰もが目の色を変え、真剣に体操を行うのも当然であった。これらの一連の流れは、村で働く労働者たちの意識に大きな変革を与えつつある。

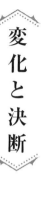

――真剣に、真面目に働くということであった。

普通に聞けば当たり前の話でしかないのだが、これまで定職に就いていなかった者や、その日暮らしを続けていた冒険者などが突然、勤労意識に目覚める筈もない。

田原は労働者たちの意識を変えるべく、様々な仕掛けを施していた。

一例を挙げれば、金一封の制度などである。

ラビの村は現在、各作業を仕切る親方連中が無数にいるのだが、その日に一番良い働きをした者に対し、衆目の前で大銅貨5枚を手渡すよう指示したのだ。

作業の終了後、選ばれた者たちは羨望の視線の中、前に出てはそれを受け取り、大きな拍手に包まれる、という仕掛けである。

こうなってくると、「次は自分が……」と考えてしまうのが人情であろう。

今では手を抜く者、サボる者などは目に見えて減少しつつあった。

一般区画に並んだ屋台にも、慌ただしく各種の食材が運ばれ、鶏肉や豚肉、野菜などの焼ける匂いが広がり、朝から大変な騒ぎである。

労働者たちは荒々しく立ち食いでそれらを掻き込み、あの店の味はこう、この店はどうだ、と朝から喧しい。これらの屋台も不人気の店は容赦なく、挿げ替えられるのである。

そんな騒がしい村の風景を横目に見ながら、亡国の姫たるケーキは舌を巻いていた。

（まるで、悪魔の巣だな…………ここは…………）

徹頭徹尾、実利で人を動かし、集め、作業効率を上げていく。

強引なまでの意識改革であるが、真面目に働けば報われる、という概念が定着すれば、そのうねりは大変な力を生むことになるであろう。

何せ、この聖光国では――――いや、他国においても、幾ら真面目に働こうと、その上がりは貴族や権力者たちが、上から掻っ攫っていくだけであったのだから。

（巧いやり方だ……普通なら、民が力を持ちすぎるってんで、とても採用できねぇけど）

王族であったケーキからすれば、民に力を与えすぎると、ロクなことにならない、という独自の視点を持っている。実際、歴史を振り返ってみれば、力を持った民衆が革命を起こし、王朝を破壊した例など枚挙に暇がない。

（だが、この村の頂点にいるのが、悪魔どもの親玉ともなれば話は別だ…………）

無論、ケーキの言う悪魔どもの親玉とは、魔王のことである。

本人が聞けば憤慨するであろうが、彼女の上司たる悠など、悪魔も裸足で逃げ出すような女であり、どれだけ否定しようと説得力など皆無であった。

ケーキは足腰の弱った老貴族の手を引き、散歩がてら《癒しの森》へと誘導していく。

「ケーキちゃんや、いつもすまんのう…………」

「いえ、せめてこれぐらいはお手伝いさせて下さい！」

その姿は実に健気であり、天使のようであったが、考えていることはまるで違う。今も、村の一角にできた人だかりへと目を向け、腹の中で呻いていた。

驚くべきことに、そこでは魔人が塩を配っていたのだ。

「トロンちゃん、今日こそ俺が一番賞を取ってくるからね！」

「塩あげるの。行ってくだちぃなの」

「くー、塩だけに塩対応！　なんつって！」

「…………ウザイの」

毎朝、労働者たちに塩を配るという異常な光景である。大盤振る舞い、などと言ったレベルの話ではない。まして、それを魔人が配っているなど、何事であろうか。

ライト皇国の人間がこの光景を見れば、口から泡を吹いて失神しかねない。

「トロンちゃーん！　トロンちゃんの潮をくれー！　こっちにも塩をくれー！」

「その潮なら、むしろ顔にかけてくれー！　潮をー！」

「言葉は同じでも、魂が濁っているの。ギルティなの」

馬鹿馬鹿しい騒ぎではあるが、魔人という存在が村にすっかり根付いていることに、ケーキは内心で戦慄を覚えていた。

（少なくとも、魔王様が支配する地域では魔人が迫害されることはない。そして…………）

ケーキの目がスッ、と細くなる。そこには魔族領に囚われていた連中が、賑やかに朝食を掻き込んでいる姿があったからだ。

当初は村の様子に怯えていたものの、今ではすっかり打ち解けたようである。何より、日払いで支給される給金が彼らの心を落ち着かせたのであろう。

その中には、大慌てといった様子でパンに噛り付くハマーの姿もあった。

彼らは生活基盤が成り立つまで、ライ麦パンや、レンズ豆と鶏肉の煮込み、卵やエールなどが支給されており、どの顔も満足気である。そこへ、いつものメスガキが現れた。

「……………無職おじさん、パン食うのはっっや！　動き鈍いのに人一倍食べるとかさ～～」

「す、すいやせん！　あっしは体が大きくて、その…………」

「働き悪いんだから、このゆで卵は私がも～～らいっ！」

「あぁ！　あっしが楽しみにとっておいた卵を！」

「はぁ？　もう半分食べちゃったけど、これが欲しいっての？　クソ雑魚ニートだった分際で、私の食べ残しが欲しいんだ？　変態♡　シコシコ魔人♡　職歴スカスカ♡」

「うぅっ…………」

相変わらず、メスガキから煽られているハマーであったが、周囲の男たちは若干、それを複雑そうな目で見ていた。彼女の性格は最悪であったが、見た目だけは可愛く、何より毎日のようにべったりハマーに絡んでいるのだから。

そこへ、更に性格の悪いケーキが火に油を注ぐ。

「ハマーおじさんっ！　今日も頑張ってくださいね！　私、いつも応援してますからっ！」

ケーキがガッツポーズを作り、天使のような笑顔で声援を送る。それを見た周囲の男たちは、ハマーへ向ける視線が一層に鋭くなった。

何故、この冴えないオッサンにばかり、と言ったところであろう。

ハマーは恐縮したように何度も頭を下げ、もはや朝食どころではなくなった。ケーキは内心でケタケタと笑いながら、日々、変化し続ける村の風景に向き合う。

（奴隷や難民といった連中も、ここでは差別を受けず、仕事にありつける…………）

今では村の郊外に男女別の宿泊施設が建てられ、自由に寝泊りできる体制が整いつつある。

仕切りもロクにない雑魚寝状態ではあるが、奴隷市と比べれば天国であろう。《癒しの森》へ向かう傍ら、ケーキの視界に違う人だかりが映り込む。

そこではアクと、その両隣を囲むようにキョンとモモがパンを販売していた。

「人参を練り込んだ、キャロットパンを販売していまーすっ！」

貴重な人参をたっぷりと使った、栄養満点のパンである。

こんな贅沢なパンを朝食として口にできる者など、裕福な貴族くらいであろう。しかし、この村では労働者とて、金を出せば口にすることができるのだ。

この大陸における人参は、非常に貴重な物資であり、激しい価格規制が敷かれているのだが、田原はバニーたちに対し、村の中では好きに商売をさせている。

国内の騒ぎが落ち着けば、田原は人参を戦略物資としてフル活用するつもりであった。

「一日の始まりは人参と共に、ピョン！」

「買うウサ。食うウサ。金出すウサ」

「こっちに一つくれー！」

「俺にも！　あっ、てめっ、押すんじゃねぇよ！」

「俺は2個買うから、スマイルもくれー！」

「あのバニーたちの衣装、朝からたまらねぇな………」

1個につき、大銅貨1枚という値であるにもかかわらず、飛ぶようにパンが売れていく。

人参が練り込まれたパンなど、生涯に一度も口にできないまま死んでいく庶民が殆どであり、これを機会に食べてみたいと思った者が多いのであろう。

連日のように売り切れるパンを見て、ケーキは笑顔のまま忙しなく頭を動かす。

（………亜人、か。真ん中のガキも、元は孤児だったらしいな）

人間に魔人、奴隷や難民ときて、オマケに亜人やら孤児である。

それらが、この村ではいきいきと働き、生活しているのだ。かつて、王族であったケーキからすれば信じ難い光景である。こんな混沌とした大集団を率い、統治していくなど、如何なる王を据えようとも不可能であろうと。

（それこそ、魔王でもなきゃな………）

老貴族を森へ誘導すると、ケーキは足早に職場へと向かう。

野戦病院の前には既に長蛇の列ができあがっていたが、ケーキは診察室に入ると、次々と患者から症状を聞き、素早い対応をしてみせた。

鎮痛剤、傷薬、消毒薬、湿布、目薬、睡眠薬、安定剤、整腸剤、ビタミン剤――

ケーキは持ち前の頭脳で瞬く間に薬の種類を覚え、悠から習った通りに患者を診察し、それにあった薬を処方していく。

彼女は魔族領で長らく、奴隷たちの健康や、体調管理に携わっていた下地があったため、スポンジが水を吸うような勢いで知識を吸収していったのであろう。

「し、信じられねぇよ……俺を長年苦しめてきた腰痛が、こんな布切れ一枚で………」

「念のため、湿布をもう一枚出しておきますので、明日には張り替えて下さいね？」

「くぉぅ！　ケーキちゃん、この薬は傷口に染みるのぅ！」

「我慢我慢、すぐに良くなりますから。痛いの痛いの飛んでけ～♪」

「っ、じじぃ！　てめぇだけズルいぞ！　ケーキちゃん、それ俺にも言ってくれ！」

ケーキは簡単な症状には薬を処方し、時間を要する案件は森へと回す。最後に、手に余る案件があれば悠へ知らせる、という機械仕掛けの人形のように回転していた。

表向きは健気な笑顔で、心は機械。ある意味では、理想の看護師であるのかも知れない。

午前中の診察が終わり、ケーキは地下にある備品保管室の扉をノックする。返ってきた返事に扉を開けると、そこには悠がにこやかな姿で立っていた。

「悠様、午前の診察が終わりました♪」

「そう、ありがとう。貴女のお陰で助かっているわ。さ、今日も話を聞かせて頂戴」

悠は笑顔のまま、指を鞭のように変化させ、土壌へと叩き付けた。土の中からくぐもった悲鳴が聞こえたが、ケーキはお構いなしに北方の事情を事細かに伝える。

悠はそれらの内容に耳を傾けながら、無造作に機械を取り出し、土の中へと刺し込む。辺りがパッと明るくなり、土壌の中に凄まじい電流が駆け抜けた。

次の瞬間、土の中から無数の茎が伸び、色鮮やかな紫の花が次々と咲いていく。

「悠様！　それが以前に仰っておられた、紫電の花ですか!?」

「えぇ、長官がお気に召された花なの。ここから更に、品種改良を進めたいのだけれど、最近の土壌は貧弱で困っているのよね………」

「それは由々しき事態ですね………健康な土が入ると良いのですが………」

間が良いのか、悪いのか、そこに怯えた表情の近藤がやってくる。その顔は既に蒼白であり、一秒でも早く、この場所から離れたいと物語っていた。

「き、桐野さん………そ、その、持ってきましたけど………」

「あら、タイミングが良いわね。検分するから、そこに並べなさい」

近藤は嫌そうな顔で予備バッグを開き、そこに収納された人間を引っ張り出す。無論、ラビの村に害意を持って近付いた者たちの末路である。

これだけ活気があり、金回りが良い、と評判の村なのだ。聖光国の東部に跋扈する、山賊やら夜盗やらが放っておく筈もない。

盗みや殺人、人攫いなどを企む凶悪犯はこうして人知れず、行方不明になっていた。

「とても新鮮で、状態が良いわね。田原に任せたら、蜂の巣になって困るのよ」

魚の鮮度でも確かめるような口振りで、悠がにこやかに笑う。

どの体にも一本の矢が突き刺さっており、全員が苦悶の表情で悶えていた。

「この国、治安が悪すぎなんですけど。ウサ娘のレースをする暇もないじゃないですか」

「近藤、貴方のようなグズが長官の下で働けることを至上の幸福であると胸に刻みなさい。蟻の一匹でも見逃したら…………判っているわね？」

「ヒッ！　わ、判りましたよ！　働きますから、その蛆虫を見るような目はやめて下さい！」

「蛆虫に失礼なことを言わないで。彼らは殺菌効果のある分泌液を出しながら、腐敗した細胞や壊死細胞を食――――」

「し、失礼しますッ！」

　近藤は後ろも見ずに慌てて逃げ去り、部屋の中には哀れな悪人だけが取り残された。

　いや、この場合、どちらを悪人と定義すべきであったのか？

「さぁ、新鮮な土壌も追加されたところで…………続きを聞かせて？」

「その……お手入れの邪魔になりませんか？」

「何の問題もないわよ。安心しなさい。私に任せれば、貴女を決して悪いようにはしないわ」

「はいっ、私の道は悠様にお預けします」

　悠も悠だが、それに対するケーキも大したタマであった。

　目の前の光景を見ても眉一つ動かさず、ぬけぬけと悠への忠誠を口にしているのだから。

「そう、可愛い子ね。ついでに、あの子にも連絡を取っておこうかしら」

　悠はにこやかな表情で、オルガンへと《通信》を飛ばす。

《私よ。そちらの様子はどうかしら――――？》

　何とも、不思議な光景である。

廃課金

蓮と茜という、弱者に寄り添う気質を持った2人が召喚され、一見すると悠には不利な状況が生まれつつあるのだが、彼女の表情はまるで揺るがない。

亡国の姫たるケーキだけでなく、悠はスタープレイヤーと呼ばれるオルガンとも今では親密な関係となっており、美と健康という面でもマダムと深く繋がっている。

このようにして、悠は現地の実力者や、権力者の心を不思議なほど良く掴み、患者たちからは女神のように崇められつつあるのだ。

その姿は着実に実績を重ね、現地における人脈とコネを入手していく、キャリアウーマンそのものであると言えよう。

側近たちの、いや、女の闘いはまだ始まったばかりであり、魔王の今後を思えば、もはや手を合わせて合掌するしかないといった状況である。

こうして、ラビの村では次々と好循環とも言える変化が訪れていたが、あの魔王と関わってしまったことにより、大きな決断を強いられる者たちもいた。

それは時に個人であり、集団であり、果てには国家そのものまで含まれた。


――――北方諸国　ス・ネオ――――


「貴方、本当に行ってしまうの…………!?」

「お父ちゃん！　嫌だよ！」

「…………待ってろ。必ず、帰ってくる」

妻子に別れを告げ、ゴウダの親父が聖光国へと旅立とうとしていた。

一筋縄ではいかない、厄介な鉱夫たちを纏める優秀な親方であったが、昨今では鉱山も寂れ、衰退の一途を辿っている。

何と言っても、この国ではブランド品の制作や、二次産業が盛んなのだ。

泥臭く、危険な鉱山での作業など、冗談ではないと言ったところであろう。ましてや、鉱山の一帯は隣国から常に狙われており、命の危険と隣り合わせであった。

「…………本当に行っちまうのかい？　親父さん」

「ホネカワか。男が一度交わした約束を、破るわけにはいかねぇだろ」

「その、皆は…………聖光国までは、流石に行けねぇって…………」

「それで良い。これは、俺個人の問題だ」

北方諸国の街道は非常に治安が悪く、一人で遠国へ旅立つなど、自殺行為であった。まして、辿り着いた先での仕事の保証など何処にもない。

鉱夫たちが二の足を踏むのも、当然の話であった。

「皆、本当は親父さんに付いていきたいんだ。でも、家族を路頭に迷わせる訳には…………」

「みなまで言うな。あいつらに、宜しく伝えてくれ」

「もう伝えてあるさ。それじゃ、行こうか？　親父さん」

ホネカワは口笛を鳴らし、砂蜥蜴を呼ぶ。

その背には野営道具が一式載せられており、準備万端といった姿であった。

「ちょっと待て！　お前、まさか…………聖光国にまで付いてくる気か⁉」

「当然だろ。それとも、俺みたいな借金持ちが傍にいたら、迷惑かい？」

ホネカワは元々、裕福な大商家に生まれたのだが、両親が事業に失敗し、莫大な借金を背負う羽目になってしまったのだ。

危険を顧みず、鉱山で働くような男たちはみな、何かしらの理由を背負っている。その鉱山も隣国からの侵略が続き、採掘どころの話ではなくなっていた。

経営の面から見れば当然、火の車である。

「へッ…………ホネカワよぉ。借金の額なら、俺も負けてねぇぞ？」

「ははっ、そうだったな」

2人はカラリと笑い、砂蜥蜴を連れて歩き出す。

すっかり旅衣装、といった2人を見て、めざとい住人たちが声を荒らげ、罵声を浴びせる。

「おぅおぅ、土臭ぇ鉱夫ども！　ようやく出て行くのか？」

「蛮人どもが…………てめぇらのせいで、どれだけ隣国と揉めたか！」

ス・ネオとは違い、隣国のジャ・イアンはストレートな欲望を持った国家である。食料や酒、銅や鉄、肉や革など、物資そのものを好む。

手の込んだ二次加工品や、ブランド品などには全く興味がない。

それだけに、ゴウダの親父と、ジャ・イアンは鉱山を巡って幾度となく衝突し、賠償金を国が支払う形でトラブルを収める、ということが常習化していた。

「てめぇら、ゴウダの親父さんがどれだけ………！」

「やめろ、ホネカワ。こいつらに言ってもしょうがねぇ」

住民たちからすれば、何度も賠償金を支払わされ、時には略奪や火付けの被害を被ったこともあり、そんな事態を引き起こす鉱夫たちの存在など、害悪以外の何者でもなかった。

逆に言えば、ゴウダたちが居たからこそ、その程度の被害で済んでいたとも言える。

「出て行け、野蛮人ども！　てめぇらが居なくなれば、ここらも平和になるってもんだ！」

「そうだそうだ！　もう隣国と揉めずに済む！」

「………この疫病神どもがッ！」

興奮した住民が石を投げ、それを見た周りの男たちも一斉に石を投げ付ける。親父の体に幾つもの石が当たり、遂には額から血が流れ出す。

黙して語らぬゴウダを見て、堪りかねたようにホネカワが叫ぶ。

「やめろ、お前ら！　親父さんがいなけりゃ、ここらはとうに焼け野原になってるぞッ！　あの連中は悪魔のように狂暴だってことを忘れたのか！」

「そんな連中を刺激してきたのは、お前らだろうが！　さっさと出て行けッ！」

「あんな古臭い山、俺らには要らねぇんだよ！」

激しい罵声と投石の中、親父は無言のまま歩き出す。今更、何を語ろうと無駄だと考えているのか、それとも、諦めの境地にあったのか。

いずれにせよ――――この国にはもう、２人の居場所は無さそうであった。

「これで良いのかよ、親父さん！　俺たちがどれだけ、どれだけ………ここの連中を守ってきたのかも知らずに！」

「………良いんだ」

「良くねぇよ！　こんなの、あんまりじゃないか………」

ホネカワの目から、大粒の涙がこぼれる。

これまでの苦労は何だったのか、と思ったに違いない。

鉱山を、住人を、祖国を守ってきたにもかかわらず、石で打たれながら出て行く境遇に、親父も思うところがあったのだろう。

ポツリと、短い一言を漏らす。

「………いつか、俺たちを受け入れてくれる場所も………ある」

「いつかって、いつだよ！」

悔しさからか、子供のように叫ぶホネカワを見て、親父も思わず天を仰ぐ。そこに広がる空は晴れ渡っていたが、前途は暗澹としており、まるで先が見えない旅立ちであった。

追放されたように旅立った2人を見て、住民たちは安堵の息を漏らす。

「ようやく、疫病神が消えたな。今日から安心して眠れるぜ」

「何処に行くのか知らねぇが、途中で殺されるか、獣に食われるのがオチだろ」

住民たちはそう言って嗤ったが、彼らはまだ知らなかったのだ。疫病神、と追い出した2人の鉱夫が、後に多くの史書やオペラで描かれる、歴史的人物になることを。

その頃、ス・ネオの王宮では――

大臣が跪き、市中での騒ぎを国王へと報告していた。

無論、ゴウダとホネカワの一件である。鉱夫たちが引き起こす問題は、国家の安全保障を揺るがす一大事であり、頭痛の種でもあったのだ。

「陛下。鉱夫たちを率いていた、例の男が退去したようで………」

「ようやく、か。ほとほと、強情な男であったな」

玉座から声を発した男は、意外にも若い。

まだ30代の前半であろう。特徴的な髪形と特徴的な髭を生やしたこの男こそが、北方の富国と名高いス・ネオを統べる国王であった。

「して、陛下。例の鉱山地帯は如何に？」

「ひとまず、国有化せよ。隣国からの要求があれば、交渉を引き延ばしながら徐々に引き渡すがよい。先方は元来、あの鉱山は自分たちのものであったと、領有権を主張しておる」

「………宜しいので？」

「現状では他に、選択肢などあるまい」

サバサバとした口調で王が言う。彼らが口にしているのは無論、ゴウダ親父が先祖代々、引き継いできた鉱山である。非情な処置であるが、一国を率いる王からすれば、個人の事情を鑑みている場合ではない。

あの場所は、れっきとした紛争地帯なのだ。

「しかし、かの野蛮、いや、獰猛極まりない連中が、都市部にまで下りて来る可能性も……」

大臣は苦虫を潰したような表情で言う。

隣国に位置するジャ・イアンと、ス・ネオは同盟関係にあるが、かの国が抱える兵らはとても同じ人間であるとは思えず、殆ど魔物に近いイメージであった。

彼らが身に着ける装飾品の多くは、叩き殺した人間の骨であり、頭蓋骨を杯に酒を飲み、魔物の皮を身に纏っては、爪や牙、角などで武装している。

ス・ネオのように洗練された産業国家とは、全くの別種族であると言っていい。

「言いたいことは判るが、かの厄介な隣人のお陰で、我が国の防衛は成り立っておる」

「それは、そうでありますが……」

ス・ネオの王は代々、臆病者揃いと揶揄されることが多いが、その外交手腕は卓越したものがあり、隣国のジャ・イアンにも定期的に金銀を届け、強固な同盟体制を築き上げてきた。

戦乱渦巻く北方では、どの国も軍事費で青色吐息の状態にあったが、ス・ネオのみは国防費を丸ごと生産や、産業に回してきたような格好である。

ス・ネオのような小国が、北方の富国と呼ばれるようになったカラクリの種であった。

「確かに、あの魔物のような連中と揉めるのは、得策ではありませんが……」

「失う物も大きいが、まだまだ得られる物の方が多い。少なくとも、北方の趨勢が明らかになるまでは、忍耐の一字よ」

北方だけでなく、西方でも3つの超大国が覇権を争っており、東を見れば都市国家内での勢力争いも続いている。

今はまだ、厄介な隣人の武力が必要である、と王は冷静に算盤を弾いているのであろう。

「それと、陛下。先日に上奏した件でありますが…………」

「ふむ、聖光国の田原と言ったか。よほど、頭のキレる男であるらしい」

手元の資料を広げ、何が可笑しいのか、王はくつくつと笑う。

曲がりなりにも、首都の崩壊を食い止めた英雄からの要求である。とんでもない規模の賠償金でも要求されるのかと思えば、そこには想定外の文言ばかりが並んでいた。

「廃棄する茶葉の譲渡に、見せ金。それと引き換えに、支店の進出に、美術品の売買ときたか。全くこの男は…………良い意味でイカれておる」

「しかし、見せ金とはいえ、100万枚もの大金貨となりますと、用意するにも…………」

「大金貨だけでなく、宝石や権利書、価値ある武具やドレス、美術品なども並べればよい。何も馬鹿正直に数える者などおるまい」

「確かに、それもそうですな…………」

「それと、ゲートキーパーに大金貨を1万枚送り、これみよがしに積み上げさせるがよい」

そんな王の言葉に、大臣もハッと目を見開く。最前線に目も眩むような金を積み上げること。それらが生み出すであろう、心理的効果に思い至ったのである。

積み上げられた大金貨を見て、兵らは歓喜の声を上げるに違いない。

これだけの金があれば、どれだけ戦が長引いたとしても、飢えることはないと。

「陛下の慧眼には恐れ入りますな。しかし、1万枚ともなると回収するのも一苦労ですが」

「何を言っておる。かの新勢力が勝利を得た暁には、戦勝祝いとして送れば済むだけのこと」

「なっ…………」

王の思い切った発言に、大臣は目を丸くする。

現代の価格にして、およそ200億もの大金を、ポンと差し出すと言っているのだ。

太っ腹、などと言った次元を超えている。

「へ、陛下……お言葉ではありますが、それは、ちと…………」

「やりすぎ、と申すか？　だが、この地を見よ」

王が広げたのは、聖光国の地図。

それも、聖光国内の勢力図を色付きで分けた正確なものであった。

「かの国が一つに纏まれば、一国を以って北方全土と争うことも可能であろう。何せ、最前線にゲートキーパーがあるのだからな」

古代の神話戦争における末期、人類を守る防波堤として魔族を食い止めてきた最後の防衛線であり、歴史に残る大要塞である。これまでは聖光国の内部が四分五裂し、外敵を防ぐので精一杯であったが、後方が纏まるのであれば話は別だ。

前方に大要塞を擁し、後方が一枚岩となってそれを支えるとなれば、軽く10年は持ち応えるであろう。王はそれに期待し、その後押しをせんとしている。

「貴族派が勝ったところで当方に旨味は少ないが、新勢力が勝てば絶好の商機が生まれる」

「確かに、莫大な空白地が生まれますな」

2千年近く、豊かな地を占有してきた貴族の大半が取り潰され、大量の新領主が誕生する。それらのお披露目パーティーや、戦勝パレードなどで国全体が沸き立ち、社交の世界は栄華を極めるであろう。ス・ネオからすれば、涎が止まらない状況である。

そこへ、他の商会に先駆けて様々な商品を送り込めるのだから。

「さて、まずは大陸一の、絢爛豪華な見せ金部屋を作ろうではないか。日和見の貴族が、旗色を鮮明にしたくなるほどの、な」

「これはこれは、腕が鳴りますな」

王と大臣は顔を見合わせては大笑いし、あれこれと密談を進めていく。今回の話は、金で戦争をしてきたス・ネオにとって、まさに自分の庭で戦うようなものであった。

「ところで、大臣。その、例の絵であるが…………」

「譲りませんぞ。たとえ、相手が陛下であっても」

王の言葉に、大臣が即座に反応する。

例の絵とは、田原から譲り受けた一枚の絵画であった。王は「死海の波」と銘打たれた歴史的名画にたちまち魂を奪われ、今回の話に前のめりになったとも言える。

「まだ、何も言っておらんではないか…………例えばの話だが、国家の共有財産として」

「売りませんぞ。譲りませんぞ。誰にも渡しませんぞ。たとえ、世界が滅びようとも」

取り付く島もない態度で、大臣は冷たい視線を王へと向ける。こと、貴族社会における芸術の分野は、身分すら簡単に超越してしまうものであった。

一国の王であっても、それを強権的に取り上げることなどできはしない。したら最後、臣下の心は一斉に離れ、「とんだ無粋な王よ」と末代までの笑い者になるであろう。

「そんなことよりも、陛下。マンデンと申す者の店には、無数の秘宝が眠っているとのこと」

「うむ、あのような名画や、聖光国の者が秘蔵しておった美術品が他の者に渡れば一大事よ……一刻も早く、一点でも多く掻き集めねばならん！」

魔王や田原からすれば、絵画や芸術品など高値で売れるなら、売り払ってしまえ——と言った乱暴な態度であったが、一面から見れば、国宝が海外へと流出するようなものである。

そう遠くない未来、無数の美術品を巡って国内外で激しいオークション戦争が行われることとなるが、これは必然の流れであったろう。

その一方で、苦しい決断を強いられる者もいた——逆侵攻により、大きな被害を受けた共和国の者たちである。


「ルーキーの街を割譲せよ、か…………」

時の元首たるキッド商会の主人は、交渉の結果に頭を痛めていた。田原と会談した商会長も、その姿を見て項垂れる。

「しかし、キッド様。物は考えようです。決して、悪いことばかりでは…………」

「獣人たちの脅威が本当に薄れるのであれば、な。それだけ親密な関係であるなら、逆に唆けることも可能であろう」

そんなキッドの言葉に、商会長もドキリとした表情となる。

言われてみれば、その通りだと。

「だが、聖光国に支店を出す、という一件は興味深い。今でこそ、我が国は戦争期の避難場所として栄えているが、未来永劫、その立場が保障されている訳ではないのだからな」

実際、逆侵攻によって客足が遠のき、共和国は大きなダメージを受けていた。

戦乱とは無縁の地、という安全神話が崩れてしまえば、財政は急速に悪化するであろう。田原と言葉を交わした商会長も、思うところがあるのか大いに頷く。

「聖光国の内戦次第で、情勢が大きく変わる可能性があります。他の商会に先駆け、かの国に、もう一本の根を下ろしておくべきかと」

「リスクマネジメント、か。君の言うことは正しい」

キッドは頬杖をつき、ぼんやりとした顔で呟きながらも、既に先の先を見越している。貴族は保身に長けた者が多いが、商人は変化に敏感なのだ。

（恐らく、何処かのタイミングで獣人たちの動きが活性化する。そうなれば、国境の砦アーサーから、それを支える後方の街ドイル、それに連なるルーキーに至るまで、全てを割譲する流れになるだろう。我が国に、獣人たちの侵攻を食い止める手立てなど、存在しないのだから）

キッドの読みは深く、正確であった。

奇しくも、田原の考えと完全に一致しているのが皮肉ですらある。キッドは商会長にその読みを伝え、相手の反応を待った。

「国境の防衛地帯を、全て割譲でありますか……それは、ちと…………」

当然のように商会長の顔は曇ったが、それらの地域はリスクがあるばかりで、別に金銀を生み出す訳ではない。

キッドはそんな反応を見ながら、決意に満ちた表情で述べる。

「今でこそ、政治の真似事などしておるが、我々の根は何処までいっても商人よ。領土を失おうとも、販路が増えるのであれば、何の問題もない」

商会からすれば、販路と客こそが富を生む領土であるとも言える。キッドはそう言いながら、癒着してきた四大貴族の面々を、頭の中でバッサリと切り捨てた。

状況の変化に合わせ、癒着相手も切り替えねばならないと。

「商会長、隠密裏に国境地域の割譲準備を済ませておくように。それと、ゲートキーパーに陣中見舞いと称し、軍需物資を届けよ」

「はっ、承知致しました！」

こうして、国外に幾つもの変化が起きていたが、一周回って聖光国へ目を戻すと、最も大きな変化と、決断を強いられた者たちがいた。

言うまでもなく、ドナ率いる貴族派の面々である。

――――ドナの領地　最奥の要塞――――


そこは、門番の智天使《ケルビムゲートキーパー》と命名された、ドナが所有する大要塞であった。

神話時代に築かれた、とされるゲートキーパーに対抗して築かせたものである。

動機こそ、子供っぽい対抗心で築城を命じたものであったが、ドナはこれに湯水の如き金銀を注ぎ込み、その威容は本家にも劣らない。

当然、そこには何十万もの民衆の血と、汗も注ぎ込まれており、過酷な労働や、事故で死んだ者など、数えるのも馬鹿らしくなるレベルである。

要塞の周囲では時折、死者の嘆きが聞こえる、などと噂されており、周辺の民は決して、この要塞には近づかない。

そんな嘆きの大要塞では、貴族派の軍勢が華々しく大集結していた。

「おぉ、あれはスラグ様の軍勢であるか！　何と煌びやかなことよ！」

「あちらは、ラングリット領の兵たちだな。旗にまで金の装飾を施しておるわ」

「おい、あれを見ろ！　ボクロク殿など、見たこともない生き物に乗っておるぞ！」

「馬鹿者、あれはゾウと呼ばれるものよ。他にも虎やヒョウなども檻に入れておられる」

貴族派に属する各地の兵が入城してくる度に大歓声が挙がり、あちこちで乾杯の音が響く。

そこには戦争の雰囲気など微塵もなく、ド派手なパレードそのものであった。貴族社会には、特有のルールや暗黙の了解が多数存在するが、これもその一種である。

他者より目立ち、耳目を集め、煌びやかであること。

彼らにとって戦争など獣を狩るスポーツ感覚なのであろう。実際、これまで力のない民衆や、山賊などを幾度となく血祭りに上げてきたのだから。

戦とはある程度、数と装備の優劣が決めてしまうものであり、その意味においては、貴族派の軍勢は十二分に優秀であった。

他国を見回しても、これだけの武装を誇る軍勢はまず、存在しないであろう。次々と入城する煌びやかな軍勢を城壁から見下ろし、ドナは得意気に口髭をしごく。

後ろに控えるクルマも、誇らしげな表情でそれを眺めていた。

「圧巻じゃのぅ。貴族派の舞台に、相応しき光景であるわ」

「全ては、叔父上による威光の賜物。駆り集めた剣も、じきに到着するかと」

「ふんっ、皇国とゼノビアであったか………そやつらは、使えるのか？」

「年中、戦に明け暮れている野蛮人どもです。戦場では獣のように駆け回ることでしょう」

「ふぁっふぁっ！　さながら、獣同士の争いか………さてさて、見ものじゃて」

ドナが激を飛ばして以来、既に2万もの軍勢が入城しており、今後もその数は勢いを増して、増えることが予想された。最終的には、4万ほどに膨らむであろう。

それに加え、皇国とゼノビアから援軍が届くのである。最早、必勝の体制であり、貴族派の面々からすれば、勝敗など論じるまでもなく、既に終わった話でしかない。

後は如何に戦場で優雅に振舞い、目立った功績を上げるかに意識は集約されていた。

「それと、クルマよ。我が妻である、ホワイトからの返答は？」

「未だ、決心がつかぬようで。まったく、女心とは複雑なものですな」

クルマは髪をかきあげながら、可笑しそうに笑う。

クルマからすれば、ドナはこの世界に存在する、ありとあらゆる物を手にしてきた偉大な叔父なのである。そんな叔父が、あろうことか、たった一人の女性が手に入らず、四苦八苦している姿に可笑しみを感じたのであろう。

「笑っている場合か！　あの聖城に籠られては、ワシでもどうにもならん……ッ！」

「女性は追えば去るもの。ここは一つ、引いてみては？」

「何じゃと!?　このワシに、引けと申すかッッ！」

「先人曰く、押してダメなら、引いてみよ。私に一つ、案がありまして」

「何じゃ、それは！　勿体ぶらずに言わんかッ！」

クルマは叔父の必死な形相に笑いながらも、指を1本立てる。

その様は実に貴族らしく、優雅であったが、尊大さが服を着ているような姿でもあった。

「水の魔石――――神都に対しても、この供給を止めてしまえば宜しいかと。民に対し、格別に慈愛を向けられるホワイト殿であれば、無視できぬ話となりましょう」

「神都への水攻めか………我が甥ながら、恐ろしいことを口にしよる」

クルマの提案を受け、ドナは既に水の魔石に大幅な値上げをおこなっている。裕福な者ならばいざ知らず、これによって貧民層はたちまち干上がることとなった。

これが現代であっても、水道が止められれば一大事である。

人間の生活に、水はなくてはならないものなのだから。当然、牛や豚、馬などの家畜にとっても同様である。この熱帯の国にあっては、田畑もたちまち干上がるに違いない。

「既に値上げによって、国内の各地が干上がり、悲鳴が上がっているようで………」

「ふぁっふぁっ！　連中もワシの偉大さが身に染みたであろう！」

「野蛮人どもが割拠する北部には、特に締め付けを厳しくしております。連中は半死半生の姿で各地を練り歩き、必死に水を乞うているとか」

「あやつら、戦う前からミイラになりよったか！　笑いが止まらんわ！」

ドナは腹を抱えて大笑いし、後方の山岳地帯へと目をやる。

聖光国の周囲は高い山々に囲まれ、海に面しない国家である。だが、ドナの一族は膨大な民を酷使しながら一部を切り開き、秘密の港を作り上げた。

そこから独自に交易ルートを築き上げ、莫大な利益を手にしてきたのである。

「ふむ、あれは両国の船影か………主人として、出迎えくらいはしてやるかの」

地平線の彼方に、ぼんやりとした無数の船影が浮かび上がる。秘密裏に築き上げた港が彼らを盛大に迎え入れることであろう。

ドナはご機嫌な様子で港へ向かい、クルマは真逆の城門の方へ足を向ける。そこには、諸侯を出迎えるアズールの姿があった。

「まるで祭礼のようだ。そうは思わないかね、アズール」

「これは、若。このような場所に………どなたか、予定外の割り込みでも？」

入城する順番や時間なども、貴族社会では重要視される部分であり、疎かにはできない。

一口に貴族派と言っても、我の強い者たちの集まりであり、その内部は権力闘争でドロドロであるのが実情であった。

「国内に僕が出迎えるほどの諸侯など、存在しないさ。用があるのは、君でね」

「若が、私に…………？　畏れ多いことです」

アズールは恐縮したように頭を下げたが、その瞳は空虚であった。主であるドナにも、その甥であるクルマにも、尊敬の念など抱けないのであろう。

アズールのそんな心を読んでいるのか、クルマは冷酷な視線を向ける。

「内戦を前にしても、未だ君が出奔していないところを見ると、古巣との交渉は失敗に終わったようだね？　心より、お悔やみを申し上げるよ」

「…………何の話であるのか、私には」

「ナンバーズ――君がまだ、この要塞に留まっている理由さ」

奇妙な単語に、アズールの眉が僅かに上がる。超一流の暗殺者として、一切の感情を出さない彼としては、珍しいことであった。

そんな反応を楽しむように、クルマは歌うように告げる。

「薄汚い孤児や、手足を欠損した女児、殴られすぎて失明したガキに、難病で口も利けぬ子供、顔の皮を剥がれて、豚の皮を縫い付けられたのもいたかな？　こんなボロ雑巾にも劣る連中を、誰が喜んで引き取ると言うんだい？」

「…………私は」

「良いさ、良いさ、あれらと長く接したせいで、君にも憐憫の情が沸いたのだろう。暗殺者の目にも涙、という訳だ。吟遊詩人が喜んで歌にしてくれるだろうよ」

クルマの小馬鹿にしたような口調に、アズールは以前にも増して、深々と頭を下げる。

最早、見せられぬ表情になっているのだろう。

「叔父上はあれらで遊ぶのに飽きたようだが、特殊な性癖を持つ諸侯はまだまだ、多くいてね。ナンバーズの需要が尽きることはないだろうさ」

クルマのそんな言葉に、アズールは密かに歯噛みする。

当初、100人集められた子供たちは、様々な形で消費され、損耗していき、遂には10人を切るまでになった。

貴族派に属する者からすれば、それらは文字通り、玩具でしかなかったのだろう。

「君の古巣も、我々と揉めてまで、あのガラクタどもを引き取る訳がない。第一、君はゼノビアから指名手配されている身だ。大陸中を見回しても、君を匿えるのは我々だけさ」

クルマは厭味ったらしく、現実をネチネチと突きつける。お前など、籠の中の鳥でしかないと言いたいのであろう。

「だが、僕は馬鹿じゃない。君ほどの逸材を、眠らせておくのは損だと前々から考えていてね。そこで、一つ提案がある」

「…………提案、とは？」

「ここは後に、野蛮人どもを狩る狩猟場となる。戦場のドサクサに紛れ、抵抗勢力の旗頭どもを暗殺したまえ。働き次第では、ナンバーズを解放してやってもいい」

「若、暗殺を期するのであれば、警戒の厳しい戦場よりも――」

「よしたまえ、あんな野蛮人どもを相手に、戦場以外で動くなど、臆したのかと取られかねん。此度の狩りは、我ら貴族派の華々しさを後世に示し、千年に亘る治世の礎となるのだから」

アズールの肩を一つ叩き、クルマは耳元で囁くように言う。

「言うまでもないことだが、僕は必ず約束を守る。どんな荒唐無稽なものであろうと、口約束であろうと、それを実行するのが――貴族だからだ」

「若、私が死力を尽くし、敗れたとしても――」

「あぁ、僕はあんな薄汚い連中には興味がなくてね。この狩りが終われば、何処ぞの孤児院にでも放り込んでやるさ」

それだけ言い残すと、クルマは颯爽と去っていった。

確かにクルマは、いや、貴族という生き物は基本、約束を守るであろう。自らを、尊い存在であると考えている限り。

残されたアズールとしては、その矜持に身を託すより選択肢がない。

(事ここに至っては…………最早、戦う以外に方法はなさそうですね…………私のような男が、あの子たちにできることなど…………)

アズールの脳裏に、疑似天使を鉄屑であると嘲笑う、漆黒の魔王の姿が浮かび上がる。

血の滲むような思いで会得してきた様々な暗殺術も、あの存在には全く通用しないであろうと冷静に考えながら。

後方の港には援軍の船が近づきつつあるのか、賑やかな歓声が聞こえてくる。あれらが勝利を齎すのか、それとも破滅を齎すのか、今のアズールには知る由もない。

聖光国を覆う暗雲は遂に雨を呼び、雷雨と化した。

一国を揺さぶる大嵐の後に、誰が生き残り、何が残されるのであろうか？

独裁者が消えた街

――ジャック、敗れる――


その一報は、驚くべき速さで王都中へと広まった。ユーリティアスをほしいままにしてきた、ジャック商会の頂点が打ち倒されてしまったのである。

それもあろうことか、ジャックの庭とも言える闘技場で。

時刻は深夜に差し掛かろうとしていたが、王都中の民が明かりを持って外に出ては、蜂の巣を突いたような大騒ぎとなった。

「おい、聞いたか⁉　ジャックがやられたんだってよ！」

「俺も聞いたぞ！　天獄のキングがやったらしいな！」

「最高だぜ、キング！　俺はこんな日を、ずっと待ってたんだ！」

「祝杯だ！　今日は皆を集めて、夜通し飲むぞッ！」

民衆は寄ると触ると、その話で持ち切りである。暴力で全てを支配してきた独裁者が倒れたのだから、その喜びと解放感たるや凄まじいものがあった。

多くの商店が夜中にもかかわらず店を開け、何処の酒場も満員となり、店の外にまで人が溢れ出す騒ぎである。溢れ出した人々は屋台に詰めかけたが、そこもすぐに埋まってしまい、遂には路上飲みまで始まってしまった。

あちこちから乾杯の声が上がり、歌い声や楽器が鳴り響く。遂には妖艶な衣装を着た、踊り子まで踊り始め、王都そのものが祭りの坩堝と化してしまったかのようである。

当然、スラム街にもその一報は響き渡り、人々は諸手を突き上げ、歓喜の声を上げた。

中には大泣きする者や、無言で涙を拭う者、呆然自失といった姿の者もいる。

彼らは余りにも、多くのものを失いすぎた。金や物、家や家族、果ては命そのものであったり、若さを失った者も数え切れない。

この降って湧いたような状況に適応できず、ただ駆け回ってはジャックが打ち倒された、との一報を喚き散らしている者もいる。

そんな大混乱のスラムの中にあって、奇跡的に再会を遂げた家族がいた。

「貴方、よく無事で…………！」

「随分と、待たせてしまった…………すまない」

「父さん！」

「父しゃま！」

ひょんなことから、魔王と知り合った姉妹。

その、父親が帰ってきたのである。

蓮が運んできた時には変わり果てた姿であったが、魔王が渡した包帯により、全身に刻まれた裂傷や、顔や首筋を覆っていた酷い火傷も癒えつつある。

時間経過で全ての負傷箇所を癒す、と設定されているだけあって、凄まじい効果であった。

一家全員が揃ったことにより、父親はポツポツとこれまでの経緯を語る。

闘技場での地獄のような日々に妻は顔を歪め、姉妹は涙を流して悔しがるばかりであったが、最後のくだりでは、興奮したように両手を突き上げた。

鉄格子の向こうから現れた、悪夢としか思えない魔獣を一蹴した男が現れたからである。名を聞かずとも、一家の誰もが〝キング様〟であると即座に察することができた。

「キング様だわ！　キング様が父さんを助けてくれたのよ！」

「キングしゃまー！　ありがとー！」

「き、きんぐ………？」

父親はキングという、聞き慣れぬ名に困惑するばかりであったが、妻は優しく夫の手を掴み、テーブルへと誘導する。

「貴方、お腹が空いたでしょう？　まずは、食事をとって」

「食事か。ありがた………って、待て！　これは、まさか………人参か⁉」

「父さん、これもキング様が分けて下さったの！　信じられないくらい美味しいんだから！」

「元気がモリモリでるのー」

父親は鍋の具材に驚愕し、益々「キング」という存在が判らなくなる。話を聞けば、妻の病気まで瞬く間に快癒させてしまったという。

一撃で魔獣を駆逐したことといい、これだけの怪我や重い病まで治癒してしまうなど、とてもではないが、尋常な存在とは思えない。

目の前に置かれた鍋に、父は得体の知れない恐ろしさを感じたが、強烈な空腹感には勝てず、震える手でスプーンを掴んでしまう。

恐る恐るスープを嚥下した瞬間、体の奥底から凄まじい回復力が突き抜けた。

「な、何だ、これは……！　うまい！　うまい！」

父親は何処ぞの柱のように連呼しながら、残った具材を次々と口の中へと放り込み、飢餓状態にあった肉体が瞬く間に力を取り戻していく。萎れていた体の筋肉が小山のように盛り上がり、遂には着ていたボロボロのシャツが弾け飛んだ。

「凄い！　父さんの姿が戻った！」

「父しゃまのキンニクが！」

父親は元々、熟練の漁師であった。

その体は鍛え抜かれたボディビルダーのようであり、鍋の馬鹿げた効果で完全に全盛期の姿を取り戻したのであろう。

一家の誰もが破顔し、再会を祝う中、更なる大ニュースが飛び込んできた。

「皆、聞けーっ！　キング様が、キング様が、ジャックを倒しちまったぞーっっ！」

その一報に家族は一瞬、固まり、慌てて外へと飛び出した。

見ると、誰もがボロ小屋から飛び出し、涙を流しながら抱き合っている。一家もまた、無言で抱き合い、この歴史的夜を噛み締めるように天を仰いだ。

タイミングが良いことに、この区画の住人は珍しく懐が温かい。

魔王が無造作にバラ撒いた、金貨の恩恵であった。

あの小山のような金貨は顔役が一旦預かったのち、一人につき銀貨一枚といった単位で多くの住人に配られたのである。

この夜を祝うべく、住人たちは早速、密造酒を買い漁り、そこかしこで宴会が始まった。

広場には大釜が据えられ、大量の豆が炒られては、次々と配られていく。中には、はらわたを抜いた魚を炙る者や、卵を割って丸飲みしている者もいる。

どの口から出るのも、決まって「キング」という名称であったのは言うまでもない。高らかに叫ばれるその名は、遂に大合唱となり、スラム全体を覆っていった。

独裁者の打倒――

こう聞けば、歴史的な偉業のようにも聞こえるが、元はと言えば魔王の行き当たりばったりの行動でしかなかったものである。

だが、それらが齎した影響はあまりにも甚大であり、この一報は瞬く間に大陸中へと響き渡ることとなった。

誰かにとっては吉報であり、誰かにとっては凶報であるかも知れない。いずれにしても、あの身勝手な魔王からすれば、知ったことではない話である。


――ユーリティアス　王宮――

沸き返る王都の中にあって、この場所だけは嘘のように静まり返っていた。

ジャックが実権を握って以来、王宮は政治の舞台から切り離されてしまったのである。下手に近づけば、ジャックから反乱分子と疑いを持たれ、いつ処刑されるかも判らない。次第に王宮とは名ばかりの飾りと化し、今や病に倒れ、年老いた王が伏しているだけの場所となっていった。

そんな王宮の庭を、蓮が歩いている。その歩みには何の迷いもなく、一直線に王が伏している寝所を目指しているようであった。

そんな蓮の前に、一人の老将が立ちはだかる。

「見上げたお嬢ちゃんじゃのう。まさか、一人で乗り込んでくるとは…………」

老将は顎髭をしごきながら、感に堪えたように言う。

これを〝城攻め〟とするなら、たった一人で王宮へ乗り込み、全てを終わらせようとしているのだから、老将が驚くのも当然であった。

その後ろに控える300の精兵たちも、蓮の美しさに別の意味で度肝を抜かれた表情を浮かべ、中には呆然と見惚れている者もいる。

「貴方は、あの男の臣下には見えませんが…………」

蓮の口から、そんな言葉が漏れる。

彼女から見た老将は、無骨ながらも一本気な武将であると感じられたのだ。

「ふぁっふぁ、よう言うてくれた！　儂はゼノビアから派遣された将での。老いたりとはいえ、あのような男に仕えるほど、耄碌はしとらんよ」

「では、通して頂けますか？」

「ふむ……他国とはいえ、〝王の寝所〟を守るよう命を受けていての。一個の武人として、これを放棄することはできん」

老将の言に、蓮も深々と頷く。

彼女もまた、大帝国の魔王を守るべく、不夜城で奮戦を重ねてきたのだから。老将が簡単に王の守護を放棄するようであれば、蓮は激しい嫌悪を抱いたであろう。

老将は後ろの兵たちに目をやり、しみじみと言う。

「とは言え、あたら若者を他国の地で散らせるには惜しい。そこでどうじゃ、儂とお嬢ちゃんで一騎打ちでもして片を付ける、というのは」

「なるほど。了解しました」

蓮は老将の言に頷くと、漆黒の空間から〝人間無骨〟を取り出す。そこから放たれる、異様な気配に兵たちから呻き声が漏れた。赤く光る槍のような形をしているが、まるで生きているかのように形状を目まぐるしく変えるのだ。

老将も目を瞠り、呆れたような声を上げる。

「こりゃまた、とんでもない武具があったもんじゃのう………この歳まで、長生きした甲斐があったもんじゃて」

老将も背負っていたハルバードと、大盾を手に構える。その盾の大きさたるや馬鹿げたサイズであり、盾というより、壁とでも呼んだ方が早そうな代物であった。

ハルバードは斧としても、槍としても使えるようなフォルムをしており、その重厚さは人間が扱うような代物ではなく、鬼面《オーガ》などが振るうに相応しい武具である。

「名乗るのが遅れたが、儂はゼノビア八旗衆が一人、不沈のバレス・ティーガーと言う。気軽にバレスお爺ちゃんとでも呼んでくれぃ」

「……蓮と申します」

にこやかに笑う老将、いや、バレスのノリに付き合わず、蓮は静かに歩みを進める。その姿は全くの無防備であり、春風の中を散歩しているようであった。

蓮の体から溢れる高貴な佇まいに、思わず姿勢を正してしまう兵まで現れる始末である。

「参ります」

「おう、ドンと来んかい！」

瞬間、蓮の体が疾風の如く動き、老将の盾に槍が突き刺さった。

巨岩を思わせる峻厳な老将が、頑丈な鎧に身を包み、更に巨大な盾で身を守っている。まるで戦車と相対するようなものであったが、その戦車が凄まじい勢いで吹き飛ばされた。

地表を削りながら、バレスの体が数十メートル後退し、その様を見た兵たちは仰天したように顔色を変える。

そのままバレスは仰向けに倒れ込み、ピクリとも動かなくなった。

「バレス将軍!?」

「い、いかん、閣下に早く回復魔法を！」

「衛生兵！　ポーションを持ってこいッ！」

混乱に陥った兵たちが慌ただしく動く中、ひょっこりとバレスが上半身を持ち上げる。

その目は大きく見開き、驚きを隠せない様子であった。

「しょ、将軍！　ご無事ですか⁉」

「閣下、後は我々にお任せを！」

バレスは赤子のように口を開け、それらを聞いていたが、次第に肩を震わせ、笑いだす。

このような衝撃を受けたのは、過去に一度しかなかったからだ。

「ふぁっふぁっふぁっ！　こりゃ、勝てん！　儂の負けじゃ！」

そんなバレスの言葉に、兵たちは動揺した声をあげたが、老将はお構いなしであった。一撃で、武人としての力量差を悟ったのであろう。

一方の蓮も、何事もなかったようにバレスの下へと歩み寄り、平坦な声で告げる。

「驚きました。少々の怪我は覚悟して頂くつもりであったのですが」

「うむ、この盾が無ければ死んでおったかのぅ。じゃが、これを見てみぃ」

バレスは盾を横にやると、鎧に刻まれた裂傷へ改めて目をやる。それを見た兵たちは更に動揺した声をあげた。

蓮は静かに頷き、研究者のような目付きで言う。

「察するに、その盾は物理攻撃を完全に遮断するようですね。そして、鎧は連撃を防ぐ」

「うむ、その通りじゃ！　しかし、ご覧の有様じゃわい」

老将は呆れたように、大口を開けて笑う。

魔王と同じく、蓮も《強制突破》のスキルを所持しているため、そこから放たれる連撃を防ぐことは何人であっても不可能であった。

如何に通常攻撃を無効化しようとも、戦えば戦うほど、相手は連撃によってズタボロになっていくという流れである。

優れた武人であるバレスは、瞬時にそれを悟ったのであろう。

「全く、たまげたお嬢ちゃんじゃて…………レオンと良い勝負になりそうじゃわい」

バレスは埃を払いながら立ち上がり、後方の王宮へと無言で頭を下げる。他国の王とはいえ、今後を思うと不憫でならなかったのであろう。

独裁者が倒れた後、それを立て直せるような権威も力も、既に王は失っているのだから。

「して、お嬢ちゃんの目的は何じゃ？　ジャックの首だけでは足りんのか？」

「私はマスターが歩まれる道を、舗装しているだけに過ぎません」

「……………マスター、とな？　それはキングのことかの？　それとも、その後ろにいるゴルゴンを指しておるのかのう」

「マスターとは、遍く世界の全てを創生し、統べられる御方です」

そんな蓮の言葉に、バレスは動揺したように、体を揺らす。

純粋に何を言っているのか、さっぱり判らなかったからだ。もし、この場に魔王が居たなら、恥ずかしさのあまり、膝から崩れ落ちたことだろう。

「んん？　よ、よく判らんが、随分と偉い人物、だということ……かの…………？」

「マスターは全てを創生し、全てを破壊される御方です。貴方の仕える主が、誤った選択をせぬよう、陰ながら祈っております」

　蓮はそれだけ言い残すと、桜を思わせる儚げな気配のまま、王宮へと向かう。バレスも兵たちも無言のまま、それを見送った。

　かけるべき言葉が、何も見つからなかったからだ。

「閣下…………彼女はその、何を言って…………」

「儂らが考えても仕方があるまいて。あの小賢しい宰相が、何とかしよるじゃろ」

　バレスは頭を掻きながらそう漏らすと、撤退の指示を出す。

　既にジャックも倒れ、この地に留まっている理由が無くなったからだ。

「閣下。この国は、どうなるのでしょうか…………？」

「さてのぅ。普通に考えれば、ゴルゴン商会が得たりと出張ってくるじゃろうが、あぁ見えて、ス・ネオも侮れん。きゃつらは同時に、別勢力を動かしている可能性がある」

「…………かの小国が、そこまで機敏に動くのでありましょうか？」

「ま、我ながら考えすぎかも知れんがの。しかし、ス・ネオとてゴルゴン商会が一方的に勢力を伸ばすのは面白くあるまい。次に呑み込まれるのは、自分たちかも知れんのじゃからな」

　とは言え、バレスにも確証はないのであろう。まして、彼が戦う場所は戦場であって、謀略が渦巻く政治の舞台ではない。

バレスは手早く兵をまとめると、お祭り状態の王都から整然と撤退していく。

「閣下、どこもかしこも浮かれた様子ですな」

「王都を守っておった軍勢も、とうに逃げ散ったようじゃのぅ………」

ジャックが敗れた、との一報が広まるにつれ、王軍は蜘蛛の子を散らしたように、逃げ去ってしまったのである。

混乱もあったに違いないが、何よりも民衆からの報復を恐れたのだ。これまでジャックの庇護のもと、やりたい放題にやってきたのだから、当然の帰結であった。

はしゃぐ民衆の姿を見て、不沈とまで呼ばれたバレスはしみじみと漏らす。

「民衆もじき、気付くじゃろう」

「と、言いますと？」

「形こそ違えど、これが落城であるということに」

その言葉に、部下はハッと息を呑む。民衆の浮かれた様子を見ていると、まるで解放を祝した記念日のようにも思えてくるが、実際は違う。

独裁者と、国家の中枢たる王都が、同時に落とされたのだから。それらが齎す混乱を思えば、浮かれていられる時間など、そう長くはないであろう。

「さて、国許へ急ごうかの。故郷のラム酒が恋しゅうてならんわい」

「ははっ！」

「しかし、あの嬢ちゃんから一度で良い、バレスお爺ちゃんと呼んで貰いたかったのぅ……」

「閣下………贅沢が過ぎますぞ」

「ぜ、贅沢とは何じゃ！　贅沢とは！」

バレスはそう叫ぶと、外で無聊を囲っていた軍勢と合流し、何の未練もなくユーリティアスの地を後にした。


一方の王宮では――

走り慣れぬ姿で大臣が廊下を駆け抜け、王の寝所に飛び込んだところであった。荒い息を吐く大臣の姿を見て、王はまた厄介事が発生したのかと眉間に皺を寄せる。

「へ、陛下！　大変ですぞ、ジャックが………！」

「その慌てようを見るに、そろそろ玉座から降りろ、とでも脅迫してきよったか？」

王は上半身を起こそうとしたが叶わず、自嘲するように息を漏らす。

既にその齢は60を超えてはいるが、年齢以上の老け方である。ジャック商会が台頭して以来、心が休まる暇もなかったのであろう。

ジャックが〝奴隷闘士〟の身分から解き放たれてからというもの、その躍進は凄まじいものがあった。闇社会における、ピカレスクロマンとでも言うべきであろうか？

彼は違法薬物、人身売買、組織的な売春、武具の密輸から密造酒の製造まで、ありとあらゆる違法行為に手を染め、短期間で巨万の富を築き上げたのだ。それにより、王の家臣は次々と買収され、時に弱みを握られ、王軍の中からも裏切る者が続出するようになっていった。

悲しいかな、人間とは勢いのある方に付くものである。当然。王家に最後まで忠誠を尽くす者もいたのだが、見せしめのように次々と変死体という形で発見されることとなった。

家族全員が失踪したケースや、不審火による家屋の全焼など、例を挙げればキリがない。

(余は、家臣も民も守ることはできなんだ………)

寝室の天井を見上げながら、王は孤独に悔いる。

無論、王とて考えなしにジャックを抜擢していった訳ではない。北の遊牧国家ミルクが振るう常軌を逸した殺戮や、略奪に抗するために起用したのが一番の理由であった。

古来よりある、毒を以て毒を制す――という思惑である。

ゴルゴン商会を代表とする、都市国家との抗争でもジャックは実に役立った。その意味では、外敵から自国民を守ったジャックは、英雄と言えるのかも知れない。

王にとっての誤算は、その英雄が自国民に対しても牙を剥いたことである。

「陛下！　陛下、聞いておられるのですか！」

「む、すまなんだ………もう一度、言ってくれるか」

大臣が必死の形相で叫んでいたにもかかわらず、まるで耳に入っていなかったのだ。最近では腹部に走る耐え難い激痛を抑えるために、トランスを少量だけ服用することも多い。

それで一時、痛みは治まるが、政務を執る時間は徐々に失われていったのだ。

(狼や蛇どもを追い払わんと番犬を雇ったつもりが、飢えた虎であったとはな………)

見る目がなかった、と切り捨てるには酷な話であった。

大悪魔ルーキフェルの残滓を体内に宿すような、規格外の化物を見抜くなど、常人には不可能であったろう。

「陛下、ジャックが、あのジャックが！　闘技場で打ち倒されてしまったのですっ！」

「…………大臣、そちも疲れておるのであろう？　余に遠慮せず、時には休むと良い」

王は無言で目を閉じ、か細い息を吐き出す。

あの猛気の塊のような男が、打ち倒されるなどありうることではない。

王はその昔、闘技場で戦うジャックの姿を何度か見ている。時には魔獣とも戦い、それにすら勝利を重ねてきた男なのだ。

「誠なのですっ！　突然、闘技場に現れた黒尽くめの男と、可憐な少女に！　ジャックの肉体は魔獣と化し、少女は見たこともない魔法で姿を消してですな！　それに」

「ははっ、何やら吟遊詩人が唄う一幕のようじゃのう…………」

大臣の支離滅裂な言葉に、王も軽く笑う。

思えば、笑い声を上げたことすら久しぶりであったかも知れないと。

ジャック商会が国政を壟断し、遂に王権にまで介入するようになって以来、暗いニュースと、耳を塞ぎたくなるような話ばかりだったのだから。

「そ、それだけではありませんぞっ！　その少女は白く輝く光球を食物へと変え、何と、不能となった老人の一物まで蘇らせたのです！」

「ふははっ！　今宵の大臣は、良い酒が飲めたようじゃ」

その声に王が益々、笑う。

この臆病ながらも、実直さだけがウリの大臣の口からよもや、そんな話が飛び出るとは思ってもみなかったのだ。

「笑いことではありませんぞ、陛下！　天獄のキングがやったのです！」

「………天獄じゃと？」

王の顔から笑みが消え、大臣の方へと目をやる。

西方で目下、売り出し中の傭兵団であり、王も当然その名は耳にしたことがあった。どころか、ジャックを討つべく依頼を出したことさえあるのだ。

返ってきたのは「戦場以外での働きはできない」との冷淡なものであったが。何せ、王軍すら買収され、誰が裏切っているのか判らない状況でもあり、止むを得ず出した依頼である。

「何故、今頃になって天獄が………」

「それが、どうもゴルゴン商会に雇われている、との噂がしきりでして………」

「ゴルゴンじゃと⁉」

思わず王の上半身が跳ね起きたが、眩暈がしたのか、再びベッドへ倒れ込む。

王からすれば飢えた虎が去り、次は狂暴な蛇の群れが現れたようなものである。毛色こそ違うかも知れないが、どちらも獰猛で、容赦が無い点ではまるで同じであった。

「そ、それで、ジャックの身柄は天獄が預かっておるのか⁉」

今後の交渉を考え、王は何よりも先にそれを確認しようとした。

その身柄が手元にあるのと、ないのでは大きな差となる。

王は気力を奮い立たせ、どうにか上半身を起こす。

「い、いえ、実はその場に放置したままキングと少女は去ってしまったのです…………その後、ジャック商会の者たちが慌しく運んでいきました」

「何じゃと！　天獄は何を考えておる⁉」

敵の総大将を打ち倒したというのに、それを放置するとは何事であろうか！

天獄の、いや、キングの考えがさっぱり理解できず、王は病床で呻き声を上げる。

しかし、王がどれだけ考えようと、理解できる筈もなかったのだ。

あの魔王からすれば、ジャックなどかつて相対した疑似天使と同じく、道端の石ころか何かとしか思っていなかったのだから。まして、その石ころの生死など、眼中にもない話である。

「陛下、これは私の考えでしかないのですが…………あのキングという男、腹に別の思惑を抱えているのではないかと」

「…………別の思惑、とは？」

「あの男と両商会の動きを見るに、ゴルゴンとジャックを突き合わせ、漁夫の利を得ようとしているようにも見えるのです」

「馬鹿な…………あの両人を相手に、二虎競食を謀っておるというのか！」

二匹の虎を喰いあわせ、弱ったところを一網打尽にする計略だ。確かに、それならばジャックが放置されたのも納得できる話である。

総大将がいなくなったジャック商会など、ゴルゴンは一呑みにしてしまうであろう。

そうなれば、もう一匹の虎は無傷のままである。

だが、その計略を実行するということは、失敗すれば双方から命を狙われる危険極まりない、いや、自殺志願者としか思えない無謀な企てであった。

虎を喰い合わせるなど、言葉にするほど簡単な話ではないのだから。

「ジャック商会の幹部から漏れ聞くに、この話の裏にはどうも、ス・ネオの影が…………天獄の本当の雇い主は、かの国であるとも」

「そうか、奴らが黒幕であったのか…………ようやく、合点がいったわ！」

ス・ネオからすれば、ジャック商会とゴルゴン商会など、目の上のたんこぶに等しい。これを機に両商会を食い合わせ、双方に深手を与えんと画策しているのであろう。

「かの国は先日の戦火で、首都が半壊したと聞いておりますでな…………」

「なるほどの。復興するまでの、時間稼ぎという意味合いもあるか」

無論、王と大臣が語っている内容は的外れであるのだが、状況だけ見れば完膚なきまでに一致しているのだから、性質の悪い話であった。

王は丁寧に状況を整理し、一つの結論へと辿り着く。

「つまり、この騒動は3つの大商会の覇権争い、それが表面化したものであると？」

「そこに、かの天獄が加わったという形になりますな。傭兵どもは政治劇には付き合わぬものでありますが、これほどの大舞台ともなれば、恰好の稼ぎ場、喧伝になりましょうや」

　ここでもまた、天獄の名が妙な作用を及ぼす。

　かの集団は各国が戦場における〝先端の鏃〟として、高値を払ってでも求めようとするほどに勇猛果敢な傭兵団なのだ。

　3つの大商会が絡む戦場など、どれだけの金が動くか、想像もつかないレベルである。

　巧く立ち回れは、天獄の名は大陸中に響き渡るであろう。

「我々はどう動くべきか………どの勢力に付こうと、現状では先が見えん」

「いっそ、あのキングという男に乗る、という手もありますな」

「それは賭けに敗れた際、失うものが大きすぎる。第一、天獄がいかに勇猛であり、ス・ネオの資本がバックにあろうと、彼らは寄る辺のない傭兵に過ぎん」

「で、ありますな………」

　天獄はあくまで傭兵団であり、寄るべき土地も、身を守る城塞も、何もない。そもそもの話、ス・ネオがロクに武力を持っていないのだから。

　王からすれば更なる別個勢力が、この局面を遠くからニヤニヤと眺めているのではないか、と勘繰ってしまうのである。

　2人が途方に暮れる中、外の衛兵が声をあげ、人が倒れる音が響く。すわ襲撃かと2人は身を硬くしたが、扉が開いた先に立っていたのは、可憐な少女であった。

　その姿を見て、大臣が金切り声をあげる。

「そ、そちは………キングの隣にいた…………！」

「なに、この少女が…………？」

「夜分遅く失礼します。この国を統べる〝現王〟に、マスターからの指示をお伝えします」

姿こそ可憐だが、その口から出る言葉は氷のように冷たいものであった。何より、バレス将軍率いる精兵の目を掻い潜り、どうやってここまで入り込んだというのか？

そして、マスターとは誰であるのか？　現王とはどういう意味であるのか、突っ込みどころが多すぎる口上であった。

困惑する王と大臣をよそに、蓮は原稿でも読み上げるように言う。

「まず一つ、移住を希望するスラムの住民を、我々が引き取ること。二つ、移動用の馬車、野営道具一式、聖光国までの食料と水を十分に用意すること。三つ、それらを護衛する人員の確保。以上です」

少女が言葉を終えた後、部屋の中に重い沈黙が流れる。

最初から最後まで、発言の意図が掴めなかったからだ。その前に、「君は誰かね」と王は問いたかったが、少女の体からは有無を言わせぬ何かがあった。

「き、君たちが、ジャックを倒したと聞いたが……それは、本当かね？」

震える声で、辛うじて王が問う。

見た目こそ可憐な少女であるが、強力な魔法を使ったのかも知れない、と。現に、万全の守備体制が敷かれた王宮に、易々と入り込んでいるのだから。

「あのような愚か者、論ずるに値しません。返答を」

「い、いや、スラムの住人と言ったが…………天獄を裏から唆し、操っているのは聖光国であるということかね？」

少女の言葉に、王は一つの答えを得る。

寄る辺なき根無し草の、最終的な引き取り手は聖光国であったのかと。

「皆様は何かを勘違いしておられるようです。私のマスターは、遍く世界の全てを支配する方であり、マスターに命令を下せるものなど、三千世界の何処にも存在しません」

「君は、何を言っ……ごふッ、がはぁっッッ！」

激しく咳き込む王を見て、大臣が慌ててその背をさする。

あらゆる魔法も薬も、王の容態を好転させることはできず、悪化の一途を辿ってきたのだ。

今も吐き出した中には、黒ずんだ血が混じっている。

蓮は無言で王のベッドへ歩み寄り、その姿を見下ろす。

「な、情けない姿を見られてしまったの……ご覧の通り、余の寿命は尽きんとしておる」

大臣も顔を歪め、黙ってそれを聞くのみであった。慰めや、激励などでどうにかなる容態ではない。食事もロクに取れず、その容貌には死が漂い、指など枯れ枝のようである。

「失礼します――――」

蓮は王の体へと手を翳し、生存スキルの《医学》を発動させる。このスキルは戦闘時に負った負傷を癒すことができるが、他者を治癒することはできない。

だが、その名称が示す通り、医学を修めた者として状態を診ることは可能であった。

「胃がんの症状が進んでいます。極度の食欲不振に、不眠状態、自律神経の乱れ、それに加え、モルヒネに酷似した薬物反応」

まるで、全身を高度な機器でスキャンしているようなものであり、蓮に手を翳されるだけで、王の体はポカポカとした温かさに包まれていく。

久しぶりに感じた人の温もりに、老いた王はしみじみと漏らす。

「妙な気分じゃな………君は我が国の敵であろうに、どうにも悪意が感じられん」

「これを。マスターからの慈愛です」

「………ん？」

無論、蓮が手渡したものは「九界九済薬」である。悠との不仲を少しでも改善しようと思ったのか、魔王が幾つか手渡したものであった。

瓶の中にはオレンジ色の粉末に加え、緑色の粉末も交じっており、どぎつい配色である。

どう見ても、毒薬としか思えないものであった。

「こ、これを………余に飲め、と？」

王は震える手で瓶を受け取り、まるで自害を勧められた者のように硬い表情を浮かべた。

実際、状況だけ見れば王が責任を取って自害してもおかしくない。王宮の、それも寝室にまで敵が入り込んでいるのだから。

最早、敵に討ち取られるか、自決するしかない状況であった。

「慈愛、と言ったか………確かに、無能な王には相応しい結末よ」

「へ、陛下、お待ち下さい！　逝かれるのであれば、私も共に！」

「何を言うておる。そちはまだ、若い………面倒をかけるが、この国を、民を頼む」

「………陛下っ！」

　全てを失った王が、残された遺臣に後を託す感動的な場面であったが、蓮は平坦な声で大臣へピシャリと言ってのける。

「貴方には、病の症状が見えません。強いて言うのであれば、運動不足による内臓脂肪の蓄積が腹部に見られます。それと、ストレスからくる頭頂部への深刻なダメージ。薄毛、抜け毛などの症状が見受けられます。典型的な男性型脱毛症、ＡＧＡであるかと」

　蓮の言い様に大臣は石像のように固まってしまい、王も唖然としていたのだが、次第にその口から笑い声が漏れる。

「あっはっはっ！　大臣、このように可憐な少女からの忠告であるぞ！　摂生に努めい！」

「わ、私は太っておりませんぞ！　少し、お腹がふっくらしてきただけで！」

「それと、髪にも少しは気を配るようにの………」

「禿げてないから！　全然、ハゲてないし⁉　もう良いわ、さっさと飲んで逝けよ！」

　もはや、最後の別れ（？）まで無茶苦茶である。湿っぽい終わりよりも、この方がよほどマシだと思ったのか、王は笑顔で薬を口にし、水で喉奥へと流し込む。

　その瞬間、自害どころか、王の体を蝕んでいた癌組織が完全に消滅した。腹部から突き上げる疼痛と、全身を包んでいた倦怠感まで嘘のように消え果てていく。

「死とは、これほどに甘きものであったのか…………知らなんだわ」

「陛下…………！」

大臣は涙を流しながら慌てて駆け寄り、王の手を掴む。

しかし、そこにあったのはいつもの冷たい手ではなく、体温が戻り、力強い脈拍すら感じる、熱い健康的な掌であった。

「陛下…………って、何か手が温かくない？　目の下にあったクマも消えてるし…………」

「ん？　そうであるか。余も、これほどの解放感は久方ぶりであるわ」

「目にも、妙に力が…………陛下、何か元気になってない？」

「妙なことを言う。余は毒を呷…………うん？　んん？」

王は軽々と布団を跳ね除けると、ベッドへと腰掛け、辺りを見回す。以前はそれだけで眩暈がしたものだが、今は視界も確かであり、気分も晴々としている。

困惑する２人に向けて、蓮は淡々と告げる。

「そろそろ、喜劇は終わりにして下さい」

「「喜劇⁉」」

「マスターの慈愛により、貴方の病は消え去りました。指揮を執って頂くためにも、次は健康を取り戻して貰います」

蓮はそれだけ言うと、白く輝く光球を取り出す。闘技場で魔王から渡された《食材》の残りである。蓮はそれを《滋養スープ×２》へと変化させた。

これには気力を50も回復させる劇的な効果があり、弱った病人にも優しい口当たりの食べ物である。鍋セットには細かく味が設定されているが、こちらは本格的に滋養をつけるものとして作られており、病み上がりの患者には、こちらの方がより効果が高いであろう。

何処かの自分勝手な魔王とは違い、蓮の判断は的確であった。

「どうぞこれを。マスターの慈愛によるものです」

慈愛という言葉が持つ意味は、広い。

王からすれば、最期を迎える者へと向けた餞の言葉であったが、蓮が口にするそれは、まるで別の意味合いのものであった。

「こ、これは…………先程、大臣が言っておった食べ物であるか…………」

目の前で白く輝く光球がスープへと変わったのだ。身を蝕んでいた疼痛や気怠さが一瞬で消えたことといい、王としては困惑せざるを得ない。

目の前のスープも恐怖を伴った胡散臭い代物でしかなかったが、それを口にしてしまえば少女の態度が豹変しそうな予感がし、王は賢明にも口を噤む。

「貴方もどうぞ」

「よ、よろしいので…… ……？」

滋養スープは同時に2個作成できるため、もう一つを大臣へと手渡す。闘技場での騒ぎを見ていた大臣は疑うことなく、大喜びでそれを受け取った。

本来、国家の要職にある者としては、あってはならぬ態度であろう。

とは言え、不能となった一物すら勃ち上がらせ、小瓶一つで、末期状態にあった王の容態まで急変してしまったのだ。大臣からすれば、蓮は未知の力を持つ名医としか思えない。

期待に満ちた目付きでスプーンを掴み、大臣は鶏肉の入ったスープを口へと運ぶ。

「ほ、ほぉぉぉぉ！」

「だ、大臣！　お主、得体の知れぬものを…………迂闊にもほどがあるぞ！」

「何という柔らかい口当たりか！　体に染み、染みるぅぅぅ！　オォン！　アォン！」

「だ、大臣…………」

「…………イグッ！　いっっっぐッ！」

「だい、じん…………？」

夢中でスープを啜る大臣を見て、王も手にしたスープへと視線を落とす。

流石に一国の王が、得体の知れない者から、得体の知れない物を手渡され、はいそうですかと口にする訳にはいかない。

「ご心配なく、毒など入っておりません」

「いや、しかし…………」

蓮はスープを掬い、王の口元へ優しく持っていく。

まんま、祖父の介護をする孫のような姿であったが、こちらを見つめる、黒曜石のような瞳の美しさに、とうとう王も根負けしてしまう。

この少女が傍にいるだけで、どういう訳か、桜を思わせる儚さに包まれてしまうのだ。

普通の男であれば、思わず抱きしめてしまうかも知れない。

王も例外ではなく、ドキドキした面持ちで口を開ける。元々、自害すら覚悟した身でもあり、そうと決めると決断は早かった。

「で、では、頂こう、かの………」

「どうぞ」

スープを飲み込んだ瞬間、王の全身に文字通り「滋養」が染み込んでいく。

枯れ果てていた肉体が、細胞が、一気に息を吹き返したかのような感覚が走り、弱っていた心にまで力が戻ってくる。

「な、何じゃこれは………まさか、これが噂に聞く神の涙《エリクサー》であるのかッ!?」

「おっほぉぉぉぉぉぉぉ！　は、生える！　髪が、生えそうッッ！」

王が真面目に叫んでいたが、横の大臣は夢中でスープを啜っていた。何せ、飲めば飲むほどに体が元気になっていくのが判るのだ。

最後はスプーンで掬うのも面倒になったのか、皿を両手で持ち、豪快に一気飲みしている始末である。

王も夢中になってスープを啜り、遂には一滴残らず飲み干してしまった。

「では、先程の指示を滞りなくお願いします」

それは、有無を言わせぬ断定的な口調。ジャックという面倒な男を片付けたのだから、そちらも何かを返せということであるらしい。

蓮はそのまま立ち去ろうとしたが、一度だけ振り返ると、王へと笑いかける。

その微笑は、まさに小さな桜が開花したような可憐さであった。

「病から立ち直られたことに祝福を。良かったですね、お爺さん」

病気で弱っていた孤独な老人が元気を取り戻し、それを純粋に祝ったのであろう。だが、その透き通った笑みを見た2人は、年甲斐もなく頬を赤らめた。

かのジャックを打ち倒し、摩訶不思議な食べ物を生み出し、その外見たるや、香り立つような完璧な美少女なのだ。ときめくな、という方に無理がある。

蓮が去った後も、2人は暫く無言でいたが、やがてぽつりと洩らす。

「「………可憐だ」」

自然と漏れた声が被り、2人は思わず顔を見合わせる。

その目には、互いに負けたくない、という敵愾心すら感じさせるものがあった。

「陛下、御元気になられたのは喜ばしいことですが、御歳を考えて下され」

「お主こそ、妻がおる身で何をはしゃいでおるのか………」

王宮の一室で妙な騒ぎが起きていた頃、噂の魔王は独裁者が消えた街を闊歩していた。

それがまた、新たな騒ぎを生むとは知らずに。

魔王殺し

蓮が王宮へと赴く、少し前――――

ジャックを打ち倒し、闘技場を後にした２人は堂々たる足取りで王都を闊歩していた。本来、独裁者を打倒した人物であれば、今頃、演説の一つでもしている頃であろう。

だが、魔王の頭に浮かぶのは全く別の事柄であった。

「さて、あの剣士を探し、交渉を持ちかけることにしよう」

無論、闘技場で戦っていたアルベルドのことである。魔法を防ぐ、何らかの魔道具を所持していると聞いては、とても放置できるような存在ではなかった。

「はい。それと、スラムの方々は田原さんが受け入れ態勢を整えて下さったようです」

「――――うむ。ん？」

「マスターの仰られた通り、目の前の一人だけを見ていた私の視野は、酷く狭かったようです。今となっては、恥じ入るばかりです」

「ん…………」

蓮が何を言っているのか判らず、魔王は奇妙な音を発する壊れた機械と化していた。おぼろげながらも、田原が人手として使おうとしているのか、と何とか当たりをつける。

実際、ラビの村を拡張・整備するだけで、まるで人手が足りていない状況なのだ。

既に聖光国の東部では、献上という名の地上げが広がっており、内戦の結果次第では、国内の全てに開発地域が広がるであろう。人手が足りない、どころの話ではない。

「まぁ、今後を考えれば、労働力は幾らでも必要だからな………」

「はい、マスター。この事業により、多くの民草が救われるかと」

この男も「使おう」と考えたことがあり、何とか脳内でそれを消化する。

当然、蓮のように「救う」などという殊勝な心掛けはない。

「では、そちらの手配は私の方で済ませておきます」

「………念のために、手筈を確認しておこうか」

「この国の現王に、移動手段を万端整えて頂きます」

現王、という聞き慣れぬ単語に魔王は微かな引っ掛かりを覚える。まるで、将来は別の人物が統治すると言わんばかりの口調であったからだ。

（まさか、俺じゃないよな………？　頼む、違うと言ってくれ！）

魔王は心の中で無責任なことを叫びながらも、神妙な表情で頷く。

何はともあれ、労働者を確保したのであれば、後は田原に丸投げすればどうにかなるだろうと身勝手に思いながら。

性質の悪いことに、その田原も労働者を喉から手が出るほどに欲しているのだから、すれ違いながらも、強烈に噛み合うこの主従はコントそのものであった。

「この国の権力者にも、汗を流して貰わねばな。税を取るだけが仕事ではあるまい」

魔王はそう嘯いたが、別の角度から見れば、正論でもあった。言わば、国内で難民状態にある集団を引き取ると言っているのだから。

「この状況下では、断ることはできない筈です。マスターは初めから、ここまで考えておられたのですね」

ユーリティアスを支配する独裁者を打ち倒した上で、厄介なスラムの住人を引き取る。普通に考えれば、英雄的行為であろう。

これだけの好条件を並べたのだから、先方に断る余地はないと言ったところだ。

「私にそこまでの考えはない。只――――」

「…………ただ？」

魔王は懐から地図を取り出し、何を思ったのか、黒い笑みを浮かべた。

この男には、田原のような神算鬼謀はないが、詐欺師としては相当なタマである。

「蓮、移動には共和国を通過するだろう。ルーキーの街で健気に働いている勇者と、そこで会談を開くといい」

「お言葉ですが、それではマスターの傍から、長時間離れることになってしまいます」

「良いか、あの男に移動の指揮を引き継がせるんだ。これは、お前でなければできない仕事だ。田原や悠では、あの男の猜疑心を潜り抜けることはできん」

田原は権謀術数の塊のような男であり、悠など、水と油どころか本来であれば討伐対象にでもなりかねない存在である。

当然、茜や近藤など、その手の交渉には論外である。

他の面子を思い浮かべたのか、蓮も渋々といった表情で頷く。確かに、この任務は自分でなければ達成は困難であろうと。

「あの男であれば、貧しい人間の、それも2千人もの移動を見ては、無視できんだろう。まして、2回目とあってはな」

一度目は言うまでもなく、魔族領に囚われていた奴隷たちである。

あの時ですら臍を噛んだというのに、二回目とあっては、もはや現地の様子を見ずにはいられないであろう。蓮も同じことを考えたのか、静かに頷く。

「はい。その方は必ずや、私がラビの村へと誘導してみせます」

「うむ」

こうして、蓮は王宮へと向かい、魔王は例の剣士を探すべく動き出した。

独裁者が倒れ、浮かれに浮かれる王都は異様の一言である。あちこちで酒盛りが繰り広げられては、大勢の人間が肩を組んでは歌い、楽器に併せて狂ったように踊る。

嬉しさに泣く者もいれば、昂った感情のまま暗がりへと消える男女の姿もあり、一国を挙げた狂騒は、朝が来ても終わりそうもない。

(随分と騒がしいな…………この様子では、ロクに話も聞けんぞ…………)

何せ、この祭りの立役者である〝キング〟が目の前を歩いているというのに、気付かない有様なのだ。その浮かれ具合ときたら、お察しのレベルである。

「今日から俺たちは自由だ！　飲め飲め！」

「ほら、そこのサバサバしてそうな女も飲めよ！」

「え～、果実酒～？　そんな女子みたいな甘いもの飲めな～～～い！」

（あの肥満気味の女、血糖値が高いんだろうな………）

魔王はどうでも良いことを思いながら、路地裏へ足を向ける。殺気こそないが、こちらを監視するような視線を感じたからだ。

閑散とした場所で立ち止まると、魔王は悠々と一服をはじめる。

「………で、私に何か用かね？」

魔王がそう告げると、相手は暫く沈黙を続けていたが、建物の影が蠢き、やがて人の形となっていく。影から現れたのは、ゼノビア新王国の諜報を司るハンゾウであった。

「お前は、何を目的としているのだ………諸国の混乱か？」

「その前に、自己紹介くらいしたらどうかね？」

「趣味の悪い男だな………私たちのことなど、とうに熟知しているだろうに」

（いや、知らねぇよ！　何なら、影から出てきたのにもビックリしたわ！）

田原はともかくとして、魔王はゼノビアに対して何の知識もない。辛うじて、国の名前を耳にしたことがある、という程度であった。

「………私は、ゼノビア新王国のイガニンを纏める頭領だ」

「イソジン？」

「イガニンだ！　イガニン！　私の組織を馬鹿にしているのか！」

「軽いジョークだ、そう怒るな。で、君の名は？」

「…………………………い、一花《いちか》だ」

妙な間を置いて、ハンゾウは懲りずに女子っぽい偽名を名乗る。

彼女はこれまで、無数のキラキラとした名を考え、周囲に披露してきたのだが、一度たりとも
その名で呼ばれたことがない。

「………ふむ、イチカと言うのか」

「えっ？」

「その忍者っぽい服装と良い、もしかして、漢字で書くのか？」

「あ、あぁ………一つの花と書いて………」

「それで、一花か。うむ、お前の雰囲気に良く合った名ではないか」

「…………そ、そうか？　いや、うん、そうだな。うんうん！」

ハンゾウは当初、面食らったように固まっていたが、やがて嬉しそうに何度も頷く。幼少から
無骨な名で呼ばれ続けた反動であろう。

「うん、私は一花だ。誰が何と言おうと、今日から一花だ！　あははっ！」

（何だ、こいつ………）

ハンゾウのはしゃぐ姿を見ながら、魔王はゆっくりと煙を吐き出す。

そして、思うところを素直に問うてみた。

「逆に問うが、君は何のために私を監視しているのかね？」

「何のために、だと……どの口が……」

魔王陣営とゼノビアは、既に臨戦戦勢に入っていると見ていい。領土こそ遠く離れているが、ゼノビアは封じ込めの派兵までしている状態なのだ。

魔王の動向を探るなど、当たり前の話でしかない。

「何のために、と言ったな？　お前こそ、どういうつもりだ？　キングなどと名乗り、ジャック商会とゴルゴン商会を翻弄していたではないか」

「あんなものは、只の勘違いにすぎん。偶然が重なった結果だ」

「勘違いに、偶然だと？　ぬけぬけと……お前のように食えない男は見たことがない」

魔王としては素直に返答したのだが、ハンゾウは吐き捨てるように言う。彼女が見たところ、二虎競食の計を仕掛けているとしか思えなかったからだ。

間の悪いことに、その兵法は彼女の上司であるコウメイが多用する戦法でもある。

「少なくとも、私が意図したものではない」

「意図せず、あの両商会をぶつけたと？　全く、呆れ果てた偶然もあったものだな」

（ダメだ、こりゃ。もう何言っても、聞く耳持ってねぇわ……）

これまで、勘違いと過大評価に晒されすぎたのか、魔王が弁明を諦めるのも早かった。せめて有意義な時間にしたいと思ったのか、魔王はさり気なく話題を変える。

「確か、イガニンだったか？　この辺りには、日本っぽい国でも存在するのか？」

「………日本？　日ノ本のことを言っているのか？　それならば、我が一族の故郷だと聞いている。行ったことはないが」

「ヒノモト、ね………見たところ、そんな国は地図に載っていなかったが？」

「地図だと？　遥か東、海の果てに浮かぶ島々であると言われている。そんなものが載っている筈もない。存在すら疑う者もいるほどだ」

「なるほど。海の果てと言ったが、その距離はどれく────」

────探したぜぇ、キングさんよぉ。

割り込んできた声に、ハンゾウは一瞬で姿を消し、魔王もおもむろに振り返る。

そこには、探していた剣士の姿があった。

「おやおや、アルベルド君ではないか！　私に何か用かね⁉　何でも聞こうじゃないか！」

魔王は喜びも露わに路地裏を抜け出し、急いで大通りへと戻る。その顔には、気味が悪いほどの笑みが張り付いていた。

相手の反応に驚いたのか、アルベルドは咄嗟に距離を取る。

「へ、へぇ………随分な反応だが、あんたも俺に用があったってことか？」

「うむ、君に是非、交渉を持ち掛けたい一件があってね」

「おいおい、またあの話かぁ？　勘弁してくれ、俺は天獄に入る気はねぇって言ったろ」

勇猛な傭兵集団である天獄は、常に猛者を求めている。

諸国にも名を響かせる、アルベルドのような剣士は格好の勧誘相手であった。

「私の話を聞いてくれるのであれば、当方からも、君が望むものを用意しよう」

「大方、幹部の席でも用意するってところだろ。興味はねぇが、まぁいい。だが、話をする前に俺と一つ、決闘してくれねぇか？」

「ほぉほぉ！　君は今、決闘と言ったのかね⁉」

魔王の、いや、キングの奇妙な反応にアルベルドは戸惑いながらも、相手に賞賛を送ることは忘れなかった。彼は諸国を巡りながら、常に功名の種を探し歩いてきた男なのだ。

そんな彼からすれば、キングは大金星をあげた男として映っているに違いない。

「前々から天獄のキングってのはイカれた野郎だとは聞いてたが……ここまでやるたぁ、流石に驚いちまったよ。ゴルゴンがバックにいるったって、いきなり大将首をあげちまうなんざ、な。あんた、大したタマじゃねぇか」

「…………お褒めに与り、光栄だ」

重々しく返したものの、魔王は相手の話など全く聞いていない。今は魔法を防ぐ不思議な品を如何に強奪するか、という山賊そのものと化していた。

そんなことを露知らず、アルベルドは誇らしげに告げる。

「ジャックを倒したあんたを倒せば、俺は自動的に北方一の剣士になれるって寸法さ。俺の剣は加減が利かねぇから、下手すりゃ殺しちまうかも知れねぇが…………構わねぇよな？」

アルベルドのそんな宣言に、魔王も嬉々として応える。

鴨が葱をしょってきた、と。

「私は争いを好まんのだが、果し合いを挑まれたとあれば武家の習い！　是非もない！」

挑まれた、と周囲に強調しながら、魔王は大声でアピールする。

こうしておけば、ぶちのめした後に所持品を強奪しても、無理からぬ話だと納得して貰うための姑息な手段であった。

「んじゃ、早速始めようや――――キングさんよぉッ！」

「勝者は相手の所持品を奪ってよし、か。よかろうッッ！」

「あぁん⁉」

キングが何か叫んでいたが、アルベルドは既に距離を詰め、抜刀の態勢にあった。

彼の得意とする、《剣閃》という技である。およそ、剣を志す者であれば最初に会得する基本の技であるが、アルベルドはこれを磨きに磨き、絶技とも呼ぶべき領域へと押し上げた。

その領域に達するため、彼が費やした月日は数十年にも及ぶ。血の滲むような努力と、病的な執念の結晶たるそれは、遂に悪魔をも切り裂くまでに成長を遂げた。

「貰った――――ッッッ！《剣閃》」

絶技と呼ぶに相応しい、音速の剣が魔王に迫る。

だが、奇妙な電子音と共に現れた《アサルトバリア》が、数十年にも渡る執念をいとも容易く無効化してしまう。

「ふむ、良き一手でござった…………しからば御免ッ！」

「なっ、てめっ！　これはなん…………………はぶぇッッ！」

魔王は一介の武芸者のような口上を述べながら、アルベルドに腹パンを叩き込む。強烈な衝撃が腹部を貫き、アルベルドは哀れにも口から泡を吹いて失神してしまった。

魔王は山賊顔負けの速度で物色し、目当ての品が見つかったのか、黒い笑みを浮かべる。

（うん、これだろう。まさに、鴨葱だったな…………剣士よ、安らかに眠れ）

まだ死んでいないアルベルドに黙祷を捧げ、魔王は満足気に立ち上がる。

その手には、奇妙なカードが握られていた。

一見すると、クレジットカードのような形をしているのだが、その表面には近未来を思わせる様々な電子模様が走っている。

「さて――――《アイテム鑑定》」

魔王は《マジックバリア》と表示されたカードを即座に奪い、内ポケットへと忍ばせる。

まるで、生まれながらの山賊のようであった。

（後で、防御効果を詳しく調べないとな…………）

上位のアイテム鑑定であれば、性能や数値まで表示されるのだが、この鑑定では精々が名前と属性を知れる程度であった。

が、今回に限っては、それで十分であろう。

「約定通り、頂くでごわす！」

まるで、果し合いを終えた武者のようにぬけぬけと魔王が言い放ち、一礼する。アルベルドが起きていたら、「何が約定だ！」と叫んだことであろう。

周囲の観客が一瞬の攻防にどよめく中、一つの拍手が鳴り響く。魔王が振り返ると、そこには物々しい鎧を纏った女武者がいた。

闘技場で、明智光秀と名乗っていた人物である。

「――美事、御美事！　天晴れなる、武者振りかな！」

「えっ？」

「その方、その髪の色といい、その口振りといい、日ノ本の出身の武者であろう！」

「いや、日ノ本……まぁ、日本は日本、なのか……？」

そんな古めかしい名称で言われても、魔王としては口篭るしかない。

だが、女武者はそれを聞いて嬉しそうにはにかみ、息がかかりそうなほどの距離まで近付いてくる。そこには悪意はなく、純粋に懐かしさを感じているようであった。

「このような南蛮の地で、同郷の者と出会えるとは！　これも尊き御仏の導きであるな！　是非、今宵は一献酌み交わそうではないか！」

「いや、近い！　距離が近い！」

「何を遠慮しておる！　その方も異郷の地でさぞ、苦労したことであろう！」

「まぁ、苦労は……って、ぐいぐい来るな！　怖ぇーよ！」

「何を怯えておるのか！　同郷の者と会えて、お主も嬉しいであろうに！」

「いや、お前は怖ぇーんだよ！」

「なっ……某《それがし》が何をしたというのか！」

魔王としては、色んな意味で警戒せざるを得ない相手である。この人物が、本当の明智光秀であれば、歴史上でも類を見ない、〝魔王殺し〟を本当にやってのけた人物なのだから。

穿って見れば、この世界を牛耳る何者かが、送り込んできた刺客のようにも映るのだ。

「と、とにかく！　お前はそれ以上、近寄るな！　密になる、密に！」

「断るッ！　ようやく見つけた同胞、絶対に逃がさんでござる…………！」

「怖ッッ！」

こちらも探すまでもなく、魔王と、魔王殺しが立て続けに出会うこととなった。これが運命であったのか、偶然であったのかは誰にも判らない。

その後、魔王は光秀に連れられるまま、なし崩し的に屋台へと腰掛けることとなった。

この世界では珍しく、暖簾のようなものまでかけられており、一見すると、屋台のラーメン屋のような作りをしている。

「ここは、某のいきつけの店でござってな！」

「そうか……………では、帰る」

「待たぬか！　来たばかりではないか！」

魔王は警戒心を隠そうともせず、チラチラと光秀を見ていたが、聞きたいことがあるらしく、席を立つか立つまいか、激しく葛藤しているようであった。

「じゅーべーさんや、相棒を連れてきたよ」

「これは宿の女将、痛み入る」

年配の女性の声に振り向くと、そこにはよく判らない生き物がいた。一見すると鹿のようにも見えるのだが、頭部には枝分かれした、えげつない角が生えている。

その体格を見ると、巨馬と見紛うサイズをしており、角を立てながら突進すれば戦場では猛威を振るうであろう。とは言え、その瞳はつぶらであり、毛並みもサラサラである。逞しくもあり、可愛くもあるという、何とも判断に困る生き物であった。

「何だ、この獣は…………も◯のけ姫のヤックルみたいなもんか？」

「お主は何を言うておる？　日ノ本が誇る騎獣、馬鹿《うましか》ではないか」

「馬鹿《ばか》？」

「馬鹿《うましか》だッッ！」

光秀はそう言いながら、ウマシカと呼ばれた生き物の首を優しく撫で、ススキのようなものを口元に持っていく。だが、ウマシカは黙って首を振った。

「むぅ…………やはり、南蛮の野草では口に合わんか」

「贅沢な畜生だな。好き嫌いをするのか」

「畜生とは何たる言い様か…………これは某の相棒である利三《としみつ》じゃ！」

（おいおい、その名前って…………）

魔王の頭に浮かんだのは、明智光秀の片腕ともいわれた武将、斉藤利三である。

義理堅く、武勇に優れた武将であったが、まさか鹿になっているとは予想外だったのだろう。

普段の演技も忘れ、魔王の顔に困惑した色が浮かぶ。

「光秀と言ったか。私はこう見えて忙しくてね、お前に幾つか聞き――――」

そこまで言った時、魔王の口が止まる。

光秀の手がロングコートを強く掴んでいたからだ。何があろうと絶対に逃さない、という意思が透けて見えるようであり、魔王の顔が青褪めていく。

「某で良ければ、幾らでも答えようではないか！　さぁ、好きなだけ問うてくれ」

「う、うむ…………」

段々、この女武者が話相手のいないぼっちに見えてきたのか、魔王の胸中に複雑なものが込み上げてくる。もしかすると、彼女はこの異郷の地でロクに友人もおらず、鹿とばかり話していたのではないかと。

「…………まず、その日ノ本とやらのことを聞かせてくれ」

「うむ、その方の衣服を見るに、国許を離れて久しいのであろう。幾らでも故郷の話に花を咲かせようではないか！」

慎重に、探るようにして魔王が口を開く。

光秀が語るのは、やはり戦国時代の日本であり、現代日本とはまるで違う時代であるらしい。

その口からは平然と幕府だの、大名などといった単語が飛び出し、ここがファンタジーな世界ということもあってか、凄まじい違和感に包まれてしまう。

「室町将軍、ね…………まだ信長に追放されていないのか」

「…………ッ！」

魔王が何気なく呟いた一言に、光秀が激しく反応する。

ちなみに、室町幕府の最後の将軍は何度となく信長に対して反抗し、最後は追放されることによって実質的に歴史の表舞台から葬られてしまう。

力と銭が物をいう時代であり、古い権威は最早、通用しなくなっていった時代でもある。

（っても、俺の知る歴史と、日ノ本とやらが全く同じとは思えないけど…………）

魔王はそんなことを考えながら出されたワインを口にする。屋台の安酒でもあり、味も薄く、水でも飲んでいるような気分であった。

光秀も、苦々しい顔でワインを睨み付ける。

「ふん、このような南蛮の地でもその名を聞くとはの…………忌々しいことじゃ。このワインとやらも、某の口にはどうにも合わん」

「ふむ――――」

魔王は懐から巻物の形をしたアイテムファイルを取り出し、酒を吟味する。

突拍子もないものより、慣れ親しんだものが良いであろうと濁酒をチョイスした。どぶろくと呼ばれるものであり、アルコール度数はそれほど高くない。

酒で口を柔らかくさせ、様々なことを聞き出そうとでも考えたのだろう。

「まぁ、これでも飲みながら語ってくれ」

「これは…………日ノ本の酒ではないか！　いや、その前に何故、巻物から酒が出てきたのか！　その方、忍術でも修めておるのか⁉」

「忍術て………」

「忍びの技を極めし者は、巨大ガマに騎乗すると言われておるが、お主もそうなのか？」

「忍者じゃじゃ丸くんか！　乗るわけねーだろ！」

例えが古いツッコミをしながら、魔王は豪快に濁酒を煽る。立て続けに酒を二杯、三杯と煽る姿を見て、光秀の喉が上下に動く。

その姿を見るに、長らく故郷の酒を飲んでいないのであろう。

「で、では、ありがたく頂戴する」

光秀は礼儀正しく一礼し、濁酒を口にした。

途端、その顔が花のように綻ぶ。

「くぅぅ……これ！　これを待っていたのでござるよ！」

ポニーテールがブンブンと揺れ、その頬が僅かに赤らむ。更に注ごうとした光秀であったが、利三が無言で濁酒を咥え、盛大に自分の喉へと流し込んだ。

「あ、あぁぁぁぁぁぁ！　利三、何をしておるのか！」

光秀が涙目になって叫んだが、利三は満足そうに首を振り、何食わぬ顔付きであった。可愛い顔をしているが、やることは畜生そのものである。

「利三、貴重な濁酒を何と心得ておる！　その身を恥じよ！」

「グルル………」

利三が低く唸り、前足で地面を掻く。

飲食物に関して好き嫌いが激しいのか、主人との喧嘩も辞さぬ構えであった。

「いや、まだあるんでな…………話の続きを頼む」

「…………誠か！」

「ルー♪」

付き合っていたら朝になると思ったのか、魔王は更に濁酒を出す。

今度は利三のために、もう一本用意した。鹿もどきが酒を飲んでいる姿は何とも言えないものがあったが、早く話を聞いて立ち去りたかったのだろう。

光秀は久しぶりの故郷の味に舌鼓を打ち、利三もご機嫌な様子で濁酒を舐める。

「某はあの邪悪な存在を討つべく、立ち上がったのでござるが…………」

光秀の愚痴とも何とも言えぬものを聞きながら、魔王は少しずつ日ノ本と呼ばれる国の状況を確認していく。その口からは時に甲斐の虎や、越後の龍などと言った単語まで飛び出し、魔王の頭には混乱が広がるばかりであった。

光秀が本能寺の変を起こした時には、既に信長は天下獲りの七割方を終えており、上杉は土壇場にまで追い込まれ、武田などは滅んだ後である。

時代と、状況が合っていない。

「お前は、本能寺で信長を襲撃したのだろう？」

「本能寺？　某が襲撃したのは岐阜城でござるが……いや、お主は長らく故郷を離れておったのではないのか？　やけに詳しそうな口振りであるが」

光秀の日に、はじめて疑心が宿る。もしかすると、日ノ本の大名から放たれた間者の類であるのか、とでも考えたのだろう。

「心配するな、私はお前が思っているような類の者ではない。それどころか、お前のいう日ノ本とやらには行ったこともない」

「な、何を言うておる………お主、某を謀《たばか》ろうとしておるのか！」

「うまく、説明はできんがな」

未来人である、というのは正しくないだろう。

何せ、厳密には全く違う歴史の日本から来ているのだから。当然、この世界のように明智光秀が女であったり、斉藤利三が鹿であったりする訳がない。

「要するに、お前は謀反に失敗したのか」

「む、謀反とは人聞きの悪い！　某は義によって立ち上がったのでござる！」

「義だろうが何だろうが知らんが、とにかく裏切りに失敗したということだろう？」

「う、うら、うら裏切りって言うなぁぁぁ！」

光秀は濁酒を片手に、涙目になって叫ぶ。

その顔は既に真っ赤であり、かなり酔っているらしい。

「三日天下どころか、謀反に失敗した挙句、島流しにされたといったところか…………」

「だ、誰が島流しか！　そ、某は捲土重来を期し…………うわぁぁぁん！」

「うぉ、急に泣くなよ…………面倒臭っっ！」

「面倒臭いって言うなぁぁぁぁぁ！」

光秀はとうとう屋台のカウンターに突っ伏し、魔王はやれやれと頭を掻く。女にもまるで容赦のない男であったが、光秀の姿も疲れ果てたOLのようであった。

傍目から見ていると、部下の愚痴を聞いている上司の姿に見えなくもない。

「亭主、それよりも何か食い物を頼む」

「あいよ」

「うわぁぁぁん！　人が泣いてるのに注文するなぁぁぁ！」

光秀が魔王の腕をポコポコと殴り、ポニーテールを激しく揺らす。

本来なら同情するところであろうが、この男の口から出るのはいつもと変わらぬ、冷淡なものであった。

「――酒臭っ！　面倒臭っっ！」

「また面倒臭いって言ったぁぁぁぁ！　あと、酒臭いとか言うなぁぁぁぁぁ！」

何処かデジャヴを感じるやり取りが行われる中、亭主がキャベツと茸を炒めたものを出す。

見た目は平凡だが、香りは悪くない。腹が減ってきたのか、魔王が口をつけようとした瞬間、光秀が皿を奪い取る。

「はぐ……んぐ……某は、このような異郷の地でも、たった一人で……むぐ…………」

「お前、泣くのか食うのかどっちかにしろよ…………」

「グルル………」

「ちょっと、待て！　何かその鹿もどきが怒ってるっぽいぞ！」

「利三、お主は飯抜きじゃッッ！」

「………………グルルッッ！」

「おいおい、角がＬＥＤみたいに光りだしたぞ！　何だ、この地球外生物は！」

聖光国のみならず、諸国をこれだけ揺らしておきながら、当の本人は心の底からどうでも良い騒ぎを繰り広げており、脱力するような光景であった。

飯を食い損ねたと、魔王は酒のアテに下級アイテムである《生レバー》を生み出す。

下級アイテムの割には、体力を30も回復してくれる優れものであったが、毒物であることが多く、プレイヤーからはあまり歓迎されないアイテムであった。

「むむ、それは何の肉じゃ…………？　と言うか、お主は何処から物を出しておる⁉」

「これは牛の肝臓だ。酒に合う」

「牛とな？　農耕に使う牛を食うとは野蛮な……その方は南蛮の風習に毒されておるな」

光秀はそう言いながらも、鼻をヒクヒクとさせる。

横に置かれたタレから、何とも食欲がそそられる香りがしてきたからだ。

「これはゴマ油に、すりおろした大蒜と塩を混ぜ合わせたものでな。このタレに漬けて食う」

口の中にレバーを放り込み、魔王は笑みを浮かべる。大帝国製のレバーには全く臭みがなく、豊かな肉感にゴマ油と塩が絡み合う、極上の風味であった。

大蒜の香りと、舌を刺すような刺激が更に酒を進ませる。

その姿を見て、光秀も心が揺らいできたのか、か細い声で言う。

「………ご、郷に入っては郷に従え、と昔から言われておる。そ、某も少し、味見することはやぶさかではない」

「南蛮の風習は野蛮なんだろう？　君は是非、初志を貫徹してくれたまえ」

「意地悪なことばっかり言うなぁぁぁ！　某にもっと優しくしてぇぇぇぇぇ！」

光秀は魔王の腕を掴み、左右に揺さぶる。

まんま、癇癪をおこした子供のようであり、魔王もやれやれと溜息を吐く。

「とんだ絡み酒だな………おい、鹿。お前も食うか？」

「るーーーー♪」

「何で利三に⁉　ヤダヤダ！　某も食べたい！　はい、あーーーーん！」

「こんな夜中に、幼児化すんな！」

こうして魔王が屋台で騒いでいる間も、蓮は王宮での話を纏め、スラムの住人たちに新天地への移住計画を伝えていた。

深夜であるにもかかわらず、精力的に働く姿は秘書の鑑である。

蓮から計画を聞いたスラムの住人たちも、大喜びで移住の支度をはじめた。このままスラムに留まっていても、朽ちていく未来しか見えなかったからであろう。

何より、移住にかかる費用まで国が負担すると言うのだから、乗らない手はなかった。良くも悪くも、彼らには所有する財産など何もなく、手荷物を纏めれば済む話でもある。

このフットワークの軽さこそが、ここの住人たちの強みであると言えるだろう。

ジャック商会が崩壊したことを祝い、大宴会を繰り広げていた彼らであったが、次は大移動の準備とあって、スラム全体が割れるような騒ぎに包まれていく。

あの魔王が齎した混乱は、まだまだ終わりそうもない。

明智　光秀

Mitsuhide Akechi

【種族】人間　【年齢】24歳

【レベル】？　【ステータス】不明

遥か東方の、日ノ本からやってきた武将。
刀剣を巧みに操り、火縄銃の名手でもある。
東方独自の剣術や法術を操る猛者だが、性格的には面倒臭いところも多い。
条件を満たせば、彼女は魔王属性を持つ者に対し、決戦存在と化す。
蓮のことが大好き。
ちなみに、相棒である利三は洒落にならないくらいに強い。

バタフライ・エフェクト

ユーリティアスの王都が歓喜の声に包まれていた頃――

大きな被害を受けた側も状況を立て直すべく、動き出していた。

かつては、独裁者として、権力をほしいままに振るってきたジャックと、とばっちりを受けたゴルゴン商会である。前者はともかく、後者に至っては、対岸の火事が予想外の風向きとなり、無数の火の粉が飛んできたようなものであろう。

元来、ぶつかるべくして、ぶつかった両商会であるが故に、着火した火は小さくなるどころか大きくなる一方であった。

今も都市国家ではゴルゴン自身が最前線へと赴き、ネズミ駆除の指揮をとっている。

「ジェイクはまだ戻っていないのですか……」

蛇使い、との異名を持つ部下を派遣したものの、ジャック商会のゲリラ部隊は騒ぎを起こせばすぐに散るため、捕捉できずにいるらしい。古来、ゲリラ戦とはやる方の労力は少なく、それを捕らえる方は大変であった。

「御党首様、敵は現在――ふごッ！」

「若い男が近寄るな！　吐き気がする！」

報告をしようとした若い男が派手に殴られ、吹き飛ぶ。

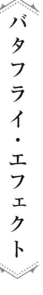

ゴルゴンはハンカチで拳を拭いつつ、その整った容貌を歪めた。

「で、では、私が。敵は現ざ――――あきゃ！」

「若い女が近寄るな！　眩暈がするッッ！」

次に報告しようとした若い女性が派手に蹴飛ばされ、吹き飛んだ。

ゴルゴンはハンカチで靴を拭いつつ、その整った容貌を一層に歪める。まるでコントのようであるが、本人は大真面目であった。怯えきった周囲を見かねたのか、彼の傍にいたキャサリンが転がっていた報告書を拾い、ゴルゴンの前に立つ。

「御党首様………で、では、僭越ながらこの私《わたくし》めが………」

「ええ、お願いしますよ。キャサリン」

今までの姿が嘘であったかのようにゴルゴンは爽やかな笑みを浮かべ、キャサリンからの報告に耳を傾ける。その姿を見ていると、彼女の声を聞いているだけでも幸せそうであり、満足気であった。

しかし、ユーリティァスに潜ませていた間者からの急報が届いたことにより、その場の空気が一転する。あのジャックが、キングに打ち倒されたという驚愕の内容であった。

「キングが………何故、ジャックを………」

別の老婆が運んできた高価なラウンジチェアに腰掛け、ゴルゴンは思案に耽る。即座に、その周囲にはテーブルや色鮮やかな果物などが設置され、南国のビーチのようになった。

いつもの光景である。

彼はいつ如何なる時であっても、引き連れている老婆たちの前で格好を付けたがる男であり、そのための準備には一切の余念がない。

「下克上…………？　埋伏の毒…………？　それとも…………」

ゴルゴンの頭に浮かぶ、幾つもの可能性。

それらは常識的に考えれば、どれも可能性はあるとはいえ、単独で行うには、余りにも無理がありすぎるものであった。

いかに天獄が勇猛な集団とはいえ、一介の傭兵団に過ぎないのだから。

「連中は、思ったより賢明なのかも知れませんね…………」

「そ、それはどうい……きゃぁぁぁ！」

「若い女が声をあげるな！　耳が穢れるわッッ！」

思わず声をあげた若い女性が、風の魔法を食らって吹き飛ばされる。ゴルゴンの手には幾つもの指輪が嵌められており、其々に魔法が封じ込まれているのだ。

党首も党首であったが、何度も繰り返す部下も部下である。見かねたキャサリンがゴルゴンに控えめに声をかける。

「ご、御党首様、これは一体、どういうことでありましょうや…………」

「キャサリン、あのキングという男は…………いえ、天獄はこちらに誼を通じようとしているのかも知れない、ということですよ」

「何と…………！」

各国に手広く商売の網を広げる都市国家、その中でも抜きん出た力を持つゴルゴン商会に喧嘩を売るなど、そもそもが正気の沙汰ではないのだ。ゴルゴンが本気になれば、天獄など戦わずとも干し上げることが可能なのだから。

各国へ裏から手を回し、武器を回さず、食料も回さず、軍需物資なども堰き止めれば、一介の傭兵団など戦わずして、ミイラのように痩せ細っていくに違いない。

「名を求めた、気狂い沙汰かとも思いましたが………」

ゴルゴンの頭に、一つの考えが浮かぶ。

むしろ、天獄はこちらに誼を通じるため、ジャック商会を土産とし、懸命な宣伝、営業活動をしているのではないかと。

「なるほど、確かに彼らが西方で更に躍進するためには、我々と誼を通じることが一番手っ取り早く、賢明な道でもある………」

干し上げることが可能であるなら、逆に天獄と敵対する組織に対しても、それを実行することは容易いと言うことでもある。

ゴルゴンが本腰を入れ、天獄をバックアップするとなれば文字通り、西方の傭兵業界で天下を獲ることも決して夢ではないであろう。

「そのキングという男、ジャックをそのまま放置したのでは――――?」

「ははっ………仰る通りでありますっ！」

急報を知らせた男が、遠くから叫ぶ。

近付けば殴られる、と学んでいるのだろう。

「やはり、そうですか――――」

ゴルゴンの反応に、周囲の者たちは困惑した色を浮かべる。敵の総大将を討つ、という最大の功績を上げながら、それを自ら捨てるなど、理解が及ばぬ話であった。

「御党首様、どうしてそのキングとやらは、恐ろしいジャックを放置したのでしょうか………この老婆には、何がなにやら」

「ふふっ。これはね、キャサリン。私へ向けた、懸命なアピールなのですよ」

ゴルゴンは柔らかい笑みを浮かべ、キャサリンへ丁寧な説明をおこなう。

いつでもジャックの首を獲れる、というこちらへの宣伝でもあり、言い換えれば、自分たちを無視すれば、この戦火は何処までも燃え広がるぞ、との有形無形のアピールでもあると。

自分たちの実力を一度見せつけておきながら、猛獣を再度、野に解き放つ。

凄まじい自信であり、脅しでもあると言えるだろう。だが、ゴルゴンはその荒っぽいやり方に仄かな好意を持つ。

「売り込む手腕も、機を見る目も、その度胸も、中々どうして………」

ゴルゴン商会は元々、老舗の傭兵団でもあり、ここまでストレートに腕っぷしを宣伝してくる様はどうにも嫌いになれないものがあった。

力こそが全てであり、それ以外には価値がない、とでも言わんばかりの姿である。

「………アジャリコング。ユーリへと赴き、キングと接触しなさい」

「はっ！」

顔一面に不気味なペイントをした女が立ち上がり、一礼する。

その肉体は小山のようであり、鍛え抜かれた両腕は熊でも楽々と締め落とすことができそうであった。事実、彼女は魔獣を絞め殺したことがある。

「言伝は、そうですね……そちらの心意気と、腕っぷしを高く評価する、とね。ふふっ、そのキングという男であれば、これで十分に伝わるでしょう」

「お任せを！」

「しかし、こちらもやられたままでは業腹なのでね。街に入り込んだネズミの駆除と、ジャックの残党を徹底的に磨り潰しますよ」

こうしてキングの下に使者が送られ、ゴルゴンは勢いを失ったジャック商会へ一気呵成に勝負を仕掛けることとなった。

一方、闘技場で打ち倒されたジャックは、手勢に守られながら王都から一時離れ、北方を守る砦へと運び込まれていた。

そこはユーリティアスの北に位置するミルクとの国境であり、備えも固い。

「キングぅぅ……………あの野郎……………ッ！」

ベッドに横臥したまま、ジャックが呻く。

自らの秘めた能力まで解き放ったにもかかわらず結果は惨敗であった。衆人環視の中で起きた出来事でもあり、王都における支配体制は完全に崩れたと見ていいだろう。

怪物と化したジャックを見て、逃げ散った兵も多い。魔物のように恐れられていたジャックであるが、本当に魔物であったなど、笑えない話であった。

「いま、兵隊はどれだけいる………」

「はっ、途中で脱落した者もいますが、2千ほどは………！」

それでも尚、ジャックに付き従う者もいる。

最早、彼の下を離れれば、生きていく手段がない者たちであろう。

「各地の手勢を全て引き上げ、都市国家との国境に張り付けろ。ゴルゴンがこの機会を逃すとは思えねぇ………」

ジャックは呻きながらも、部下に指示を下す。この機を逃さず、ゴルゴン商会の者たちが大挙して押し寄せてくると読んでいるのだろう。

「各地の手勢を集めれば1万にはなるだろう。こっちの言いなりになる国軍を動かし、その間に態勢を立て直すんだ」

「ははっ！」

ジャックはそう指示したが、軍が動くことはなかった。これより少し先の話になるが、気力を取り戻した王が、国軍を完全に掌握したからである。

内通していた面々も、敏感にジャックの破滅を嗅ぎ取ったからに他ならない。

そう言った連中は元来、風向きには敏感なのだ。昨日までの驕った勝者が、明日には敗者へと転がり落ちる。

古今東西、政治とはそういうものであり、多くの人間を地獄に突き落としてきた者に限って、自分がそうなるとは中々、考えないものだ。

「キングめ…………ッ！」

ジャックの脳裏に浮かぶのは、不敵な笑みを浮かべる一人の男。

狡猾にもスラムの住人を味方に付け、いつのまにか観客をも味方に付け、気が付けば、王都を我が物顔で歩き、生まれながらの王であるかのように振舞う男。

これまで多くの難敵と相対してきたジャックであったが、ここまで悪辣で、ふてぶてしい相手など見たことがない。

この劣勢を覆すべく、ジャックは禁じ手を容赦なく使う。

「……トゥンガ族の首長に、援軍を要請しろ」

「ミ、ミルクの連中を呼び込むのですか⁉」

「あの部族は金で手懐けている。早く行け」

「ははっ！」

ジャックは指示を終えると、痛みに耐えるように目を閉じた。

この事件はジャック個人にとっては、不幸であったに違いない。

しかし、この男の失脚は百万の民衆を笑顔にするであろう。暴力で全てを支配してきた男が、より強い暴力によって覆されるのは、歴史の常なのだから。

その一方で――

北での騒ぎだけではなく、ラビの村でも一つの戦が始まろうとしていた。

それは華麗な2匹の蝶が繰り広げる、姉妹大戦である。


――――聖光国　ラビの村――――


タキシードに身を包んだ田原に導かれ、カキフライが村の入り口に立つ。

正確に言うのであれば、そこはもう〝村〟などと呼ぶ範疇にはない。大富豪でもある彼女は、これまで多くの街や都を見てきたが、この村の異質さは際立っている。

（広い…………まるで、区切りなんて考えていないかのようね…………）

カキフライが最初に感じたのは、その広さであった。

この大陸における街とは、限りある土地をどう活用し、無駄なく使うかに力が注がれる。

荒れた大地に、高低差のある土地に、どれだけ多くの店や家屋を建てられるか、そこが手腕の見せ所であった。

人や物、家や店舗などが密集し、圧縮された状態こそが都市であるとも言える。

だが、ここは違う。

まるで、正反対の設計思想と言っていいだろう。村の中を縦横に走る街路など、馬鹿げた広さであり、剥き出しの路面など全く見当たらない。

（全ての街路を石畳で舗装しているの…………？　どうりで土埃すら…………）

視界に映る景色は何処までも広く、そして、清潔であった。

これだけ多くの馬車が行き交っていれば、視界を覆うほどの土埃が立ち、人も商品も砂まみれになるのが常であるが、実に澄んだものである。

そして、彼女の優れた観察眼は、石畳の下にある大地の高低差まで正確に見抜く。

足腰に負担を掛けないようにしているのか、馬車を些細な揺れからも守ろうとしているのか、いずれにせよ、病的なまでに大地が均されているのだ。

（こんな規模の街を作るなんて……姉は近隣の領主から了承を得ているの…………？）

カキフライの胸中に、漠然とした不安が過る。本来であれば、領地など限られたものであり、当然のように他者が治める土地が隣接しているのだから。

であるのに、この村を見ていると隣接する領地など存在しないかのような設計がされており、実にのびやかなのだ。

（あのせせこましい姉が、こんなにも余裕を感じさせる空間を作ったというの…………？）

目の前に広がる景色を見て、カキフライは僅かに眉を曇らせる。

彼女から見たマダムとは一族への呪いを嘆き、無駄な努力をしては諦め、自らを慰めるべく、ド派手なパーティーを開催したかと思えば、また痩せようと無駄な足掻きを繰り返す。

そんな、空虚な女性であったのだ。

しかし、この村から感じるのびやかさに、カキフライは姉の変化を敏感に感じ取る。

（ふんっ、所詮は愚かな姉が手掛けたもの…………必ず穴はあるわ）

どんな些細なことであれ、姉を認めたくないカキフライは懸命に目を凝らす。

目の前に広がる商業地区を見れば、そこには誰もが知る著名な店が並んでおり、その店も一軒一軒の間隔が非常に大きく、広々としたものだ。

こんな余裕のある設計は、神都であっても不可能であろう。

（あれは収集家で知られるマンデンの店ね。あっちはヤホーで売り出し中のビンゴの店かしら。姉め、アルテミスまで引き込むなんて……………）

他にも著名な店がこれでもかと並んでおり、壮観な店構えであったが、カキフライはこれらに対しては冷静に見ることができた。

姉の権勢と資金があれば、どんな店であろうと招致するのは不可能ではないと。

そして、村の奥へと目をやると、極色の光を放つ黄金の神殿が視界に飛び込んでくる。

ここで初めて、カキフライは姉を嘲笑うことができた。

（あの派手派手しさに、ケバケバしさ…………！　まさに、愚かな姉の象徴ね！）

あの大神殿が何であるのか、カキフライには判らない。

ただ、黄金の輝きを放つ建造物など、彼女が美とするものとは正反対のものであった。多くの庶民と貴族は、あの黄金の輝きに心を奪われるであろう。しかし、彼女のような芸術家肌の人間からすれば、あれは人工的に作られた虚構の輝きでしかない。

カキフライが浮かべた表情の変化を見抜き、田原はすぐさま視線の方向を変える。

「マダムの妹君、あちらが先程ご覧になられた、《癒しの森》でございます」

田原が示す先には、神聖なまでの空気を放つ森があり、そこでは多くの人間が敷物を敷いては好きな格好で寝そべっている光景があった。

森の中には貧民もいれば、商人もおり、中には高価な絨毯の上にテーブルまで設置し、紅茶を嗜む貴族の姿まである。

魔王が設置した《癒しの森》には時間経過と共に様々な負傷を治癒する効果があり、文字通り森林浴をしているだけで、癒しの効果を得ることができるのだ。

貧民には無料で開放しているが、一般の客からは銀貨1枚、貴族からは一人につき金貨1枚の料金設定が施されており、今では村の重要な財源となっている。

奇跡の森との噂を聞きつけ、遠方から遥々やってくる貴族も多い。

「…………人に貴賤なし、とでも言いたいのかしら？」

身分に囚われず、恍惚とした表情で寝転がり、時に談笑する人々を見て、カキフライは思わず皮肉めいた口調でこぼす。

この風景を、一枚の絵として残したい――と思ってしまったからである。名だたる芸術家である彼女からすれば、一種の敗北感すら覚えるものであった。

「妹君、あの方をご覧下さい。腰痛に苦しんでおられた老貴族の方ですが、今ではすっかり癒えたようで、夜の生活も盛んであるとか」

「ちょ、ちょっと、貴方…………下品なことを言わないで頂戴！」

「これはこれは、失礼――」

田原はわざとらしく肩を竦め、にやりと笑う。

何とも憎たらしいことに、その笑顔には不快感はなく、どちらかと言えば悪戯を仕掛けてきた少年のような眩しさがあった。

貴族の中の貴族――――と称される芸術派の首領たる彼女に、こんなことを言ってのける男は他にいないであろう。

「さぁ、次は新たに村の名物となった《回復の泉》へとご案内しましょう」

カキフライは泉という単語に思わず嗤いたくなったが、黙ってその後ろを付いていく。大方、地面に穴でも掘り、そこへ無理やり水を流し込んだような代物であろうと。

だが、目の前に現れたのは、目を奪うような立派な泉であった。

「なに、よ……これ…………ッ！」

しかも、その泉からは清冽なまでの光が溢れ、身が震えるような感動があったのだ。

それもその筈である。この泉は設置者がこの場所で戦えば、体力を徐々に回復してくれるものであり、その水は決して涸れず、汚れることがない。

大野晶の設定では、無限に湧き出るアルプス山脈からの天然水、という人を舐め切った設定が施されており、高価なミネラルウォーターそのものであった。

この天然水を使い出したことにより、今では料理や酒の味まで向上するという、斜め上の効果まで生み出している。

「どうして、東の荒野にこんな神聖な泉が…………！」

「はて…………荒野とは、何処を指しておられるのでしょうか？」

「何処って、そんなの……………！」

カキフライは「ここに決まってるじゃない！」と叫びそうになったが、周囲を幾ら見回しても荒野などとは口が裂けても言えないような光景ばかりである。

故に、彼女は駄々っ子のように答えにもならないものを叫ぶ。

「あの愚かな姉に………芸術の何たるかを欠片も理解できない姉に、美の何たるかを全く判っていない姉に、こんな街が作れる筈がない！」

それは、子供の癇癪に近いものであった。

繰り返しになるが、彼女から見たマダムとは無駄な努力をしては絶望し、空騒ぎをしては自分を慰めるだけの空虚な存在であったのだ。

その考えが、ここに来てから揺らぎ始めている。

カキフライからすれば、それは到底、許容できないものであった。

空騒ぎを繰り返す愚かな姉とは違い、自分は美を生み出す者である、との強烈な自負が彼女を支えてきたのだから。

――――貴女の言う通り、この街は私が作ったものではないわ。

その声に振り返った瞬間、カキフライの目に信じ難いものが映る。

背筋が凍る、とはこのような状況を指して言うのであろう。全身から冷たい汗が流れ、真昼であるというのに、カキフライの体温が急激に低下していく。

「久しぶりね、愚かな妹――――」

その声すら、憎々しい。

人を萎縮させるような、太々とした声は健在でありながらも、耳に心地良いものへと変化していたのだ。何より、同一人物とは思えないほどに。

その体が、劇的なまでに細くなっていた――

比喩でも何でもなく、カキフライの視界から色彩が消え失せ、幾つもの亀裂が走る。

自分と同じく、小山のようであった姉の体は驚くような細身へと変化を遂げており、その肩は艶やかな曲線を描いていた。

腰を見ると、思わず首を絞めたくなるような〝くびれ〟まで浮かび上がっている。

余人であれば、とても同一人物であるとは思えないであろう。

だが、カキフライには判る。

血を分けた姉妹だからこそ――この人物が、間違いなく姉であると。

「何を、した…………」

「聞こえないわよ、愚妹。いつものように、もっと声を張りなさいな」

そう言って、マダムが笑う。

その笑みには邪悪なものはなく、そんなものを浮かべる必要すらなかった。

今のマダムは昔とは違い、余裕に溢れている。これまで激しく罵り合ってきた妹相手にすら、大きな心で接することができた。

「何を…………何をしたって聞いてんだよッ！　てめぇぇぇぇぇぇぇえええッッッ！」

カキフライが絶叫し、マダムへ向かって走る。

大地を揺らすような強烈な突進であったが、マダムは艶然と笑みを浮かべながら、それを受け止めた。カキフライは憎たらしいほどに細くなった姉の両肩を掴み、激しく前後に揺さぶりながら感情の赴くままに叫ぶ。

「あ、悪魔にでも魂を捧げたか！　何をした！　言え！　今すぐ吐けぇぇぇぇぇぇぇ！」

絶叫しながらも、カキフライは頭の何処かで冷静に思う。

悪魔に魂を売る程度で、この代々の〝呪い〟が解ける筈もないと。そんな簡単なことで、この呪いが解けるのであれば、とうに魂など売っていたであろう。

何と言っても、バタフライ家の一族に呪いをかけたのは、今の時代の悪魔とは比較にならない強大な古代種であり、これを解呪するなど、天地がひっくり返っても不可能な話であった。

しかも、体が痩せただけではなく、その肌の張りはどうであろうか。

間近で見ても皺一つなく、白く光る肌はワントーンどころか、何トーン明るくなっているのか想像も付かないレベルである。

その髪ですら、完全に別格――――

一本一本が特注で作られたとしか思えない、魔性の艶めきを放っており、触れれば溶け果てる絹糸のようであった。

「ようやく出た言葉が〝悪魔〟だなんて、本当に情けない妹ね」

妹の叫びを聞き、マダムが笑う。

今度はありありと、馬鹿げているという表情を浮かべて。

「私が魂を捧げたのは悪魔ではなく、魔王様。古に、夜を支配した御方よ――――」

「魔っ…………!?」

その言葉を皮切りに、マダムは両肩に乗った手を外し、悠然と背を向けて歩きだす。

後ろ姿すら艶やかであり、妹であるカキフライから見ても、その臀部には熟れた女だけが出せる色気が備わっていた。

「付いてらっしゃい。貴女にも、あの方の〝世界〟を見せてあげるわ」

振り返ったマダムの目には、妖しいまでの眼力が宿っており、カキフライは全身から込み上げてくる敗北感に打ち震えた。

同時に、これまで持っていた常識や日常まで、ガラガラと音を立てて崩れていく奇妙な感覚に囚われ、その視界が激しく揺れる。

頃合良し、と見たのか、田原は片手を胸に当て、もう片方の手を伸ばす。

その口からは、もう取り繕っていない生の声が響いた。

「んじゃま、愉しい温泉タイムと洒落込もうや。妹さんよ――――」

劇的な姉の変化に動揺しているところに、何処までも遠慮なしに踏み込んでくる男まで現れ、カキフライの心は千々に乱れた。

（落ち着きなさい……！　こんなものは幻覚の類に過ぎない。姉はまた、妙な魔道具を！）

そうとでも思わなければ、最早、立っていられなかったのであろう。

何とか心のバランスを取り戻したカキフライは、田原にエスコートされるまま、温泉旅館へと向かう。その頭に浮かぶのは、姉が発した魔王という馬鹿げた単語であった。

（姉は狂ったの…………？　でも、あの姿は…………本当に、幻覚なの…………？）

カキフライのような大貴族は例外なく、精神に影響を及ぼすような魔法を弾く強力な品を身に着けている。取引や交渉の場で、幻覚などを見せられていては話にならないからだ。

彼女の場合、さり気なく着けられたイヤリングがそれである。

（魔道具からは何の反応もない…………まさか、本当に痩せたというの…………？）

幻覚としか思えないほどに変化を遂げた姉の姿や、東の荒野に出現する筈もない巨大な泉に、神聖な光を放つ森。オマケに、太陽を嘲笑うかのような黄金の神殿。

そのどれもが、これまでの常識を覆すものばかりであった。こんなものを見せつけられては、カキフライならずとも混乱するであろう。

（噂の〝魔王と名乗る男〟は、本当に魔王だったというの…………？）

カキフライの頭に一瞬、そんな馬鹿げた考えが浮かぶ。

まして、姉は「古に夜を支配した御方」とまで言ってのけたのだ。本来なら、すぐさま医者を呼ばなければならない案件であろう。

だが、間の悪いことにカキフライにはほんの少し、心当たりがあったのだ。

（オルゴールに…………天使の輪…………）

前者はマンデンが出品したものであり、自身が落札したものである。

その時にも、持ち込んだ者が「魔王と名乗る男」であるとは聞かされていたが、あの品を高く売るための与太話であろうと聞き流していたのだ。

まして、マンデンに問い質した際には「海の向こうからきた貴人」である、との説明を受けており、よもや本物の魔王であるなどと考える筈もない。

しかし、後者の――――〝天使の輪〟に関してはどうであろうか？

（聖堂教会が苦し紛れに流した噂………だった、筈………）

近年、とみに権威を落としている聖堂教会が、挽回を図るべく、不穏な動きを見せる貴族や、愚かな民衆を誑かすために流した噂である、と判断していたのだ。

そこまで考えた時、カキフライの胸に怖いものが込み上げてくる。

噂、噂、噂――――人の口から口へと流れていく噂話に対し、自身も含め、多くの者はそれを嘲笑するばかりで、本気で取り上げたことなどなかったのだ。

だが、かつての朽ちた寒村は立派な交易都市へと生まれ変わり、姉の姿まで劇的な変化を遂げている。この上、天使の輪に関する話も事実であれば、国を揺るがす一大事であった。

（私たちが笑っていた間に、気が付けば全ての色が塗り替えられている………）

カキフライは根っからの芸術家故に、これらの変化を〝色彩〟で捉える。

彼女には姉のような政治力は備わっていないが、その優れた観察眼を通し、初めて魔王と呼ばれる男の姿を画布へと映し出す。そこに映るのは、いつのまにか聖女ルナと姉を両脇へと抱え、国家の中枢に食い込まんとする、恐るべき男の姿があった。

噂が全て事実であるなら、既に聖女ホワイトも篭絡されたと見るべきであろう。

（まさか、本物の…………ルシファー様が…………!?）

大いなる光に歯向かい、天界から追放された漆黒の堕天使――――それは古に夜を支配した、魔王とも呼ばれる超高次元存在に他ならない。

（もし、本当にそんな存在が、現世に復活していたとするなら…………？）

カキフライのそんな考えを肯定するように、目の前に驚愕すべき建物が現れた。

それは、これまでに見たことがない設計の建造物。

多くの日本人から見れば、それは良くある高級旅館でしかないのだが、この大陸には東洋的な建物などは存在しないため、その佇まいだけでも、カキフライのような芸術家からすれば、これまでの概念を覆す何かを感じてしまったのだ。

（あの屋根は……まるで、魚の鱗のようね…………美しいわ…………）

カキフライが鱗と称したそれは、瓦屋根であったのだが、奇しくもその色が青であったため、海を感じさせたのであろう。

その鱗は太陽の光を反射しては眩い輝きを放ち、彼女の目を釘付けにした。

無意識にスケッチブックへと手を伸ばすカキフライであったが、耳に響く不思議な音色にその手が止まる。

「なに、この音は……鈴？　いえ、違う…………」

それは鼓膜ではなく、心に響くような、不思議な余韻を残す音色であった。

その音色は、彼女が落札した《オルゴール》に近いものであるといえるだろう。

「風鈴、というのよ――――」

マダムはそう答えながら、そっと目を閉じる。

涼しく鳴る風鈴の音色に耳を傾けながら、カキフライは何故か、今は遥か遠くへと過ぎ去った夏の日を思い出す。

2人で屋敷を抜け出し、畑のスイカを盗んで食べた日のことを。互いの顔は種まみれとなり、それを見ては他愛なく笑い合う、遠い幼少期の断片であった。

まるで妹の頭の中を覗いたかのように、マダムはピタリとそれを言い当てる。

「あの頃から、貴女の顔はスイカのようだったわね」

「それは、お前も――――」

同じだろうが、とカキフライは叫びそうになったが、今の姉の姿を見ていると、言い返す言葉が続かず、奥歯が砕けそうになった。

切歯扼腕する妹の姿を見て、マダムは細々とした注意事項を伝える。

その内容とは、玄関では靴を脱ぐように、館内では大声を出さないように、不用意に展示物を触らないように、などなど、まるで子供扱いの内容であった。

「気に入らないんだよ………さっきから、その上から目線はなんだッ！」

「貴女はきっと、大騒ぎしそうだから。前もって伝えておいたのよ」

「ふざけろ……！　お前の発言はいちいち癇に障るんだよ！」

荒々しい口調でカキフライが返す。

普段の彼女であれば、間違ってもこんながさつな態度は取らないのだが、相手が姉だと感情が剥き出しになってしまうのだろう。

ある意味、2人の心理的距離はそれだけ近いとも言える。

「『いらっしゃいませ、マダムの妹君！』」

（こん、の…………っ！）

注意されたばかりというのに、カキフライはつい、呻き声を上げそうになる。バニースーツに身を包んだ、キョンとモモが玄関に現れたのだ。

その扇情的な衣装に、蠱惑的な空気に、カキフライは思わず逆上しそうになる。存在そのものが憎たらしく思えるほどに、その姿は余りにも愛らしすぎた。

（入り口に、こんな女まで立たせやがって…………ッッッ！）

同じ女として、姿を見ているだけで惨めになってくるような心境であった。これを姉の嫌がらせとするならば、見事に突き刺さってしまったことになる。

「愚妹、いつまで入り口で立っているつもり？」

「…………クソが！」

カキフライは吐き捨てるように呟き、姉の背中を追う。姉妹を歓迎するように、玄関の透明なガラスが自動で開き、その身を迎え入れた。疑心暗鬼に陥っている彼女は、それすらも姉の演出であるかのように捉えていたが、何のことはない、ただの自動ドアである。

「これ、は…………」

館内に足を踏み入れると、見たこともない内装がカキフライの視界に飛び込んでくる。

磨き抜かれた床は鏡のような光沢を放っており、カキフライは靴を脱ぐようにと指示した姉の言葉に従わざるを得なかった。廊下に目をやれば様々な文様で染められた布が垂らされており、ロビーと思わしき空間からは、心を和らげるような琴の音が響いている。

カキフライからすれば、まるで別世界に迷い込んだかのような感覚であった。

「…………ィィ」

今回は難しい客を迎えるとのことで館内を唐草文様や、牡丹龍文様、疋田桜散らし文様など、この大陸では珍しい文様の布を倉庫から引っ張り出し、美々しく飾ったのだ。

カキフライの恍惚とした表情を見て、田原は一人、ほくそ笑む。

館内の要所には淡い光を放つ提灯まで掲げられており、東洋的な空間を強く演出したのだ。

田原は芸術や美術にはとんと無理解であるが、医者が腑分けするかのように人の心を分析することに長けている。

多くの貴族はカジノを見て喝采を上げるが、カキフライのような芸術家肌タイプの人間には侘び寂びを感じさせる空間の方が良いと判断したのであろう。

その判断と仕掛けは、見事に彼女へと突き刺さった。

いや、刺さりすぎた。

「この文様、都市国家で見た〝桜〟ね…………見事だわ…………」

そう呟いたのが、最初の引き金であった。

東洋的な空間を満喫させながら、温泉へと導く予定がいきなり躓くことになったのである。

「でも、この白いシンボルは何かしら。緑の布地に白い渦……まさか、いえ、これは海ね！」

カキフライはぶつぶつと呟きながら、廊下からピクリとも動かなくなってしまう。

慌しくスケッチブックを取り出したかと思うと、半開きの口のまま、カキフライはデッサンを開始したのである。周囲のことなど最早、見えていないようであった。

5分、10分、と静かに時は流れ、記録的なまでの没頭は遂に、1時間に及んだ。

「いえ、海ではなく、森よ！　葉であり、茎でもあるのね………!?」

田原はそれを見て思う――――刺さりすぎだろと。真奈美天使すぎか、と。

マダムはそれを見て思う――――早く湯に浸かりたい、と。

しかし、2人はカキフライの姿を見て、賢明にも沈黙を守った。声をかけたり、無理やり引き剥がそうものなら、大暴れするだろうと確信していたからだ。

「そっちの巨大な絵画は虎ね。松の下で寝ているなんて、そそられるわ………！」

カキフライの目に、大きな画布を二つ組み合わせた挑戦的な絵画が映る。

画中の虎は荒々しさすら感じる、力強いタッチで描かれているのだが、何とも心地良さそうな顔で寝ているのだ。そのギャップにやられたのか、ついカキフライの顔が綻ぶ。

しかし、次の瞬間――――その笑顔が凍りつくこととなった。

稀代の名画が真っ二つに切り裂かれ、そこから子供が走り出てきたのである。

「もう、トロンさん！　廊下は走っちゃダメですよっ！」

「アクには捕まらないの。あばよ、とっつぁんなの」

遊んでいるのか、鬼ごっこでもしていたのか、名画を切り裂いて出てきたのは、アクとトロンであった。咄嗟の出来事に、カキフライの頭は真っ白になってしまったが、マダムは２人を叱るどころか優しい笑みで、その頭を撫でる。

「２人を見ていると、私まで元気を貰えるわね」

言いながら、マダムは懐から金貨を取り出し、２人の手に握らせる。世間からすれば大金であるのだが、マダムからすれば、まさに子供へのお小遣いでしかない。

トロンはいまいち貨幣というものを判っていないが、アクは金貨の価値を理解しているため、慌てて口を開く。

「こ、こんな大金、受け取れないです…………っ！」

「ダメよ。たくさん美味しい物を食べて、たくさん良い物を身に着けなさい。それが、あの人を喜ばせることになるの」

「え…………ぁ、あの…………」

「アクちゃん。貴女はね、魔王様から格別に目をかけられているプリンセスなの。将来泣かないためにも日々、女を磨きなさい」

「は、はいっ…………」

アクは顔を赤らめながらも力強く頷き、田原もうんうんと頷く。

田原から見ても、あの長官殿がここまでアクのことを大切に扱っていることを考えると、洒落にならない存在であった。トロンに関しても長官殿が直々にスカウトして連れて来たこともあり、決して疎かにはできない存在である。

2人が笑顔で去った後、カキフライはようやく衝撃から立ち直ったのか、その全身をわなわなと震わせた。何を話していたのかはよく判らないが、名画が切り裂かれたままなのである。

「何を、してる……絵が……虎、が……」

マダムは無言で襖へと手を伸ばし、それらを閉じる。

名画が元の形へと戻ったが、カキフライからすれば到底、納得できる話ではない。

「何を、何をしてんだよ、てめぇはぁぁぁ！　この絵を、どうして割った！　何で扉なんかにしたぁぁぁぁぁ！」

カキフライは涙目になって叫んだが、マダムはこうなることも想定済みであったのか、至って平坦な表情で答える。

「貴女の美はいつも取り繕ったものばかり。泥に塗れることを恐れ、笑われることを恐れ、いつも内側へと篭る。女であることから逃げ出した先に、貴女の求める美はあったのかしら？」

それだけ言うと、マダムはさっさと歩き出し、温泉へと向かう。

「臆病な妹……貴女はまるでこの虎と同じね。真っ二つに切り裂かれることを恐れて、いつまで経っても閉じたままでいる。手を伸ばせば、世界は開くのよ」

それは辛辣極まりない台詞であった。

とは言え、妹を幼少の頃から知るマダムだからこそ言えたものであろう。自身を他でもない、目の前にある絵画になぞらえられたカキフライに、その言葉は重く突き刺さった。

「私は…………逃げた訳じゃない」

カキフライは小さく呟き、自身を慰める。

彼女は己が美しくなるのではなく、自らの手で美を生み出そうとしたのだから。

だが、一方的に扉を閉ざしたのもまた、事実であった。

余人から言われたのならばともかく、むしろ扉を大きく開き、社交界という最も華やかな世界に打って出た姉から臆病と詰られては、流石のカキフライであっても反論のしようがない。

「私は…………」

再会した姉から衝撃を受けっ放しのカキフライであったが、それを取り成すように田原が声をかける。別に打ち合わせしていた訳でも何でもないのだが、マダムと田原の組み合わせは非常に相性が良い。

マダムが突き放せば田原が口添えし、逆に田原が突き放した相手は、マダムが取り成すように慈悲をかけるといった具合であり、それらはまるで、失恋して気落ちしている異性を見事に頂いてしまうような手口に似ている。

この２人は根っからの知恵者である、ということだろう。

知恵だけではなく、今ではその背景には巨大な権力や財力まで備わっているため、魔王本人が知らぬ間に、既にラビの村は手に負えない集団と化しつつあった。

それを知ってか知らずか、田原の口調は実に軽やかなものである。

「まっ、人間生きてりゃ、色々あるだろうよ。でもナ、悪いことばっかじゃねぇさ。少なくとも、あんたにゃ姉貴が切り拓いてくれた〝道〟がある。その後ろを歩いていけるってのは、身内だけの特権ってやつだろうよ」

田原はそう言いながら、カキフライの背中を強く叩く。

遠慮もクソもない態度であり、荒々しい男の成し様にカキフライは思わず飛び上がる。何処の誰が、芸術派の首領である彼女に対し、こんな態度をとれるであろうか？

「あ、あんたは…………さっきから一体、私を誰だと思っているのよ！」

「知らねぇよ。俺からすりゃ、そこらの女もあんたも、ぜーんぶ、同じなんだよナ」

カキフライはそんな無礼な態度に慄いたが、その言葉に嘘はない。田原にとって、妹以外の女など良くも悪くも記号でしかないのだから。

後に残るのは、その人物が持っている能力と特性であり、更に言えば敵か味方でしかない。

その点、バタフライ姉妹などは十分すぎるほどに認識されている類である。

「ほれ、ちゃっちゃと後をついていきナ。妹ってのは、そういうもんだ」

「姉は、私より少し早く生まれただけよッ！」

「――――妹は妹だろうが。おめぇさんは、さっきから何を言ってんだ⁉」

心底から不思議そうな表情で田原が首を捻る。彼からすれば、妹というのは守られるべき存在であり、それ以外の何者でもないのだから。

兄であろうが姉であろうが、とにかく妹という存在はその保護下に在るのが正しい姿であり、そこから逸脱した関係など、田原からすれば歪なものでしかない。

歩き出した田原の背を暫く睨みつけていたカキフライであったが、廊下でじっとしている訳にもいかず、おずおずとその背を追う。

「ちょ、ちょっと、この壺は…………！」

「あいあい、いくどー」

廊下に展示された掛軸や壺、風景画や生け花を見るたびに、その足が止まることになったが、田原は強引にその手を掴み、温泉の前へと引っ張っていく。

また何時間も没頭された日には、堪らないと思ったのだろう。

「男湯と、女湯………」

「まっ、後は姉妹で仲良くナ？」

田原は強引にその背を押し、カキフライを脱衣所へと送り込む。

感受性が豊かすぎるのか、彼女の目から見たこの建物は内装も含め、あらゆる全てが珍しくて仕方がないのだ。実際ここは別世界の建物であり、現代に例えるなら、宇宙船の中を見学しているようなものであろう。

「遅かったわね、愚妹」

マダムは既に服を脱ぎ終え、蔓で編まれた籠に衣服を畳んでいた。

脱衣所には当然、鍵付きのロッカーや、ドレスを収納するような縦長のロッカーもある。

だが、それらを使う客は皆無であった。ここに招かれる客はマダムが厳選した大富豪ばかりであり、窃盗の心配をする必要などないからだ。

「何、で……そんな……肌に…………」

カキフライが今日、何度目になるか判らない呻き声を洩らす。素裸になった姉を見れば、その肌の白さが否応無しに目立つのだ。

その瑞々しさは、水すら弾くのではないかと思えるほどである。

「ここはね、女の夢が叶う桃源郷なの――――さぁ、付いてらっしゃい」

その言葉は憎たらしいほどに力強く、自信に満ちたものであった。カキフライはその背を睨みつけながらも乱暴に服を脱ぎ捨て、その背を追う。

奇しくも、姉が予言した通り。

扉を開けた先には――――〝世界〟が広がっていた。

「なん、だよ、これ……湯気…………？　湯？　はぁぁぁぁ⁇」

「叫んでないで、まずは砂埃を落としなさいな」

マダムはそんな反応に慣れているのか、その態度は淡々としたものであった。だが、妹相手にここを案内するのは格別なものがあるのか、その顔には深い笑みが浮かんでいる。

「これはシャワーというのよ。ここを押せば、湯が無限に湧き出るの」

「無限に湧き出る湯だぁ？　お前は気でも狂っ……って、ちょ、おわぁぁぁぁぁ！」

シャワーから細分された湯が勢い良く噴き出し、カキフライの全身を洗い流す。

その湯加減といい、勢いといい、目が覚めるような衝撃と心地良さであった。

この地では基本、貴族であっても水に浸かるのが最高の贅沢であり、庶民は水に濡らした布で全身を拭い、貧民に至っては、雨が降らなければ体を拭うことすら難しいのが現状である。

適温にまで沸かした湯を野放図に垂れ流すなど、ありうることではない。

「お前、いつまで湯を…………いや、何でこんなものから湯が出るんだよ！」

「周りをご覧なさいな。魔王様の世界では、水も湯も無限に湧き出るものでしかないの」

「魔王の世界って…………お前な…………っ」

だが、マダムの言った通り、見渡す限り何処を見ても湯が溢れているのだ。規格外ともいえる巨大な浴槽もあれば、石に囲まれた浴槽もあり、何の冗談か、大きな壺まで置かれている。

何より、このシャワーなる代物が、数えるのも馬鹿らしくなるほどに平然と何十本も並んでいるのだ。これらが全て湯を噴き出すのであれば、その費用は想像を絶するレベルである。

「さ、行くわよ…………今日は貴女が気に入りそうな湯があるの。きっと、魔王様からの素敵なプレゼントね」

「何が、プレゼントだ…………」

マダムに導かれ、辿り着いたのはハーブ風呂である。

日替わりで5種類の風呂が用意される場所だが、今日は狙い済ましたように碧色の湯と、黄色の湯が入っていた。

グリーンフォレストと、イエロービームと銘打たれた湯である。

前者は爽やかな森をイメージした「静寂の湯」であり、後者は全身に軽やかな刺激を与える、「動の湯」であった。横臥しながら浸かれるハーブ風呂は貴族の奥様方に大人気であり、岩盤浴や壷湯に並ぶ人気の湯である。

「ハッ、色だけは中々…………お、おぉぉうぉぉ…………」

彼女のイメージカラーともいえる黄色の湯に、相好を崩していたカキフライであったが、湯に浸かった後は更なる衝撃に包まれた。

全身が、微かな振動に揺れるのだ。それは電気風呂のような科学的なものではなく、体の芯をぐにゃりと揺らす、ビームをイメージしたもの。

「おっぉ……これ、は…………」

心地良い揺れに、ついカキフライの目が閉じる。大野晶はこの湯に対し、電車やバスの揺れとの設定を施していたが、単純に眠りを誘うものであろう。

これまた憎いことに、頭の位置には冷水が循環している金属の枕が設置されており、このまま眠ってしまいたくなるような、絶妙な心地よさを与えてくるのだ。

「そのまま、寝ても良いのよ」

うっとりとした表情で、横からマダムが言う。

そんな甘い言葉に、カキフライはつい流されそうになるも、この心地良さに眠ってしまったら負けだとでも思ったのか、勢い良く立ち上がる。

「だ、誰が寝るかよ…………！　こんなもの、何かの小細工だろうが…………ッ！」

「貴女もルナちゃんも、本当にせっかちね――――」

マダムはうっすらと笑いながら立ち上がり、まるで幼い子供でも見るような目付きで、妹へと柔らかな視線を送る。

ある意味、その優しい視線はそのまま寝てしまうことよりも、酷い敗北感を覚えさせるものであったのかも知れない。

「それじゃ、次も貴女にピッタリの場所へと案内しようかしら」

「黙れ！　そもそも、この空間は何なんだよ！　魔王とか名乗るペテン師が、怪しい魔法か何かで作った、そう、幻術の類だろうが！　こんなもの、全てがありえないんだよッッ！」

「――――もう、現実から目を逸らし、逃げるのはおよしなさいな」

その声は至って平坦であり、そこに怒りや、悲しみといったものはない。マダムからすれば、永劫に続くと思われた一族の呪いを、この場所で打ち破ったのだ。

これ以上の現実など、何処にも存在しないと言っていい。

「さぁ、付いてらっしゃい」

呆然とする妹の手を引き、マダムが向かった先は岩盤浴のエリアである。

そこでは通常の岩盤浴の他にも、様々な種類のサウナが用意されており、チムジルバンなども設置されているエリアであった。

マダムがその中でも特に妹を導いたのは、「宝石房」と呼ばれる一室である。

「さ、ここで横になりなさいな」

「なっ、おい、暗いだろ。いや、ちょっと待て！　何だ、この石は…………」

そこは明かりが落とされ、仄かな熱気に満ちた一室。だが、カキフライが一瞬、石かと思ったそれは只の石ではない。

横臥する場所には「薬宝石」とまで称される、様々な石が敷き詰められていたのだ。

それらはメノウ、黒水晶、木紋石、トルマリン、グリーンオニキス、ブラックゲルマニウム、アメジストなど、まさに〝宝石〟が敷き詰められたベッドであった。

「お、お前っ、宝石でベッドを作るなんて…………幾らなんでも…………」

「静かに」

無論、敷き詰められた様々な鉱石は煌びやかなだけではない。これらが放つアルカリマイナスイオンや、遠赤外線効果などがストレスを和らげ、自然治癒能力を高めてくれるのだ。

それらは普段、様々な作業で関節痛に苦しむカキフライの首や肩、腰などの痛みを優しく癒すものばかりである。

「ここはね、宝石房というのよ――――天井を御覧なさいな」

「天井って…………あぁっ⁉」

横臥したカキフライが天井へと目をやると、そこには〝無限の星空〟が広がっていた。

己の世界には一切の妥協をしない大野晶が、無駄に作り込んでいた設定の一つであり、ここの天井には「宇宙」を描いていたのだ。

いわゆる、時間と共に刻々と姿を変える「プラネタリウム」である。

「宝石のベッドに、夜空を彩る星々。ここにはね――――〝輝き〟しかないの」

「こん、な……こんな、ことが………」

そこに映し出されるのは宇宙の神秘ともいえる星々と、様々な星座。時には目が覚めるような彗星まで流れ、無駄に凝ったオーロラまで出てくる始末である。

「ここは、何なの………私には、もう、何も判らない………」

カキフライの目から、自然と涙が溢れる。

煌びやかな宝石のベッドに横たわり、全身に癒しの波動を感じる空間の中で、空には宇宙まで映し出されているのだ。

芸術派の首領である彼女に、ここはあらゆる意味で刺さりすぎた。

「判る必要なんてないのよ。ここはね、夜を支配した御方の世界なんだもの………」

マダムのそんな言葉は、余りにもこの空間に合致しすぎていた。

今回に限っては計算した訳でも何でもないのだが、この暗き天に宇宙が映し出される空間で、夜を支配したと謳われる堕天使の存在を囁かれては、堪ったものではないだろう。

「ほ、本当に、存在したのね………ルシファー様は………」

「そうね。そして、あの方の口から出た言葉は――――全てが悉く、現実となったわ」

「全てが、現実に………？」

「あの方はね、こうも言ったのよ？　美には幾つかの〝大敵〟が存在するけれど、努力と研鑽の前には全て逃げ出す――――とね」

その言葉は、以前のカキフライであれば鼻で笑うものであっただろう。どれだけ努力と研鑽を重ねようとも、何も変わらなかったのだから。だからこそ、彼女は内に篭り、自らの手で美を生み出すべく、別の道を歩み出したのだ。

だが、この不可思議な空間と、劇的な変貌を遂げた姉の姿を見てしまった今では、その言葉は全く別の重みを持つ。

「可愛い妹。今度は貴女が――自分という〝敵〟を打ち破る時が来たのよ」

バタフライ一族に呪いをかけた古代悪魔は既に消滅しており、ここから先は自分自身との長い戦いになるであろう。己という敵は、この世で最も手強い強敵なのだから。

それは正しく、カキフライへと伝わった。

「私、は………まだ、間に合うのかしら…………」

カキフライは嗚咽を洩らしながらそう呟いたが、それに対するマダムの返答は実に力強いものであった。いや、疑う余地すら与えない〝確信〟に満ちたもの。

「間に合うも何もないわ。私たちはね――〝今日から始まる〟のよ」

マダムは天井の星々を見上げながら、はっきりと呟く。

そこに篭められているのは、揺るぎない強き意志。

この星々よりも強く輝く、という宣言そのものであった。

ある意味、マダムがあの魔王に気に入られたのも当然であっただろう。かの燦然たる大帝国を築き上げた男は、〝強い意志〟を持つ人物に興味を持ち、惹かれる性質を持っている。

自身の立場を顧みずに働く勇者や、自身の才で成り上がったルナ、不自由な身でありながらも一人で懸命に生きていたアクなど、それらの存在には何処か甘いのだ。

「あの方の帰還が、今から待ち遠しいわね」

「そうね………私も、是非お会いしたいわ。聞いてみたいことが、沢山あるの」

姉妹が陶然とした表情で呟いたが、本人が聞けば、どんな表情をするであろうか。こうして、宝石と星空に包まれた煌めくような空間で、姉妹は歴史的な和解を遂げた。

大きな輪として広がっていくラビの村であったが、夜を支配した（？）などと謳われる男は、酔い潰れた女武者に絡まれており、いつもながらの酷いギャップであった。

民族大移動

ラビの村で姉妹が歴史的な和解を遂げていた頃――

遥か北のユーリティアスでは、蓮が精力的に活動していた。彼女はスラムを回り、住人たちに聖光国への移住計画を伝えて回ったのである。

当初は驚いていた面々であったが、費用が国持ちであること、現地における、長期的な仕事の斡旋、住居の保障などを聞いて飛びつくこととなった。

無論、こんな胡散臭い話など、以前であれば誰も耳を貸さなかったであろう。

「荷馬車の他にも、輜重隊の用意もお願いします。現地は非常に暑いので、当面の服装としては薄着の用意を。行軍の並びとしては――」

「ははっ！」

だが、それを説明する少女の周りには、王宮から派遣された多数の親衛隊が付き従っており、これが戯言ではないことを、人々に信じさせる要因となった。

何より、あのジャックが闘技場で子供のようにあしらわれ、ほうほうの体で北部へと逃走したとの一報が王都中に駆け巡っていたのだ。

「キングさん、やっべぇぞ！」

「乗るしかない、このキングウェーブに」

「向こうじゃ、日払いで大銅貨を何枚もくれるんだってよ！」

「水も飲み放題とか聞いたぞ？」

「バカっ、そんな夢の国があるかよ。食えるなら、それで十分さ」

蓮の話を聞いて、住人たちは口々に言葉を交わしながら、大急ぎで手荷物を纏めていく。

遅れれば連れて行って貰えないとでも思っているのか、時刻は明け方に差しかかっていたが、まるで火事場のような騒ぎであった。

蓮はそれらの騒ぎをよそに、丁寧に指示を下していく。

その内容は非常に的確で、隅々にまで心配りが行き届いたものだ。彼女は戦闘面でも、無双と呼べる強さを誇っていたが、それ以上に秘書として実務に長けている。

そんな蓮の下に、田原から《通信》が届く。

ラビの村でも大きなイベントが終わり、手が空いたのであろう。

《忙しいところすまねぇナ。そっちの状況を教えてくれるか？》

《はい、こちらは――――》

蓮が淡々と行う報告に、田原が大笑いする。

彼が笑うのも無理はない。

いつのまにかユーリティアスを牛耳るボスが失脚させられており、オマケに2千名もの集団を移動させる費用まで、現地の国王に支払わせる算段を付けているのだから。

開いた口が塞がらないとは、このことであろう。

何がどうなればそんな話になるのか、まるで魔法でも見ているようである。
《だっはっは！　満員御礼の闘技場の中で叩きのめしたってかっ！　その足で王サンを脅迫たぁ、とても俺には真似できねぇわナ》
《脅迫ではなく、協力を要請しただけです》
《おぅおぅ、そうだナ》
まるで信じていない様子で、田原が笑う。
蓮がどう判断しているにせよ、田原からすれば、そんなものは脅迫以外の何物でもない。
国を牛耳ってきたボスの首を満座の中で刈り取り、血の滴る〝それ〟を、王宮に勢い良く叩き付けたようなものだ。
どれだけ過酷な要求をしようとも、相手は飲まざるを得ないであろう。
その上でジャックを放置、もとい解放し、ゴルゴン商会には脅威を残したままという、鬼畜のような所業を平然と行っているのだ。
田原からすれば、いつもながらの背筋が凍る話でしかない。
《それと、聖勇者と呼ばれる人物についてですが》
輸送業務を引き継がせろ――――との指示に田原は一瞬、無言になる。
それは時間にして、１秒あったのかどうか。
《…………なるほどナ。あの頑固な勇者クンを動かすにゃ、絶好の機会って訳だ》
《とても、評判の良い方のようですね》

《あぁ、長官殿も随分とご執心みてぇだナ。あれは、良い広告塔になるだろうよ》
《公明正大な方が、マスターの下に集う。素晴らしいことです》
田原の受け答えは、あくまで表面的なもの。当然、長官殿の最終的な狙いは、ライト皇国との戦端を切るための布石の一つであろうと考えている。
しかし、それを口にすることはなかった。
悠と同様、蓮の口調からも長官殿への心酔、傾倒を感じたため、彼女の誤解はそのままにしておく方が良いと判断したのだ。
何事も善行であると解釈しているなら、それに越したことはないと。
逆に言えば、蓮のような清廉な少女を繋ぎ止めるには、その方面での誤解を深めていくしかないとも言える。そんな考えを裏付けるように、蓮の口から決定的な言葉が飛び出す。
《それと、マスターは危険な薬物を残らず焼却処分しました》
《…………………そうかい》
《これによって、多くの民衆が救われることでしょう》
《そりゃ、何よりだナ》
田原の返答は短いものであったが、そこには多くのものが含まれている。
薬物をわざと奪わせ、それを口実に乗り込んだかと思いきや、蓮の前でわざわざ焼却しているのだから笑えない話であった。
一つの事柄に対し、一体、幾つもの策略を忍ばせているのか、気が遠くなる思いである。

無論、あの魔王からすれば面倒な薬物など早々に手放そうとしただけの話であるが、田原から見たそれは、蓮の心を掴むためのパフォーマンスでしかない。

《何にせよ、大急ぎで住人らをこっちに運んでくれや。現状でもまるで手が足りねぇってのに、ドンパチが終わったらもっと忙しくなっぞー》

《了解しました。可能な限り、速度を優先します》

こうして、魔王が知らぬ間にどんどん話が進んでいたが、当の本人がユーリティアスの大通りに現れた時、周囲にどよめきが走った。

闘技場でジャックを打ち倒した英雄が、何と女武者を抱えて出てきたのだ。

「何故、私が運ばねばならんのだ………おい、鹿。お前の仕事じゃないのか？」

魔王は利三に声をかけるも、その足は全く止まらない。

言葉が判らないのか、無視しているのか、自分たちが泊まっている宿へと真っ直ぐに向かっているようであった。

地面を蹴る蹄が無駄に良い音を立てており、魔王としては苦笑いするしかない。

ちなみに、魔王はお姫様抱っこの形で光秀を運んでいたが、そこに他意はなく、おんぶすれば鎧が痛そうだという実に下らない理由であった。

だが、大通りでその姿は否応無しに目立つ。目立ってしまう。

「おいおい！　ありゃ、噂のキングさんじゃねぇか⁉」

「キングさん、このままジャックを叩きのめしてくれー！」

「お前、聞いたか？　キングさんって、一物をギンギンに勃たせる魔法が使えるんだってよ」

「マジかよ！」

「それじゃ、あの美人さんと今日はしっぽり………くぅぅ！」

群集の勝手な声に、魔王のこめかみが細かく震える。

完全に羞恥プレイ以外の何物でもなかったが、胸元から聞こえる酔っ払いの声に、その震えが更に大きくなった。

「その方はキングなどと名乗っておるのか………南蛮の地で剛毅なものよ〜〜」

「おい、起きたのなら自分の足で歩け」

「某を散々に愚弄した罰じゃー。姫のように運ぶがよい」

「さて、ゴミ箱は何処だったかな………」

「うわぁぁぁん！　人を捨てようとするなぁぁ！」

「面倒臭ッ！」

「面倒臭いって言うなぁぁぁぁ！　某を捨てないでぇぇぇぇ！」

痴話喧嘩のようにも聞こえる騒ぎの中、ようやく利三が一軒の宿へと辿り着く。

利三は一度だけ光秀の姿を振り返ったが、大丈夫だと判断したのか、するすると自身の寝床へと入っていった。

「ここは、動物も一緒に泊まれるんだな………」

利三が向かった先には様々な小屋があり、そこには巨大な鳥やラクダのような生き物、サイやワニとしか思えない動物までおり、まるでサーカス団のようであった。

「あれも乗り物の一種なのか…………？」

「護衛として飼っている商人も多いでござるな…………南蛮の者は、妙な生き物を手懐けるのが巧みでござるよ」

「一番妙なのは、お前の鹿だろ…………」

「さぁさぁ、それよりもキング殿！　部屋で飲みなおそうではないか」

「お前、まだ飲む気なのかよ…………」

魔王はうんざりしながらも、まだ聞きたい話があるのか、しかめっ面のまま宿へと入る。

女を抱えながら入ってきた男を見て、宿屋の主人がジロリと目を向けた。

「おい、ここはそういう宿じゃ…………って、あんた、噂のキングさんじゃねぇか！」

「いや、私は…………」

「いやー、噂の有名人が泊まりにきてくれるなんざ嬉しいねぇ！　さぁさぁ、こっちの一番良い部屋を使ってくれ！　防音もバッチリだからよ！　へっへ…………」

宿の主人が無駄に気を使い、妙な勘繰りを働かせる。

いや、目を瞠るような美少女をお姫様抱っこしてきたのだから、主人の判断はむしろ正しいと言えるのかも知れない。

親指を立て、無駄に歯を光らせた主人を見て、魔王の顔が引き攣っていく。

「あんた、確かじゅーべーちゃんって言ったか！　今日はばっちり決めるんだぞ！」

「主人、何を勘違いしておる。某は、婚儀の日まで貞操を――――ぅわわ！」

聞いていられないと思ったのだろう。魔王は指定された部屋にずかずかと入ると、光秀の体をベッドへ放り投げ、後ろ足で器用にドアを閉めた。

「ま、待たぬか………！　お主は、な、何か勘違いしておらぬだろうな！」

「勘違いしてるのはお前だ。このエロ侍が」

魔王は苦々しく吐き捨て、アイテムファイルから清酒を取り出す。

もう、酒を飲まなければやっていられないと思ったのだろう。荒々しく椅子へと腰掛け、升へ並々と注いだかと思うと、豪快にそれを喉奥へと流し込んだ。

「むむ、それは諸伯《もろはく》ではないのか！」

「諸白て………」

そんな古い呼び名に、魔王が思わず笑う。それなりに酒が好きなようではあるが、それ以上に光秀は故郷のものが恋しいのだろう。

その辺りの機微は、この男にも判らないでもない感情であった。

「まぁ、これくらいはリービスしてやるか――」

魔王は漆黒の空間に手を伸ばし、《温泉饅頭》と《餅》を作成した。

前者はかつての会場における人気エリアの一つ、〝大垣温泉〟で拾えるアイテムであり、体力を20回復してくれる。

後者は体力を5しか回復してくれないが、個数が10個あることから、それなりに重宝されていたアイテムであった。毎年、餅を喉に詰まらせ、老人が亡くなるニュースが続いていたせいか高確率で毒が混入されているアイテムでもある。

「やや！　それは、饅頭と餅ではないのか⁉」

「まぁ、味は保障する」

これまでの実績から、間違っても不味くはないと確信しているのだろう。

魔王は堂々たる態度で饅頭を手渡す。

「ううぅ、饅頭。美味しい………甘い………」

「お前、何も泣か――」

そこまで言って、魔王は口を閉ざす。光秀がこの地へ来て、どれだけ経つのかは判らないが、自身が同じ立場に置かれたら、と想像してしまったのだ。

現代でも出張などで海外へ赴任すれば、故郷の味が恋しくなるのは当然の話である。まして、二度と故郷に戻れないような状況であれば、泣けるほどに美味いであろう。

「ま、まぁ、ゆっくり食ってくれ」

「忝《かたじけな》い………キング殿………」

「だから、私は――」

いい加減、そのふざけた名を訂正しようとした魔王であったが、田原から飛んできた《通信》に口を閉ざす。

《悪ぃナ、長官殿。ちっとばかし、報告があってよ》

《構わん、続けてくれ》
《あんたの狙い通り、マダムの妹ちゃんが来たんだが、ものの見事に温泉に嵌ったみたいでなぁ。案の定、ここに住みたいって流れになってよ》
《ほぅ、一夜で仲違いが解消したとは、驚きだな》
《な〜〜に言ってんだか。最初から全部、あんたの描いた絵面通りじゃねぇか。むしろ、一夜で国の頂点を失脚させた方が驚きなんだがナ。蓮の話じゃ、移動の費用までそっちの王サンからカツアゲするそうじゃねぇか》
洪水のような言葉に、魔王の喉がごくりと動く。
よもや「ムカついたんで、ちょっとブン殴っただけです」などとは口が裂けても言えるような状況ではない。
気分を落ち着かせようと室内に目をやると、光秀は七輪を取り出し、網の上へ丁寧に餅を並べはじめていた。
その満面の笑みを見て、魔王の心も平常心を取り戻す。
《オマケに被る悪名は全部キングっつー〝赤の他人〟に押し付けてるらしいじゃねぇか。ほんと長官殿の前じゃ、閻魔大王も裸足で逃げ出すわナ》
（今、逃げたいのは俺なんですけど⁉）
平常心を取り戻した心は、その一言で再び嵐の海へと放り込まれた。気が付けば、赤の他人に極悪非道な冤罪を押し付け、高笑いしているような外道にされているのだから。

今更になって、「キングって誰やねん」などと口にしようものなら、余計に白々しさが際立つだけであろう。魔王はどうにか誤魔化すべく、機械的に口を動かす。
《私にそんなつもりは無かったのだが――――まぁ、往々にして〝事故〟とは突然、訪れるものだからな》
《だっはっはっ！　確かに事故だわナ！　で、気がつきゃ、ぜ〜んぶ〝事後〟になってる訳か。いやはや、おっとろしい話だナ！》
魔王としては様々な意味を込めて〝事故〟と称したのだが、田原の耳にはまるで違うものとして聞こえたようであった。
事実、田原からすれば悪評も怨恨も赤の他人に押し付けるだけ押し付け、美味しい果実だけを掻っ攫うような姿にしか見えていない。
《にしても、長官殿はどのシーンでも名役者だナ？　ほとほと、感心しちまったよ》
《…………さて、何の話だ？》
《とぼけんなって、わざわざ蓮の前で薬《ヤク》を燃やすとはナ。さぞや感動の名場面だったと思うが、俺ぁ、その場にいたら笑いを堪えて呼吸困難になってたところだわ》
（呼吸困難なのは俺の方だよ！　お前、何でもかんでも深読みすんな！）
これ以上の会話は危険だと判断したのだろう。
その後、魔王は海の向こうにある日ノ本出身の人物と出会ったこと、魔法を防ぐ魔道具を入手したことなどを早口で伝え、田原との《通信》を打ち切った。

何かフルマラソンでも走り抜いたような疲労感に包まれていた魔王であったが、室内には餅の焼ける良い香りが漂っており、途端に空腹であることに気付く。

「室内で七輪はどうかと思うが、今回は仕方ないな」

「餅など、久しく食っておらなんだ………お主には感謝するぞ！」

光秀はそう言いながら、ぱたぱたと団扇で扇ぐ。

よく見ると七輪ではあるが、中に入っているのは炭ではなく、黒々とした火の魔石であった。一応、この大陸での生活には順応しているらしい。

「そのまま食うのも味気ない。調味料でも出すか――――《希少アイテム作成》」

魔王は意を決したように、希少アイテムを作成する。

SPを50も消費するものであるが、この男も懐かしい味が恋しくなったのだろう。作成したものは大きなダンボール箱に入った《調味料セット》である。

かつての会場では生存スキルに《調味料》というものが存在していたが、これを会得すれば、体力回復アイテムを使用した際、効果を2倍にするものであった。

調味料セットは一度だけ同じ効果を得る、使い捨てのアイテムである。

「餅とくれば、醤油が鉄板だろうな」

ダンボール箱の中を覗けば、古今東西の様々な調味料がズラリと並んでいる。魔王が醤油を取り出すと、ダンボール箱は跡形もなく消滅してしまった。

使い捨てアイテム、という設定のせいであろう。

「そ、その色、その香り…………まさか、醤油でござるか⁉　このような異国で故郷の味が楽しめるとは、某は嬉しいでござるよ！」

光秀は魔王の横にそそくさと移動し、瓶に入った醤油を惚れ惚れとした目付きで見る。その頬まで上気しており、かなり興奮しているようであった。

「早く、早くかけて欲しいでござる。キング殿…………早く、その濃い匂いの――――」

「お前っ、何か言い方がおかしいだろ！」

ユキカゼのことでも思い出したのか、魔王は慌ててその言葉を遮る。宿の主人などに聞かれた日には、余計に変な誤解を生みそうであった。

魔王が醤油を満遍なく餅へとかけると、室内に醤油の焼ける香ばしい匂いが爆発的に広がり、2人の腹が同時に鳴る。

「こ、これは、堪らん香りでござるな…………」

光秀は唾を飲み込みながら、「くぅ～ん」と子犬のような声を洩らす。

魔王は餅を掴み取ると、無造作に口へと放り込む。焼けた餅の優しい味が口の中へと広がり、つい、その相好が崩れる。

「懐かしい味だ。これなら幾らでも食えそうだな」

「美味ちぃ…………今宵はまこと、幸せな一日でござるな！」

懐かしい味に、2人の表情も笑顔となる。

国境付近ではジャック商会とゴルゴン商会が激しくぶつかりあっていたが、騒ぎの元凶である本人は清酒を傾け、饅頭や餅を頬張る平和なひと時を満喫していた。

最早、外道などの蔑称では追いつかず、歩く自然災害とでも呼ぶべきであろう。

そんな災害の下へ、仕事を終えた蓮がやってくる。

途端、光秀の目が大きく見開かれた。蓮の纏う透明な空気感に、その佇まいに、何か侵し難い気品を感じてしまい、酔った頭が更に酔ってきたのだ。

光秀は古い伝統や権威、時代遅れの室町将軍などを尊ぶようなところがあり、そんな彼女から見た蓮は、細胞から沸き立つような何かを感じさせる存在であった。

「あ、貴女……様は……　……！」

光秀が絶句するのも、無理はない。

蓮は宮家の御嬢様という設定がされており、やんごとなき血筋と、家柄を背負っている。

当時の京でたむろしていた、食い詰めの公家などとは次元が違う。

日ノ本の、それも戦国時代に生きる光秀からすれば、蓮という少女は全身から後光が差しているようでもあり、珠玉の存在であった。

「蓮と申します。お見知りおきを」

その優雅な佇まいに、光秀の頬が紅潮する。纏っている空気だけではなく、所作まで見惚れるような美しさがあり、光秀は思わず、土下座の姿勢となった。

「今、ちょうど餅を焼いていてな。蓮、お前も食うといい」

「ありがとうございます、マスター」

魔王のざっかけない言い様に、光秀の目が吊り上がる。

この畏れ多き存在を前にして、その無礼な態度はないだろう、と言いたくなったのだ。しかし、彼女は〝キング〟と名乗る男に対し、まるで従者のような態度を示していた。

「では、僭越ながら食事の介助を。マスター、口をお開け下さい」

「いや、私ではなく、お前が食うといい………」

「箸での介助はお嫌いですか？　では、口移しで」

「何処のバカップルだ………！」

魔王が思わず素で突っ込みを入れていたが、光秀の頭は混乱しっぱなしである。このキングと名乗る男と、蓮の関係性が判らなくなったのだろう。

一見すると主従関係のようにも見えるのだが、年の離れた恋人のようにも映るのだ。

「………餅はともかく、王宮での話はどうなった」

「万事、問題ありません」

蓮の口から王宮での顚末が語られ、魔王はそれらに対し、一つ頷く。この案件は、蓮と田原が主導で進めており、自分が口を挟む必要はないと判断しているのだろう。

実際、蓮と田原が進める案件にこの男が心配する必要など何処にもない。計画の立案や、地に足をつけた実務といったものでは、遠く及ばないのだから。

この男に何よりも求められるもの。

それは実務ではなく――統率であろう。

大帝国の魔王という存在がいなければ、側近たちは性格や見解の相違から激しく衝突し、行き着く先など、殺し合いしかないのだから。

「それと、ゼノビアから派遣されたという将ですが――――」

「ゼノビア、か。いずれ、対応せねばならんようだな」

次に求められるもの――――それは、独裁者としての決断であろう。

この男は選挙で選ばれた、民主主義のリーダーでも何でもない。大きな案件は常に、この男が裁可を下さなければならないのだから。

幸か不幸か、この男には独裁者としての得難い資質がある。それは他者の思惑など踏み躙り、自らの意を押し通していくことに他ならない。

善悪はさておき、余人には備わらぬタイプの資質と言える。

「それと、あの姉妹の父親ですが。無事、家族と再会を果たしました」

「念のために聞いておくが…………あの父親の名は、サムか？」

「…………っ、マスターは、最初から全てをご存じだったのですね」

蓮は微かに驚きの表情を見せたが、魔王はバツが悪そうに天井へ目をやる。その頭の中には、銀色の玉が飛び合う何かが映っているに違いない。

「それにしても、２千人もの大移動か…………賑やかな旅になりそうだな」

他に、魔族領に囚われていた千名近い人間も、ラビの村へ移住済みであった。そこにスラムの住人たちも加われば、短期間で３千人もの労働力を得たことになる。

最早、その規模は村などと呼べる範疇にはなく、東の荒野に突如出現した、交易都市そのものであろう。魔王は賑やかになっていくラビの村を思い浮かべ、微かに笑ったが、頭の中に奇妙なメッセージが流れる。

それは、待ち望んでいた権限の解放であった。

――CONGRATULATIONS――

複数条件をクリア、エリア設置の項目が増加しました。

診療所――聖貨1枚
集落小屋――聖貨5枚
炭鉱跡――聖貨5枚
廃工場――聖貨10枚

「…………お、おぉぉぉぉぉぉぉッッッ！」

管理画面に浮かぶ文字に、魔王は大声を上げながら立ち上がる。

大地を、いや、世界そのものを塗り替える――――エリア設置の解放であった。

その様子に蓮と光秀はびくりと肩を震わせたが、その喜びようが尋常ではなかったため、目を白黒させながらも、それを見守る。

魔王は忙しなく頭を掻き、興奮した様子で何かを叫ぶ。

「そうか、労働者の増加が何らかの条件を満たしたのか！　確かに、解放されたエリアは労働者向けではある。まさか、エリアの解放に人口や職種などが関連付けされているのか？　ならば、商人などが増えれば商業施設が？　只の偶然か？　それとも、東の領地の献上が原因か⁉　いや、それより、どうして聖貨なのだ？　他の貨幣ではダメな理由は⁉」

傍には2人の美少女がいるにもかかわらず、魔王はそれらが全く目に入らない様子で室内をぐるぐると歩き回る。時には酒を一気に飲み干し、満足そうに高笑いを上げた。

控えめに見ても、その姿はイカれたようにしか見えない。

「蓮、私は夜風に当たりながら、暫し熟考に入るぞッ‼」

それだけ言うと、魔王は慌ただしく部屋を飛び出し、室内には蓮と光秀が残された。

マスターの大きな喜びを感じたのか、蓮も仄かに嬉しそうである。

しかし、光秀としては緊張の余り、気を失いそうな空間と化してしまった。

「そ、某は、その…………明智十兵衛光秀、と申します…………」

「私のことは、どうぞ蓮とお呼びください」

蓮の鋭い視線が、光秀を突き刺す。

そこに他意はないのだが、蓮の視線は一見すると冷たく、ともすれば、全身から凍えるような空気を発するのだ。やんごとなき血脈を感じている光秀からすれば、堪ったものではない。

「ひ、人を運ぶとの話をしておられましたが…………そ、某で良ければ、どうか貴女様の護衛の任に就かせて頂きたく…………ッ！」

「私に、護衛など不要です。この先も」

蓮の返事は、にべもない。

これまた他意はないのだが、彼女ほど護衛が要らない人物も他にいないであろう。

蓮は「完全完璧」に設定されており、何者の助けも必要としない。冷たくあしらわれた光秀は涙目となったが、次の言葉にポニーテールが立ち上がる。

「光秀さん。貴女に、お伺いしたいことがあります」

「そ、某の話で良ければ………!」

蓮は光秀が故郷と呼ぶ、日ノ本の詳細を聞き出そうとしていた。

彼女がここに来た経緯、地理、貨幣、交通網、飲食物、流行、武器、火薬、銃器、移動手段、軍の規模、各地の特産物、農業や漁業、それらを仔細に、そして執拗に聞き出しながらノートへと書き記していく。

当然の話であるが、かつての会場――大帝国が存在した世界に、日本など存在しない。

アメリカもヨーロッパも、中国もアジアも中東やアフリカも存在せず、それらをモデルとした疑似国家があるのみである。

光秀は息を飲むような緊張と共に、蓮の質問に答えていったが、蓮はそれらの情報が必要になれば〝マスター〟へ知らせようとしているのだろう。

蓮は今も昔も、決して〝決断〟を下す立場にはない。故に、秘書としてマスターの判断材料を増やそうとしているのだ。

「貴女は、諸国の情勢に随分と詳しいのですね」

「某が仕えるに相応しい主君を求め、諸国を放浪しておりましたので」

光秀は心なしか胸を反らし、誇らしげな表情で語る。

事実、彼女は〝蝦夷〟と〝琉球〟以外の地域には足を延ばし、非常な情報通であった。各地の情勢に詳しい者は時に大名から招かれ、様々な話を所望される。

そこで金銭を得たり、仕官の道が拓けることもあるのだ。

「もう少し、詳しい話を聞かせて頂けますか」

「そ、某で良ければ喜んで！」

光秀の顔に喜色が浮かび、饅頭を頬張りながら四方山の話を続けていく。

蓮の声を聴き、傍にいるだけで嬉しいのか、光秀の顔は緩みっぱなしである。そこにはもう、闘技場で見せた勇姿などなく、大好きなご主人様に懐く犬のようであった。

「そ、その………あの御仁と、蓮様はどのような御関係で………？」

「私に敬称など不要です。それと、あの方は私のマスターです」

「ま、ますたぁ………それは、その、南蛮特有の言葉でござろうか？」

「マスターはマスターです」

そんな禅問答のようなやり取りに、光秀の表情が陰る。本来であれば、もっと踏み込んで聞くところであろうが、相手が相手である。

一方の蓮も、僅かなやり取りで光秀の本質を掴んだようであった。

「私はマスターの秘書として、これまで少なくない人間と対面してきましたが、貴女は私の同僚より余程、信用できる人物のようです」

その同僚とやらが誰であるのか、あえて語る必要はないであろう。

側近たちの裏事情など、何も知らない光秀は「信用できる」と言われたことに、歓喜の表情を浮かべた。そのまま、ベッドに腰掛ける蓮の膝へと縋りつく。

「…………信用、信用でござるか！　某は祖国で、巨悪を討つべく立ち上がったのでござるが、周囲の者からは裏切り者と蔑まれ、悔しい思いをしておったのです…………！」

「貴女は混沌よりも秩序を好み、悪を看過せず、古き権威には頭を垂れ、仁義を重んじる武人と見ました。光秀さん、貴女に――――」

「蓮様……蓮さまぁぁぁ！　どうか、某の忠誠を受け取って下され！　某は一生涯、蓮様に忠と義を捧げることを誓いまするッ！」

「い、いえ、私に忠誠など誓われても困ります…………」

「ヤダぁぁぁ！　某はもう決めたんですぅぅぅ！　これは決定なんですぅぅぅ！」

酔った勢いであるのか、何であるのか。

光秀は蓮の膝に縋りつきながら、子供のような声を上げる。流石の蓮も、こんな反応をされたことは初めてであるのか、言葉を失った様子であった。

「わ、私ではなく、貴女はマスターに」

「某が仕えるのは蓮様でござる！　某が蓮様の右腕になるんだもん！」

まんま、子供がむずかるような姿に、蓮は誰かを思い出したのか、くすりと笑う。

同僚にも一人、似たような子供がいたなと。

「光秀さん。私が任務で離れる間、貴女にはマスターの護衛を務めて頂きます」

「…………へっ？」

蓮はその後、微に入り細を穿つような指示を光秀に与え、今後の動きに備える。魔王の傍から離れることがあっても、万全の態勢を整えようとしているのであろう。


その一方で――

朝焼けの王都を歩きながら、魔王は解放されたエリアに思いを馳せていた。

（良いエリアが解放されたな…………聖貨が入れば、診療所は悠にプレゼントしよう）

本人が聞けば喜死するであろう、運命的なことを思い浮かべながら。

魔王は道端で眠りこけている酔っ払いを跨ぎながら、騒がしい街並みを抜けていく。辺りには乱雑に酒瓶や衣服、ゴミなどが散らばっており、酷い有様であった。

（まるで、渋谷のハロウィン後だな…………）

魔王はそんなことを思ったが、概ね間違ってはいない。ユーリティアスの民からすれば、ハロウィンどころではなく、独裁者からの解放記念日であったのだから。

まだ飲み足りないのか、街のあちこちから酔った声が聞こえてくる。

「これからは自由に商売ができるわね！　これもキング様のお陰よ！」

「キング、キングって騒ぐが…………あいつは所詮、よそ者だろ」

「よそ者だろうが、何だろうが、この国を変えてくれた恩人じゃない！」

「とにかく、よそ者は認めん。ユーリティアスのブランドに傷がつくからな…………」

「何がブランドよ！　ジャックの専横を許した王宮に、もう権威なんてありませぇぇぇん！」

「なんだとぉ…………」

街の中から響く声に、魔王は思わず首を竦める。ジャックをぶっ飛ばしたのは確かであるが、別にその後の展望があった訳ではないのだから。

（だが、物は考えようだな…………この国を実質的な支配下に置けば、更に権限が解放されるのではないのか？　例えば、従属国という括りならどうなる？）

魔王からすれば、今回の権限解放は純粋に労働者の増加こそが決め手であったようにも思えるのだ。以前にも、版図の活動数という表示が出たこともある。

（人口にせよ、版図にせよ、増えることにマイナスはなさそうだな…………）

勝手な理屈で他国を支配下に置き、従属させること――――そんなものは普通に考えれば、滅茶苦茶な話でしかない。

だが、この男は全ての権限を取り戻すことに関しては、まるで迷いがなかった。

（光明は、ある）

解放されたエリア、そして光秀が使っていた七輪。

魔王は改めて思う、この世界には〝燃料〟がないと。

魔石という代替品があるものの、木炭や石炭、石油や電気なども無縁の世界である。

（炭鉱跡からは、幾らでも石炭と木炭を掘り出せる。他の物資も………）

本来、炭鉱から掘り出せるものは石炭であって、木炭など出る筈もないのだが、この男が設置するのは現実にある炭鉱ではなく、ゲーム会場の炭鉱跡である。

かつての会場では一定の体温を保つため、「暖を取る」必要があったのだ。

氷雪が舞うエリアなどでは低体温症にならぬよう、焚火を作り、狩りで得た獣肉を焼くにも、火は必須である。

炭鉱跡ではそれらの燃料を豊富に入手できるため、激戦区と呼ばれるエリアであった。

何せ、自分が掘るより、掘った相手を殺して奪う方が早いのだから。

（スラムにいた連中には、集落小屋に住んで貰うか……ボロい建物しかないから、かなりの不満が出るだろうな………）

そこは長屋や古いアパートが密集している、昭和を完全に再現したエリアである。

会場ではしょぼいアイテムしか拾えず、全く人気のないエリアであったが、設定上では過去、5千人の人間が住んでいた集落であった。

其々の家屋には風呂もなく、水道すら通っていないが、各地には井戸が掘られ、集落内には、銭湯も幾つか点在している。

土間には囲炉裏が設置された家屋もあり、古ぼけたドライヤーや、黒電話、ダイヤル式テレビなど、その内装は博物館さながらの様相であった。

単に昭和を再現した住居エリアではあるが、内装として見れば、ちゃぶ台や扇風機、古ぼけた蛍光灯や箪笥、型落ちの冷蔵庫、薄いせんべえ布団などが備えられているため、住もうと思えば即日の入居が可能であろう。

（今はまだ遠いが…………いずれ、度肝を抜くエリアを設置してやる…………）

魔王は決意に満ちた表情で、咥えた煙草に火を点ける。

集落小屋の他にも、当たり前のように存在するエリア――――団地や、住宅街、高級住宅街、タワーマンション、ハイリゾートエリアなども存在していたが、それらを設置した日には、この大陸がどうなってしまうのか、もう誰にも判らない。

（悪いが、労働者たちには当面、集落小屋で我慢して貰おう…………）

魔王は悩ましい表情でそんなことを思ったが、それが本当に我慢であるのかどうかは、彼らの反応を待つしかないであろう。

未だ熱気覚めやらぬ王都であったが、闘技場の周囲などは酷い有様であった。

路上飲みしている連中などはまだマシな方で、酔った連中がそこかしこで殴り合いをしては、賭け金が乱れ飛んでいた。

ユーリティアスで行われる、あらゆるギャンブルはジャック商会の仕切りであったが、今後は無法地帯である、と言うことであろう。

（あそこのテント群は、野戦病院か…………？）

十字のマークが付いたテント群に近づくと、そこには見慣れた男がいた。

登場する度に炎上しているエンジョイである。彼はケツを丸出しにして、ベッドにうつ伏せの状態で看護師に何かを喚き散らしていた。

「そこっ、もっと丁寧に薬を塗りやがれ！　ケツが火傷してんだぞッ！」

「そ、そうは言われても…………うぅっ…………」

「このエンジョイ様の尻に触れるなんて、ラッキーな女だな……おい、てめぇも密かに興奮してんじゃねぇのか？　へへっ、お前もその気なら、特別に俺様の一物にも」

「や、止めて下さいっ！」

セクハラの極みといった姿を見て、魔王もやれやれと溜め息を吐く。戦いに敗れた挙句、若い女性にウザ絡みするなど、見るに堪えない光景であった。

「…………情けなさと、見苦しさ。みっともなさと、気持ち悪さと下らなさの全てを兼ね備えたような姿だな」

「んだと！　誰だてめ…………………あっ！」

呆れ顔の魔王を見て、バツが悪そうにエンジョイはそっぽを向く。しかし、その程度で逃してくれるほど、この男は甘くなかった。

「ビッグな男になると大言壮語していたが、まさか粗末な一物を大きくすることだったとはな」

「クソッ、いつも面倒な時に現れやがって…………！」

「大きなことを口にするのは構わんが、君はそれに見合った努力をしているのかね？」

「うるせぇんだよ！　いいか？　俺はいずれ、大陸中に名を轟かせる男になるんだよ！」

そんな変わらぬ態度に、魔王も苦笑する他ない。何の根拠も努力もなしに、成功が向こうから転がり込んでくる筈がないのだから。

「君は冒険者らしいが、その道で成功するアテでもあるのかね？」

「フンッ、冒険者なんてのは一時の繋ぎよ。いずれは大きな仕事をして、大金を稼ぐ。良い女は残らず、俺様のものになる。ミカンだってそうさ」

威勢だけは良いが、ケツ丸出しで吠えても説得力など皆無であった。言い換えれば、今は何も持っていないということでもある。

魔王も目敏く、その点を指摘した。

「職なし金なし彼女なし、か。お前、無敵コマンドの三重掛けでもしてんのか？」

「うるせぇんだよ、てめぇは！」

エンジョイも大概だが、それを煽るこの男も大概である。一種の情けであるのか、スラム街の住人が移住することを魔王は伝えたが、エンジョイは鼻で笑うばかりであった。

それから数日後――――

スラムの住人たちを連れ、蓮が出立する日がやってきた。

荷馬車に乗る老人や、家財道具を載せた荷車を引っ張る者、子供の手を引く母親たちも隊列を組み、続々と大通りを行進していく。

その顔や衣服は汚れきっており、実にみすぼらしい集団であった。

そんな集団を護衛と言うよりは、護送するような形で騎乗した兵たちも馬を進める。

王都の民衆も、寄り集まっては何事かと好き勝手に会話を交わす。

「おいおい、何だありゃ…………スラムの連中か？」

「とうとう、連中も叩き出されるのか」

「ジャックも消えたしな。スラムも大掃除ってところだろ」

王都の住人たちからすれば、それはスラムの強制撤去に他ならない。

同時に、奴隷として何処かに売り飛ばされる姿にしか見えなかった。スラム街に対する蔑視は強く、あからさまに指を差して嗤っている者もいる。

スラムの不潔な環境から、疫病が蔓延する可能性もあり、喧嘩騒ぎも多かったため、住人たちからすれば、厄介払いのような心境であった。

だが、その集団の中央に大臣が乗る馬車を見て、住人たちの声色が変わる。

大臣の顔は何故か誇らしげであり、ちらちらと王城を振り返っては勝ち誇った表情を浮かべているのだ。住人たちからすれば訳が判らない。

「何で大臣が？」

「あの野郎、ジャックにはヘコヘコしてやがった癖に…………」

「大方、スラムの連中を売り飛ばす責任者になったんだろうよ」

「良いご身分なこって」

「まっ、これで街も綺麗になる。清々すらぁ」

あからさまな蔑視を向け、鼻で笑っていた住人たちであったが、集団の最後尾に騎乗した蓮が現れた時、その声が静まり返った。

誰もがその透明な美しさに目を奪われたのだが、彼女が手にする人間無骨を見て、生物として根源的な違いを感じたのである。

事実、彼女は狩る側の人間であり、支配者層の頂点に立つ存在でもあった。

鮮血を思わせる禍々しい赤槍を携え、長い黒髪を靡かせる蓮の姿は、逃れられぬ最期を与える死神のようでもあり、浮かれる住人たちの口を強制的に閉じさせた。

虚々実々の戦い

――北方諸国　ユーリティアス――

騒がしかった王都に、たゆたうような時間が流れている。

ジャックが逃走し、スラムの住人までごっそりと消えたせいであろう。人々の顔にも穏やかさが戻り、何とも牧歌的な空気である。

魔王も久方ぶりに、のんびりとした日々を過ごしていた。いつものように酒を飲み、時には、王都のあちこちを観光するといった具合である。

観光とはいえ、あながち全てが無駄という訳でもなく、これはこれで今後の知識として役立つものであろう。この男はかつて、ルーキーの街に赴いた際にも冒険者のシステムを利用し、村の運営に様々な形で益を齎したことがある。

「しゅ…………キング殿、あちらがこの国の水源でござるよ」

「ふむ、かなり大きい川だな」

光秀が機嫌良く、今日も王都内のあちこちを案内していた。

獣人国にある高山から流れてくる水であるらしい。バーローを通り、ユーリティアスを貫き、遂には北にあるミルクまで通る太い河川である。

夏には豊富な水量を誇っているが、冬には急激に水嵩が減るとのことであった。

「しゅ…………キング殿、他にも井戸がござるよ」

「あぁぁ！　いちいち言い間違えるな！」

蓮という少女が主と呼ぶ存在に対し、光秀は「主上」、もしくは、その血が流れる高貴な一族であると判断したのであろう。異国の言葉で王を指すキングという名称も、それを暗に示しているのではないかと。

（無理無理！　この勘違いだけは、絶対に無理！）

この男からすれば、洒落にならない勘違いであった。

何度も違うと言い聞かせ、叫び、遂には「まだキングの方がマシか………」と妥協した結果がこれである。

「い、良いか………？　何度も言ったが、私は間違っても、主上などという存在ではないッ！　畏れ多いことを口にするな。絶対だぞ！　フリじゃないからな！」

「しゅ……万事、承知したでござるよ！　キング殿！」

「不安しかねーよ！」

２人が騒ぐ中、利三は川へと近付き水を飲む。

途端、近くにいた兵が騒いだが〝キング〟の姿を見て黙り込む。当然の話ではあるが、河川の水は国家の管理下にあり、自由には使えない。

他の住人たちは見張りの兵に金を払い、桶一杯に水を汲んでいく。

「あの水は、高いのか？」

「今の季節であれば、桶一杯で銅貨2～5枚が相場でござろうな。冬には値が上がるので、安い時期に買い込む者も多いでござるよ」

「一日に桶一杯の水では、とても足りんな………」

飲料水だけでなく、洗濯や煮炊き、食器一つ洗うにも、水が必要である。貧民たちは桶一杯の水を何日も持たせるべく大切に使い、時には共有して使う。

体を拭い、服を洗濯できる日など稀であり、彼らが薄汚れていくのも当然の話であった。

（この世界の貧しい層は、一日に千円程度で生活している………）

魔王は大雑把にそんなことを思ったが、概ね間違ってはいない。

貧民の仕事と言えば、ゴミや汚物の運搬・処理などが主であり、廃品の回収や水運び、他にはどぶさらいや、枝葉集め、靴磨きや金物の修繕などである。

時には、手配師から重い荷を運ぶ仕事が回ってくることもあるが、多くの場合、「荷が汚れる」と弾かれてしまう。未来への展望など、欠片もない生活と言っていいだろう。

「私の村では、仕事のない冒険者に大銅貨5枚を支払っているのだが………」

「かなり妥当な、いや、よい給金ではござらんか？　迷宮へと潜り、魔物を狩るには命の危険がある故に。一度でも深手を負えば、再起するのは難しいでござるよ」

命をかける割には、その収入も不安定で、安定しない。その一方で命の危険がなく、固定給が貰える仕事があるのであれば、そちらを選ぶのは当然であると光秀は言う。

ラビの村へと流れ着いた、多くの者たちも似たようなことを考えているのだろう。

「その代わりと言っては何でござるが…………迷宮で大物を狩り、高価な部位で一攫千金の夢を追う者も多いでござるよ」

「安定した日雇いと、一発逆転か。どっちもどっちだな…………」

魔王は改めて思う――――いずれは労働者の適性を見極め、その道のエキスパートを育成していくべきだと。特に炭鉱や工場での勤務などは、その典型であろう。

新しいエリアとして出現した廃工場などは、殆どが自動化され、ラインを流れていくものではあったが、やはり人手は不可欠であった。

ラインを見守る者、異常が出ればラインを止める者、特に完成した商品を運搬するには多数の人手が必要となる。言うまでもないことだが、この世界にはフォークリフトもなければ、大型のトラックなども存在しない。大量の荷を、一度に運ぶ手段がないのだ。

（廃工場で作れる物は……防火壁に防弾ガラス、アルミ樹脂やチタン複合板。後は液体肥料に、古臭い家電ぐらいか。こんなラインナップではなぁ…………）

魔王はそれらの設定をつぶさに思い出し、思案に耽る。

防弾壁や防弾ガラスは、拠点に合成すれば防衛力を高めるアイテムとなり、アルミ樹脂などは拠点の耐久力を高めてくれる。

無論、会場にあった廃工場は只のエリアであって、実際に動いていた訳ではない。

だが、この世界であれば実際に稼動するであろう。最新の大型家電や、より高度な機器などは更なる上位施設が必要である。

「まだまだ、足りないものだらけだな………」

「よく判らないでござるが、某がしゅ……キング殿と、蓮様に力添えするでござるよ！」

「いや、遠慮させて貰う」

「そんな、某を捨てる気でござるか！　昨夜は共に、甘くて白い、ねっとりとした――」

「ばっ………お前、何を口走ってるんだッ！」

「むぐぐ………！」

魔王は慌てて光秀の口を塞いだが、時すでに遅し。河川の警備をしていた兵たちがこそこそと耳打ちしている姿が目に入る。

単に饅頭や餅のことを言っていただけなのだが、周囲からすれば卑猥なものにしか聞こえない内容であった。

平和（?）に騒ぐ魔王と光秀を見て、一人の男が悲鳴を上げる。

「おっわぁぁぁぁ！　ばっ、化………」

「ひぃぃぃ！　まだ街に残ってたじゃないですか、アイズさんっ！」

「馬鹿野郎！　だから、名前を叫ぶな！　覚えられたらどうすんだよッ！」

「ちょ、首を絞めないで下さい、アイズさん！　やめて下さい、アイズさん！」

「てめぇぇぇぇっ！」

先日、遭遇したアイズと新人である。商会の人間はジャックと共に北へ逃走したが、アイズは道連れになるのは御免だと王都に残り、新人もそれに従ったのだ。

戦いの常識で考えるなら、キングはとっくにジャックの背を追っている頃であり、のんびりと王都を散策しているなど、思いも寄らぬことであった。

取り乱すアイズの姿を見て、次第に魔王の視線が鋭くなっていく。つい先日も《隠密姿勢》を看破されたばかりであり、この男の目に、トロンのような特別な力を感じていたのだ。

「随分と怯えているが――――お前、何が視えている？」

「あぁぁぁ！　こ、ころ、殺さないでくれ…………！」

「答えろ」

魔王が一歩近づくと、その度にアイズが後退る。本当であれば、逃げ出したいのであろうが、もう足に力が入らない様子であった。

新人の方は尻餅を突き、既に白目を剥いている。

「こ、答える！　だから、殺さないでくれ！　俺は、俺は、そんな怨念になりたくない！」

「ほぅ――――？」

アイズのそんな叫びに、魔王はニヤリと笑みを浮かべる。

この男は、トロンとは違う瞳を持っていると。それが生来のモノであるのか、この世界特有のスキルであるのかは判らない。

いずれにせよ、それはかつての会場には存在しなかった能力である。

「……面白い。お前は死者や怨念が見えるのか？　それとも、魂の色とでも言うのか。もしや、色ではなく、数値だったりするのか？」

アイズはとうとう、見張り小屋の壁際へと追い詰められ、魔王はすかさず手を伸ばす。

絶対に逃がさないといった姿であり、この世で最も酷い壁ドンであった。

「ち、違うんだ………な、何となく、危険なものが視えるだけなんだ。俺は、何もしてない！あんたに害意なんてないんだ！　信じてくれ！」

「危険なもの、ね。詳しく聞かせて貰おうか――――？」

アイズは狼狽しながらも、自身の瞳について語る。当人はおぼろげにしか把握していないが、それは類稀なるレアスキル――《危険予知》《警戒信号》《死神の鎌》と呼ばれるもの。

第六感などを超えた、完全にチートの類である。

死や危険を察知するアイズのそれは、不幸にも熟練度が天井近くに達しており、彼の人生に、何らプラス方面で寄与することはなかった。

行動する前から危険を察知し、死を嗅ぎ付ける。

こんな人間が、大きなことに挑戦できる筈もない。人生とは時に大冒険し、大きな壁に勇気を持って挑まなくてはならない局面がある。彼の人生はいつも挑む前から諦め、結果が見えているからと言って行動しない、の繰り返しであった。

アイズのレアスキルは彼の成長と挑戦を妨げ、勇気を挫くものでしかなかったのだ。

「だから、俺は逃げ続けたんだ………危険を避けて、賢く、立ち回って………」

後半に入ると、内容も愚痴同然のぐだぐだしたものへと移り変わっていく。アイズとしても、鬱屈した気持ちを何処かで吐き出したかったのだろう。

「危険と死を可視化する、ね。お前はそれを行動しない言い訳として、燻ってきたのか」

「い、言い訳って…………あんたのような凄い人には、俺の気持ちなんて…………」

魔王のずけずけとした言い様にアイズは俯き、両拳を握りしめる。

だが、次の言葉には思わず目が点となった。

「喜びたまえ。今日、君の人生は変わる。いや、変わった」

「…………へ？」

「私が、君を雇おう。何かを変えたいと願うのであれば、私に身を預けたまえ」

「な、何をいっ…………」

固まるアイズをよそに、魔王はその両肩を掴み、ばしばしと遠慮なしに叩く。

当然、ラビの村で使おうと考えているのだろう。

「全く、素晴らしい男と出会ったものだ！　君の才能は、私の下でこそ花開く！　これはもう、決定事項だ。最初に言っておくが――もう逃がさんぞ？」

「い、いや、ちょっと待っ…………！」

「そこで気絶している彼も、見込みがあるとのことだったな。ならば、共に雇おうではないか。安心したまえ、私の職場は至ってホワイトなのでな。彼も泣いて喜ぶことだろう」

魔王の姿は色彩的にも完全にブラックであったが、相手の意向など全く気にせず、勝手に話を進めていく。こういった細かな点にも、この男の独裁者気質が現れていた。

時には相手の都合など平然と踏み躙り、容赦なく自分の意を優先させていくのだから。

アイズからすれば突然、嵐に巻き込まれたようなものである。

「近藤の眼とトロンの眼があれば万全だと思っていたが、休日も必要なのでな。その点、4人の監視があれば、警備体制はより磐石になるだろう」

魔王の頭に浮かぶのは、近藤を頂点とした〝監視部隊〟である。

近藤は監視カメラや、顔認証システムなどの防犯機器を多数所持しており、既にそれらを村のあちこちに設置していたが、更に強化しようと考えているのだろう。

「ま、待ってくれ…………俺はまだ、何も決めて…………！」

「何を迷う必要がある？　第一、君たちの給与は幾らだったのかね？」

「えっ？　そ、その、俺は……金貨1枚と、銀貨5枚ほど……こいつは、銀貨を7枚……」

それらの内訳を、魔王は素早く計算する。

アイズは月給15万、休日を除けば一日で6千円といったところであった。新人に至っては、月給にして7万、一日に3千円未満といったところである。

現代の警備員にも当て嵌まることだが、何と言っても見張りとは地味な仕事だ。日常、何事もなければ立っているだけで一日が終わってしまう。

傍目から見れば仕事など何もしていないに等しく、それらに対し、高給を用意するなど、この大陸においてはありえないことであった。

ジャックはそれなりに見張りの重要性を理解していたが、それでも彼らに対し、高給を与えていれば、他の者から強烈な不満が発生していたであろう。

何処の世界であっても、人間は目に見える働きしか認めない部分があるものだ。

「事前に犯罪者を察知するなど、ハリウッド映画のスーパーヒーローにも不可能だろう。そんな英雄に対し、実に薄給なことだ。私の職場では厚遇を約束する」

魔王はそう言うと、名刺の裏にすらすらと文字を走らせ、アイズの手に大金貨を握らせた。

その重みと、目も眩むような輝きにアイズの視界がグラグラと揺れる。

「これは支度金だ。私の秘書がスラムの住人を連れ、聖光国にあるラビの村へ向かっていてね。彼女と合流し、この名刺を渡すといい」

「は、は…………い…………？」

魔王が去った後も、アイズはその場で呆然と佇んでいた。手渡された紙片には、其々の月給が記されており、大金貨1枚と、金貨7枚とある。

悪い冗談としか思えない額であり、これまでの給与と比べても10倍以上の金額であった。

普段であれば、寝言は寝てから言え、と笑うところであるが、手の中にずっしりとした重みのある大金貨を握らされているのだ。

夢ではなく、現実の話であった。

（えい、ゆう…………英雄だって？　この、俺が⁇）

ついぞ、かけられたことのない言葉に、アイズの思考が固まっていく。

この世に生まれたからには、誰もが一度は目指す道であるのかも知れない。そして、容赦なく現実の壁にぶつかり、己の矮小さを思い知らされる道でもある。

アイズは考えることを止め、眩い大金貨へと視線を落とす。

英雄云々の前に、まずは目の前にある、この大金へと向き合わなければならない。

「お、おい、新人………いつまで気絶してる！　起きろッ！　これを見ろ！」

「ひぃぃぃ！　殺さないで下さいぃぃ！」

「いつまで怯えてる。これを見ろ、大金貨だッッッ！」

「ひぃぃぃ！　眩しいぃぃぃ！」

「話が進まないだろうがッ！」

その後、アイズと新人は慌てて蓮を追い、共にラビの村へと向かうこととなった。

彼らが新天地に辿り着くのは、もう少し先の話である。


それから、数日――――


魔王は姿を消しながら王都の各所を見て回り、のんびりと観光を続けていた。

大通りに並ぶ商品を鑑賞し、時には裏通りを見て歩く。ジャック商会が壊滅したことにより、薬物の売買などは目立たなくなったが、夜の商売は相当なものである。

華麗なドレスを着た女性たちが店先に立ち、男たちの手を容赦なく引いていく。見ると、どのパブも娼館も満員であり、人々は開放感に酔い痴れているようであった。

（以前、ルナにも言った気がするが………ラビの村には、夜の施設がない）

飲食店は豊富にあるが、大人向けの店がないのだ。

この男はキャバクラや風俗店に忌避感などなく、都市に必須の機能であると捉えている。ストレスの発散や、性犯罪の抑制といった意味においても、大切な仕事であると。

（どうせなら、世界一の歓楽街を作りたいもんだ。誰か詳しい人間はいないものか………）

ギラギラとした、ネオン輝く壮大な区画を思い浮かべ、魔王は思案に耽る。

その間、蓮と光秀は毎晩のように《通信》を行い、何事かを話し合っているようであった。

現状の把握だけでなく、今後についても細かく指示を出しているのだろう。そして、蓮の出立から暫くして、ゴルゴンからの使者である、アジャリコングが王都へと辿り着いた。

虚々実々の戦い、その始まりである――

「キング殿、ゴルゴン商会からの使者が参りましたぞ」

「うむ」

この日も朝っぱらからワインを飲んでいた魔王であったが、その知らせに酔いが覚める思いであった。この頃には周辺で起きている騒動や、事態がどう複雑化しているのか、蓮や光秀の報告から把握しており、如何に対応するか苦慮していたのだ。

（はぁ、遂に来ちゃったかぁ………）

魔王はしみじみと思う、どうしてこうなったと。

最初はほんの少しのキッカケであった。それが転がっては広がり、遂には途方もない勘違いが横行し、国境付近では派手なドンパチが繰り広げられているという。

（いずれぶつかる勢力だったらしいが、それなら俺を巻き込まずにやってくれよ………）

放火した犯人でありながら、魔王はそんな勝手なことを頭に思い浮かべる。

とは言え、ここまで燃え広がった大火事を見ても、ロクに消火活動すらせずに帰るなど、この人でなしであっても気が咎めたのであろう。

魔王はグラスを置き、嫌々ながらも椅子から立ち上がる。

（大体、何が天獄だ！　だっせぇ厨二ネームを名乗りやがって。大昔の暴走族じゃあるまいし、何を考えてんだか………）

自分が一番、えげつない暴走族を作っておきながら、言いたい放題である。

しかし、この男からすれば、勝手に見たことも聞いたこともない、おかしな厨二軍団の一員にされているのだから、笑えない話であった。

（まぁ、良い。適当に誤魔化しながら、絵を描いていこう。そもそもの話として、俺は天獄とかいう連中も、キングって奴も知らないんだしな）

本当に知らないのだから、最高に性質が悪い。

だが、今となってはこの男が誰よりもキングであり、何なら、本人以上にキングになっているという、訳の判らない地点に魔王は到達していた。

「面倒だが、行くか――――」

「お供するでござる」

「………うむ」

光秀がニコニコと笑顔で横に並び、魔王は苦笑を浮かべる。

彼女の機嫌を現しているのか、ポニーテールが可愛らしく揺れていた。

蓮から指示を受けているのか、あれから光秀は常に魔王の傍に侍り、まるで累代の家臣であるかのように、精力的に情報収集へと動いている。

冷たくあしらうと泣くか暴れるので、今では魔王も好きにさせているようであった。

「それで、使者とはどんな奴なんだ？」

「立派な武士《もののふ》でござったな。かの者であれば、日ノ本の武者にも劣りますまい」

「ほう……？」

そんな言葉に、魔王も興深げな声を洩らす。

光秀は面倒臭いところもあるが、本人の能力は極めて優秀であった。歴史上では、智勇兼備の名将とされており、礼法、茶道、詩歌にも通じていたとされている。

実際、魔王から見ても普段は実に礼儀正しく、その所作は美しい。見た目こそ可愛らしいが、闘技場では凛々しい姿を見せたこともあり、かと思えば、幼児のような一面もあり、見る方向によって形を変える、不思議な女性であった。

「キング殿。この一件が片付けば、また餅を一緒に焼きたいでござるな！」

「お前に餅を食わせると、何を口走るか判らんからな………」

「な……っ！　アレを白くてねっとりと評して、何がおかしいのでござるか！　それは聞く側の問題であって、某の言い分は間違って――むぐぐ！」

「み、光秀君！　後であげるから街中ではもう黙っていような！　な！」

放っておけば何を言い出すか判らず、魔王は慌てて光秀の口を塞ぐ。

前回の二の舞はゴメンだと思ったのだろう。

「キ、キング殿は少々、強引でござるよ…………！　そのような太い腕で、いつも某の口と体を押さえ込んで自由を奪――――むぐぐ！」

「お前、わざとか!?　わざと言ってるのか、このポニーテール侍が！」

光秀の口を塞ぎながら、魔王はポニーテールをぐいぐいと引っ張る。傍目から見れば、イチャついているようでもあり、何故か光秀の顔も嬉しそうであった。

この地に流れ着いて以来、あまり人と触れ合うことがなかったのであろう。光秀からすれば、今は毎日が楽しく、明るいものであるに違いない。

だが、２人の姿を見た王都の住人は、砂糖の塊でも吐き出すような顔付きとなった。

「あれが、噂のキング様か…………ケッ、良い女を連れてやがる…………」

「性の喜びを知りやがって…………」

「グギギ……あの変な恰好の女、キング様は渡さないわよ…………っ」

往来から様々な反応を受けながら、２人はようやく使者の待つ高級宿へと辿り着く。光秀は勝手知ったる顔で先導し、やがて部屋の前へと立った。

「――――使者殿、控えられよ！　我が主がお出でじゃ！」

（誰が主やねんッ！）

魔王は反射的に突っ込みたくなったが、使者の前ということで自重する。

室内へと目を向けると、そこには巨大な黒い山が鎮座していた。

「――あんたが、噂のキングか」

(怖ッ！　これ使者じゃなくて、プロレスラーだろうがッ！)

そこに鎮座していたのは、派手なリングコスチュームに身を包んだ、見るからに恐ろしい女であった。その足には固そうな黒いブーツを履いており、髪にはパンチパーマまでかかっている。トドメに、その顔には星を象ったペイントまで施されていた。

誰がどう見ても、凶悪な女性プロレスラーであると判断するであろう。

「なるほど、あの御党首様を相手にしようってだけはある。久しぶりに、怖ぇ面を見たよ」

(馬鹿野郎！　怖ぇーのは、お前の顔だろうがッッ！)

「よせよ、そんな面で睨むのは。アタイはこう見えて臆病なんだ。チビっちまうじゃねぇか」

(チビりたいのはこっちだっつーのッ！　リングに帰れ！)

魔王は決して目を合わせないよう席に座り、おもむろに煙草へ火を点ける。

気分的には、檻の中で猛獣と相対しているようなものであったが、怯えた態度を見せる訳にもいかず、魔王はゆっくりと煙を吐き出しながら、重厚な空気を醸し出す。

「言い遅れたが、アタイはアジャリコングってんだ。よろしくな？」

(往年の凶悪レスラーじゃねぇか！)

その名に激しく突っ込みたくなる魔王であったが、心を鎮めようとしているのか、肺の中へと煙を送り込み、卓上の灰皿に勢いよく灰を落とす。

「キング、あんたに御党首様からの言葉を伝える――――そちらの心意気と、腕っ節を高く評価する、とのことだ」

「ほぅ――――?」

魔王は白煙を燻らせながら、天井へ鋭い視線を向けた。その重厚な姿は思案に耽っているようでもあり、奸智を張り巡らせているようにも見える。

アジャリコングから見たキングは、どうにも一筋縄ではいかない男であった。

単純な武力だけではなく、彼女の主たるゴルゴンに似た〝深い叡智〟を感じさせる存在として映っている。

「返答を聞かせてくれるかい、キング」

「返答、ね――――ならば、逆に問おう。そちらの御党首は、私に何を求めているのかね?」

「なに、をって…………」

魔王の口から、そんな投げっぱなしの放言が飛び出す。最早、考えることが面倒になったのであろうが、それを聞いたアジャリコングは言葉を失う。

彼女は聡明なる御党首の言葉を伝えにきただけであり、何よりも、ゴルゴンがあの男ならば、それで十分に伝わると述べていたのだから。

言うまでもなく、彼女は武官であり、間違っても文官ではない。

本来、使者には不向きであるが、あえてゴルゴンが彼女に白羽の矢を立てたのは、何処までも腕っ節をアピールしてくるキングに対し、意趣返しの意味合いもあったのであろう。

腕に自信があるのは、そちらだけではないぞ――――と。

加えて、キングのような武張った男には、文官を派遣しても反りが合わないだろうとの考えもあった。戦場の最前線で切り結ぶ者と、後方の帷幄にあって策を練る者。

これらは古今東西、話が合わない。立つ場所によって、視界も変われば、考え方も変わるので当然の話でもあったが。

「いや、アタイは……御党首様の、お言葉を……」

そんな返答は予測していなかったのか、アジャリコングは言葉を濁す。

彼女は敵を撲殺し、絞め殺すのは大の得意であったが、このような外交の場で雄弁を振るい、相手を翻弄するような戦いなどしたことがない。

今回ばかりは、ゴルゴンの経験から裏打ちされた配慮が、完全に裏目に出た形である。

とは言え、目の前にいる男が本物のキングであれば。

もしくは、天獄のメンバーであるなら。ゴルゴンの言わんとするところを察し、諸手を上げて狂喜したであろう。

何せ、あのゴルゴン商会の党首が「その腕を買う」と言ったのだから。

どんな傭兵団であれ、我を忘れて踊り出すような場面である。

だが、キングの表情はまるで変わらず、それどころか――――逆に値踏みするような視線でアジャリコングへ辛辣な言葉を投げかけた。

「君はゴルゴンから送られた使者であろう？　まさか、子供の使いではあるまい」

そんなキングの言い様に、アジャリコングは臍を噛む。

己の応対次第で、あの聡明なる御党首様に恥をかかせることになりかねないと。

彼女はありったけの力を振り絞り、普段は使わない脳を回転させ、武官らしいシンプルな答えを導き出す。

「ご、御党首様が求めるものは…………ジャックの首、だろう」

「……だろう？　これはこれは、随分と雑な話で恐れ入る。君は疑問符を浮かべながら、使者の任が務まるとでも思っているのかね？」

「い、いや、間違いない！　御党首様は、ジャックの首を………望んで、おられる」

額から流れ落ちる汗を拭いながら、アジャリコングは喘ぐように言う。

よもや、「お前では話にならない。他の者を送ってくるように」、などと言われようものなら、あの聡明な御党首様から、どれだけの叱責を受けることか。

それを想像しただけで、アジャリコングの巨体に震えが走る。一方で、魔王の頭にも疑問符が浮かんでいた。

（あいつはもう、ぶっ飛ばしたじゃないか………）

脳裏に浮かぶのは、闘技場で大の字に倒れていた男。

わざわざ出向き、再戦しなければならないような相手ではない。しかし、この奇妙な騒動から解放されるには、ジャックの身柄を押さえるしかなさそうであった。

「ジャックの首を、ね。ならば、聖貨を21枚用意したまえ――」

珍しく、魔王が洒落っ気を込めた返しを口にする。

この国に訪れて以来、やたらとトランプに関連する単語が多かったため、ブラックジャックにおける最高の数値を出してみたのだ。相手の名がジャックであったこともあり、粋なジョークのつもりであったのだが、アジャリコングはくすりともせず、真顔となった。

(あれ、外したか………?)

新たに解放されたエリア設置に必要な聖貨を交え、あわよくばを狙ったゲス発言であったが、想定外の重い沈黙が訪れた。

魔王は誤魔化すように煙草を揉み消し、すぐさまもう一本を咥えたが、光秀が得意気に懐からライターを取り出し、恭しく火を点ける。

(こいつ、蓮から何か吹き込まれたな？　俺はキャバクラ通いのおっさんじゃねぇぞ！)

魔王はそんなことを思ったが、光秀は澄まし顔でポニーテールを揺らす。

その見た目はとても愛らしかったが、アジャリコングはそれどころではなく、頭から煙を出す勢いで聖貨について考え込んでいた。

「せ、聖貨………？　に、21枚………？」

聖貨とは、時期やタイミングによって価値が大きく変動するものであり、簡単に計算できないものである。貨幣というより、株に近いと言っていい。

現在は最低価格でも大金貨１００枚分、ざっと2億もの価値があるとされている。

とは言え、その価格も流動的なものでしかない。

この大陸の歴史を振り返れば、一時は1枚の価値が大金貨にして300枚、時には600枚になったこともあるほど、その価格は激しく変動する。

あまり計算が得意ではないアジャリコングにとって、聖貨の要求など極めて難題であった。

思考も行き詰まったのか、アジャリコングは精魂尽き果てたような表情で言う。

「…………判ったよ、キング。あんたの言葉を、そのまま御党首様に伝える」

「えっ?」

「…………えっ?」

一瞬、互いの口から間抜けな言葉が漏れ、気まずい空気が流れる。慌てて魔王は取り繕うように咳払いすると、重々しく言葉を続けた。

「う、うむ。それと、先方にこれを渡して貰いたい」

魔王が取り出したもの、それは《秘密基地》から持ち出した木炭と石炭であった。

この男からすれば、ジャックの首などに今更、何の興味もない。それよりも、今後掘り出した燃料を何処に売り込むかと苦慮していたのだ。

ラビの村で使う分を確保したら、残りは売って稼ごうという雑な計画である。

ちなみに、かつての会場における石炭の用途は主に武具の補修や加工であったが、一方では、石炭爆弾として使用されることも多かった。

生産や補修を担う、後方支援のプレイヤーを悩ませてきた種でもある。

「それも含めて、御党首様に知らせよう…………」

それだけ言うと、アジャリコングは慌てて席を立ち、宿から立ち去った。こんな面倒臭い男と関わっていては、何か失態を犯しかねないと思ったのであろう。

慌ただしく使者が立ち去った後、魔王は安堵の溜息を漏らす。相手がいつ立ち上がり、自分にプロレス技を仕掛けてくるか、気が気ではなかったのだ。

「キング殿！　見事な交渉でござったな！　相手は完全に狼狽しておりましたぞ！」

「どうやら、そのようだ………」

魔王は重々しい雰囲気で煙を吐き出したが、今の応対で本当に良かったのか、と自問自答するばかりである。

光秀は見事な外交手腕であると捉えたのか、その表情は非常に明るい。

「キング殿、今日は祝杯でござるな――――！」

「祝杯？　祝杯、か……　……なるほど、めでたい日ならば飲まねばならんな」

光秀の言葉に乗せられたように、魔王も機嫌よく笑い、そそくさと席を立つ。真昼間から酒を飲む、大義名分を手に入れたといったところであろう。

「ささ、キング殿。宿に戻って、餅を焼くでござるよ！」

「まぁ、待て。同じ食い物ばかりでは芸がない。今日は健康を祝って《七草粥》を食うぞ」

「か……粥でござるか!?」

その言葉に感極まったのか、光秀は飛び上がるようにして魔王の腕へと巻き付く。

かつての会場では、体力と気力を同時に50回復させる、希少アイテムであった。

この世界にあっては、希少どころの話ではない。瀕死の病人であっても、口にすればその場で踊り出すであろう。

「某がこの地に来たのは、キング殿と蓮様に仕えるためであったのでござるな！」

「いや、まぁ、蓮と仲良くしてやってくれれば、それで良いんだが…………」

「キング殿！　その言、某に何か含むところでもあるのでござるか！」

煙たがられたり、嫌われることにトラウマでも抱えているのか、光秀が激しく詰め寄る。

対する魔王は面倒臭そうに、いや、そのままを口にしていた。

「あぁぁ、やっぱ面倒臭ぇなぁ…………」

「やだぁぁぁ！　面倒臭いって言うなぁぁぁぁ！　好きって言ってぇぇぇぇ！」

「お前っ、体に巻き付くな！　蛇かッッ！」

イチャついているようにしか見えない2人の姿に、宿屋の主人が舌打ちする。

素面では、とても見ていられない光景であった。


それから数日――――

ユーリティアスと都市国家の国境付近では、最前線に陣取るゴルゴンの姿があった。

普段は屋敷の奥へ籠り、様々な謀略を張り巡らせる彼としては、大変珍しいことと言わざるを得ない。それだけ、ジャック商会の駆逐に本気なのであろう。

加えて、後方で好き放題に暴れているゲリラ部隊を、中々捕捉できずにいたことが大きい。

（本隊を叩き潰せば、自ずと枝葉も枯れるでしょう…………）

ゴルゴンはそう考え、ひとまず国境に展開する本隊を叩こうと動いていた。

都市国家は大小様々な街が寄り集まった変則的な国家と言うこともあり、少数のゲリラが常に動き続け、あちこちに逃げ回ると非常に厄介なのである。

現代でも、都道府県を跨げば捜査権などが絡み、犯罪者を追跡するのが難しくなるが、それに近い感覚と言っていいだろう。

「御党首様、ご報告致します」

使者として出したアジャリコングが帰還し、ゴルゴンはその報告に耳を傾ける。そして、聖貨のくだりでは薄く笑った。

「ふふ、ブラックジャックですか。相手の名にかけるとは中々…………いや、渦中にありながら、大した度胸です」

アジャリコングとは違い、ゴルゴンには意味が通じたらしい。

そのままの意味で考えるなら聖貨21枚の要求であり、現代の価格にすればおよそ40億を超える話となる。まして、価格が激しく変動する聖貨であることを加味すれば、纏まった枚数であるそれは、１００億を超えかねない。

「御党首様、そのような法外な金など払わずとも…………この私がッ！」

「およしなさい、アジャリ。ジャックは非常に危険な男です」

ゴルゴンはにべもなく、その言を跳ね除ける。

水火も辞さない彼女が、溝に落ちた犬などに噛まれては損失であると判断したのだろう。

最早、ジャックは手負いの猛獣であり、それの始末には同じ獣である天獄の連中に任せるのが相応であると考えているのだ。

しかし、聖貨21枚もの要求という途方もない内容に、何か思うところがあったのか。

ゴルゴンの傍に仕えるキャサリンも、恐る恐る口を開く。

「ですが、御党首様。何故、聖貨なのでしょうか？　この愚かな老婆には、何が何やら」

「キャサリン、自分を卑下するのはおよしなさい……その歳まで美しく在り続けた貴女自身を、大いに誇るべきです」

「ご、御党首様………」

2人の間に独特の空気が流れ、周囲の者たちは言葉に詰まる。

しかし、それに対して突っ込む者は誰もいない。

良くも悪くも、ゴルゴンやジャックは強烈なトップダウン経営の人間であり、意見を挟むのは難しいタイプである。

その上、ゴルゴンは非常に頭のキレる男であり、他者の意見を必要としない。

自分の方が優れているのだから、彼が必要とするのは手足となり、猛火も辞さずに飛び込む、勁烈なアジャリコングのような存在であった。

手足の方が勝手に物を考え、動くようでは戦略が成り立たない、といったスタンスである。

とは言え、キャサリンには何処までも甘いゴルゴンは、彼女の問いに優しく返す。

「聖貨とのことですが、何のことはありません。彼らは聖光国と何らかの密約を結んでいるようなので、その関連もあるのでしょう」

「何と…………！」

既にスラムの人間が集められ、聖光国に移動を始めたとの報が入っている。

ゴルゴンからすれば、あの国が聖貨を集めるのは、国の方針に近い感覚であり、別に不思議なことではない。歴史を振り返れば、時には一国を挙げて狂ったように聖貨を買い集め、その価値が天文学的数値に達したこともある。

ゴルゴンは醒めた表情で、聖光国の狂態っぷりを語ってみせた。

「狂信者は時代を超えて何度も現れますからね。５００年ほど前にも、世界中に散らばった聖貨を集めれば智天使に会えるだとか、死後の世界では、聖貨だけが使用できるなどと、愚かな話を真に受け、収集した者もいたようです」

「では、キングは聖貨を集め、あの国に売ろうと…………？」

「売る、とは違いますね。取引材料の一つでしょう」

ゴルゴンの言葉に、周囲の者たちは固唾を飲んで耳を傾ける。

誰もキングの思惑が読めず、翻弄されっぱなしであったのだ。まして、ゴルゴンは普段、配下にこのような説明など絶対にしない。

キャサリンだからこそ丁寧懇切に答えているのだ。そう言った意味においても、彼女の存在はゴルゴン商会の者にとって、救いの光であった。

「あの国は奴隷の所持を公式に禁じていますが、現実を見れば違う。奴隷は確かに存在し、今も2千人もの人間が――――売られようとしている」

　ゴルゴンの発言に、全員が固唾を呑む。

　事情を知らぬ者からすれば、あの大移動は人身売買の現場でしかない。

　戦争の結果として、多数の捕虜が発生することはままあるが、街中から大量の人間を連れ去るなど、前代未聞の話であろう。

「取引相手に禁制を破らせるためにも、聖貨が必要なのでしょう。名目としては、生活困難者であるスラムの住人、その救済などを謳うのでしょうね。尚且つ、聖貨を1枚でも多く故国に集めんがため、などと言ったところでしょうか」

「キ、キングとは、何と恐ろしい男なのでしょう……」

「むしろ、聖貨を盾に堂々と禁制を破る者こそ、恐ろしいのかも知れませんがね」

　キャサリンから見たキングとは、まるで人攫いそのものであったが、ゴルゴンからすれば禁制を破る相手にも興味が沸く。

　実しやかに囁かれている魔王と名乗る男、もしくは、西の鉱山地帯の覇者であるドナ・ドナ、南の鉱山地帯を支配するバタフライ姉妹。

　都市国家から見た聖光国は、格差社会の極みであり、貧富の差が開きすぎている。購買力などごく一部にしか存在しない国であった。

　商売上、それほどに重要視する必要がない地域であるため、その情報量も限られている。

だが、僅かな情報から全てを見通すゴルゴンの姿に、配下の者たちは感嘆を漏らす。

この聡明なる御党首様についていけば、何の問題もないと。不可解であったキングの行動も、こうして白日の下に晒されたのだから。

(聖貨をこちらから引っ張り出し、奴隷はユーリティアスから連れていく。まるで、元手のかからぬ良い商売ですね、キング………？)

つい、ゴルゴンがくすりと笑う。

オマケに自分たちの存在を、見事にこちらへ喧伝することにも成功している。

無論、ジャックを始末した後には、報酬である聖貨の枚数についてゴルゴンは交渉するつもりであったが、それほど難しい話であるとは思わなかった。

振り返れば、キングの行動は首尾一貫しており、少ない手数で、目的地へ辿り着く最短ルートを歩んでいる。

こういった効率を求める相手であれば、交渉は非常に纏まりやすい。

「ジャックの首を土産に、こちらからは聖貨を。ユーリティアスからは、奴隷を。最後は聖貨を添えて大量の奴隷を聖光国へと引き渡す。その見返りは如何ほどか………実に見事な絵ですよ、キング――――いえ、その裏にいる黒幕」

ゴルゴンから見たキングの荒っぽい行動は、まるで変則的な三角貿易のようでもあり、つい、この冷徹な男をして笑わせるに至ったのだ。上機嫌なゴルゴンの様子を見て、アジャリコングはそっと2つの木箱を差し出す。

大事な話が始まり、途中で口を挟めずにいたのだ。

「うん？　これは、木炭ですか。随分と野蛮なことを。しかし、まぁ…………これは丁寧に作られていますね」

繰り返しになるが、この大陸における木炭とは、れっきとした禁制品である。

これを売買などすれば、即座に手が後ろに回るであろう。

「魔石がありながら、何故これを………」

魔石を長く使うには、魔法を篭める必要があり、そこにはコストが発生する。使用する度に、充填をする度に、魔石は消耗していき、最後は只の石ころと化してしまうのだ。

（木炭、か……コストと、諸国からの反発を考えると。商品として扱うにはリスキーすぎる）

一口に木炭と言っても、これを作るには相応の手間隙がかかる。

まず大きさを切り揃え、窯に詰めて水分を抜き、一定の温度で蒸焼きを続けることになるが、その間、熟練の職人たちが火や煙の様子を見守り続けなくてはならない。

下手をすれば、一週間ほどかかる作業である。

簡単に一日で作ったような〝消し炭〟は火力も弱く、日持ちも悪い。

その膨大な手間暇と、コスト、限りある木材の消費などを思えば、長い歴史の中で火の魔石が使用されるようになっていったのも、必然の流れであった。

（最近、大敗した国でもあったか………？）

ゴルゴンはつい、北方諸国の国々を思い浮かべる。

戦争の結果によって、木材が賠償金として支払われたのかと思ったのだ。たとえ、そうであったとしても、それを木炭にする理由はないが。

ゴルゴンがもう一つの木箱を開いた時、その秀麗な顔が驚愕で歪む。

「ば、馬鹿な…………！　どうして、失われた黒き石が…………ッ！」

それは、数千年前に失われてしまった資源、石炭であった。

古の時代、天使と悪魔の神話戦争が激化し、急速に消費された石炭は掘り尽くされてしまい、今ではもう、文献に名を残すばかりとなった古代の断片《オーパーツ》である。

商会の宝物庫には微量のサンプルが残されており、ゴルゴンはすぐさま、それが黒き石であることを理解することができた。

「…………アジャリコング！　キングはこれを渡す際、何と言っていたッ!?」

ゴルゴンの叫び声に、アジャリコングの巨体が震える。魔獣すら怖れぬ彼女であっても、この聡明なる御党首様は恐ろしい存在なのだ。

裏切り者は容赦なく苛烈に粛清し、敵となった者は百策を用いて破滅させる。

当然、無能の判を押された者の末路も悲惨であった。

「えっ、あ、あの、そ、それを、ともかく、御党首様にお見せするように、と…………」

「でかした！　良く、良くぞ…………これを、無事に持ち帰ったッッッ！」

「は、ははっ！」

ゴルゴンは椅子から立ち上がると、銀貨がぎっしりと詰まった袋を勢いよく放り投げる。

彼は恐ろしい男であったが、功績ある者には思い切った報酬を出す。恐怖だけではなく、利を以って配下を制御する術を心得ているのだろう。

その後、ゴルゴンは周囲のことなど完全に忘れたかのように、忙しなく歩き回った。

聡明なる御党首様の、そんな興奮した姿を見たことがない面々は、息をするのも憚れるように沈黙を保つ。ゴルゴンの思考を妨げなどすれば、その場で殺されるであろう。

（キングめ………これを、これを、何処でッ！　まさか、聖光国で新たに鉱脈が発見されたとでも言うのか!?）

黒き石————いや、石炭の用途は広い。

その火力は尋常ではなく、古の時代では海に面した国々などは製塩の際にも使用していたが、それらが枯渇してしまい、使用できなくなってしまったのだ。

武具の制作にも大きな火力は非常に魅力的である。ドワーフは火を操るのが巧みなため、人間の製造技術を遥かに超えるレベルに達しているのだ。

これらをドワーフに卸せば、莫大な利益を生み出すであろう。

（いや、違う………黒き石があるのであれば、我々人間にも、最上級《ハイエンド》の製作に手が届くようになるかも知れない。いや、必ずなる！）

言うまでもなく、ゴルゴンは人間であり、他種族が人より優れた鋳造技術を所持し、見下されている現状を是としていない。

失われた黒き石が掘り出されたともなれば、それは無限の可能性を生み出すであろう。

ちなみに、石炭を燃焼させた後に残る石炭灰は、石膏と混ぜ合わせて強度や水密性を高くし、セメントの原材料にもなる。

この大陸にあっては、まさに捨てるところがない資源であった。

「驚きましたね。こんな鬼札を切ってくるとは………！」

これが発見されたのけ北方諸国ではない、と即座にゴルゴンは結論付ける。

黒き石などが発見された日には、間違いなく大騒ぎになっている筈であった。その点、国内に無数の鉱山を擁し、魔石の排出量も多い聖光国であるならば。

新たに鉱脈が見つかった可能性も、0ではないであろう。

「いや、待て――――！」

その時、ゴルゴンの頭に電撃が走る。

何か複雑に絡まった糸の一端が、見えた気がしたのだ。

「その2千人もの奴隷は、黒き石を掘り出すために必要だったのではないのか………？　例えば鉱夫としてだ！　それならば、全てが一つに繋がる！　いざという時の口封じにも、他国の奴隷であれば躊躇せずに済むではないか！」

ゴルゴンの叫びに、周囲は只、息を飲むばかりであった。

この聡明なる御党首様さえも驚くほどの、恐ろしい陰謀が裏で動いているのだと。

実際、魔王も村の拡張作業だけではなく、炭鉱跡に入る鉱夫としても考えており、ゴルゴンの推測は間違っていない。

全ての裏側を知る、神の目でも持っていない限り、一連の動きを全て把握することなど、到底不可能であったが、ゴルゴンはその一端を見事に掴み取る。

彼の恐るべき智謀と言えたが、まさかそれらの出来事が全て行き当たりばったりの結果であるなど、それこそ神の方が椅子から転げ落ちるであろう。

感極まったのか、ゴルゴンはとうとう哄笑を上げる。

「あっはっはっ！　全ては黒き石に繋がるものであったのですね………なるほど、我々に対し、あれだけ猛烈にアピールしてきたのも頷ける話だ！」

黒き石の売り込み先として、こちらと顔を繋げるために懸命に動いていたのかと。

そして、ゴルゴンの脳内からドナ・ドナとバタフライ姉妹が消える。

この両者であれば、自分たちの得難い権益として、黒き石に都市国家を絡ませるなど、絶対にしないであろう。

（ならば、残る選択肢は一つ…………）

東部の荒涼たる大地で動きを見せている、魔王と名乗る男。

ゴルゴンはその男に対し、いつの時代にも現れる、典型的な野心に満ちた存在であると思っていたのだが、そんな男が黒き石を手に入れても、途方に暮れるだけであろう。

売り捌く販路も持っていなければ、何の信用もない相手から、黒き石を購入するような愚かな商人もいない。確実に出所を探られ、身の破滅を呼ぶだけである。

（その点、我々は違う。キングめ、良い目をしている……それとも、魔王と名乗る男か？）

ゴルゴン商会の名と、信用。

その看板に、ケチをつけてくる者など存在する筈もない。実際、その販路は大陸全土へと張り巡らされており、取引相手としてこれほど相応しい存在も他にいないであろう。

黒き石が発見されたなど、本来であれば奪い合いとなり、確実に戦争が起こる案件であるが、ゴルゴン商会が絡んでいるともなれば、どの国も黙らざるを得ない。

（なるほど…………何千年もの間、捨てられていた化外の地であれば、新たな鉱脈が発見されたのも頷ける話です。その男は非常にツイている）

ゴルゴンの頭脳が、音を立てて旋回する。聖光国の東部など、彼だけではなく、大陸の誰もが見向きもしてこなかったのだから。

ゴルゴンからすれば、盲点を突かれた気分であった。

（それに、あの地は智天使が消滅したとされる、曰くつきの場所でもありましたね。私が思っている以上に、あの地には様々な可能性が眠っているのかも知れない…………）

ゴルゴンの知略は、未だ見ぬ様々なものを見事に引き当てている。

実際、黒き石を産出する炭鉱跡は、聖光国の東部に突如として出現するだろう。

他国から見れば、まるで新たに発見された鉱脈の如く。また、奴隷のようにして連れ去られた人々の一部も、そこで働くに違いない。

だが、一番肝心の問題――――天獄のキングとされている男が、その魔王であるなどと、何処の誰が思うであろうか。まして、一連の全ての流れが偶然の産物であるなどと。

ゴルゴンの脳内から、次にジャックの名が消える。

（あんな男もユーリティアスも、もうどうでも良い！　黒き石さえあれば、我々人間種に革命が起こるッ！　それに、アレも――――）

長らく思考に耽っていたゴルゴンであったが、目が覚めたように次々と配下の者に指示を下し始める。

「ハルク、手勢の全てを預けます。即刻、相手を撃滅しなさい。近々、キングが手土産を片手に訪れるでしょう。それまでに敵は残らず掃討しておくように。私に恥をかかせるな？」

「…………イエス！　アイ・アム・イチバーン！」

筋骨隆々の男が威勢のいい叫び声を上げ、ゴルゴンは更に大男へと目をやる。見上げるような巨体は、人間と言うより山脈と呼んだ方が早い。

「アンドレラ、手段は問いません。ゲリラが潜伏した地は、街ごと薙ぎ払いなさい」

「…………全て、ぺしゃんこにしてやります」

最後に、ゴルゴンはアジャリコングへと視線を向ける。自分に指示が下るのを、じっと待っていたのか、彼女の視線は燃えるようであった。

「アジャリ、キングの下へと赴き、彼の仕事を見届けるのです。可能であれば、こちらの武威を見せ付けることも忘れぬよう。あの男を、黒き石を、絶対に他の者には渡さぬように」

「……全ては、御党首様の意のままに」

アジャリコングの、そんな力強い返答にゴルゴンも満足そうに頷く。

彼の配下は血の気の多い者ばかりであったが、その腕っぷしは折り紙付きである。

その中でも、アジャリコングは戦場の申し子のような存在であった。

「では総員、この地から引き上げますよ」

ゴルゴンが指を鳴らすと、周囲にいた者たちが一斉に走り出す。

御党首様が最終的にどのような結論を下したのか、彼らには窺い知ることはできなかったが、その指示に従っていれば大過なくことは進む。

それだけの実績と信頼を、この若き党首は得てきている。

只一つ、難点を上げるとするなら、その極端な老婆好きであろう。今もキャサリンの髪を宝石のように優しく撫で、その秀麗な顔を輝かせていた。

「それにしても、御党首様………」

「キャサリン、2人の時は名で呼べと言った筈ですよ」

またもや独特の空気に包まれる2人であったが、傍目はどうあれ、本人たちは至って幸せそうであり、それを邪魔する者などいない。

あの魔王であっても、この光景を見れば無言でスルーせざるを得ないだろう。

アイズ

Eyes

【種族】人間　【年齢】34歳

【レベル】6　【ステータス】不明

スキル

危険予知

あらゆる危険を、一定確率で予知する。

警戒信号

認識範囲のあらゆる生物に対し、「青」・「黄」・「赤」の色彩で捉える。

死神の鎌

ありとあらゆる「死」に纏わる事象を、様々な形で瞳に映し出す。

危険や死を感じ取る、反則級の〝眼〟を持つ男。
門番として燻っていたが、幸か不幸か、魔王と出会ってしまう。
この先、彼の人生は一変してしまうであろう。
無論、あの邪悪な魔王は選択の余地など与えない。

人形遣い

――ユーリティアス　北部国境――


そこには街道をのんびりと歩く、魔王と光秀の姿があった。

アジャリコングが去った後も、２人は暢気に王都の観光を続け、夜になれば宴会を開き、世の騒ぎなど目に入らぬ様子で怠惰な日々を満喫していたのだが、再びアジャリコングがやって来ると聞いて、ようやく重い腰を持ち上げたという格好である。

「キング殿。連中はミルクとの国境にある城へと逃げ込んだようでござるよ」

「ジ○ン軍の残党なみにしつこいな………」

げんなりとした表情で、魔王は晴れ渡った空を見上げる。

一度ブン殴ってスッキリした相手を、再度、捕らえに行くなど億劫なのであろう。光秀の隣を歩く利三も、何処となく元気がなさそうであった。

「その鹿だが、乗ってやったらどうだ？」

「蓮様が主君と仰ぐキング殿の前で、そのような無礼は………」

「そんなことは気にするな。むしろ、乗ったところを見てみたい」

「………そ、そうでござるか？　では、失礼仕る」

光秀はヒラリと音を立てるように、利三へと騎乗して見せた。

光秀は甲冑の中でも、大袖や草摺と呼ばれる部分を装備しており、それなりの重量があるが、利三の足は小揺るぎもしない。

戦国時代の当世具足などは、重さが20～30キロあったと言われており、そこに人間の体重や、刀や槍、弓などを載せて運ぶのだから相当なものである。

（少し、試してみるか…………？）

魔王は利三の性能を確かめるように走らせたり、急に止めたり、急カーブを曲がらせたりと、曲芸師のように次々と指示を出す。

だが、利三は全く疲れを見せず、その動きは驚くほどに速い。

日ノ本が誇る騎獣、との言は誇張ではなさそうであった。

（おぉ！　本気で走れば、こいつの敏捷はどれぐらいの数値になるんだろうな…………）

魔王はつい、かつての会場に照らし合わせて考えてしまう。スピードに乗せてあの凶悪な角をブチ込めば、どんな鎧であっても貫きそうであった。

「しかし、こいつは酒を飲んでいたが、ロクに餌を食っていなかったな」

「異国の物は、どうも口に合わんようでござるよ」

「一応、草食動物だろうしな…………こいつを試しにやってみるか」

魔王は懐からアイテムファイルを取り出し、人参を引っ張りだす。

村を出る際、キョンとモモから大量に持たされたものだ。この世界では、大層な価値があると聞いていたのだが、やはりスーパーなどで普通に並んでいた意識が抜けないのだろう。

「やや！　それは南蛮人参ではござらんか！」

「丸齧りする訳にもいかんしな。こいつに食わせてみよう」

人参を差し出した途端、利三が勢いよく食らいつく。

豪快に葉っぱの部分まで丸齧りであった。

「ほぅ……鹿せんべえばかり食ってるイメージがあったが、やっぱり野菜も食うか。と言うか、葉っぱまで食うんだな、お前は」

妙なところに、魔王が感心する。

この男は鹿の生態など知らず、何となく奈良公園にいたよな、ぐらいのイメージしかない。

あえて説明するまでもないことだが、鹿は葉っぱや木の実などを好み、人参やキャベツなども大好物である。

「よし、もう一本やってみるか」

「ル～～♪」

「そのような高価なものを…………キング殿はまこと、大器量人でござるな！」

「何を大袈裟な…………」

この男にとっては、やはり人参は人参でしかないのであろう。遠慮なく人参を与え続け、その度に利三の態度が変化していく。

鼻先を近付けたり、指を舐めてくる利三に対し、魔王も手を伸ばし、その頭や首などを優しく撫でてやる。

「思ったより、良い手触りだな。サラサラではないか」

「〜〜♪」

「どうだ？　こんな絡み酒の女など見限って、私を主人と仰ぐのは」

「〜〜〜〜♪」

「な、何を申すのでござるか！　利三も何を嬉しそうにしておる！」

賑やかに歩みを進める一行であったが、国境に入った途端、雰囲気が一変した。

風に乗って血生臭い臭いが漂ってきたかと思えば、あちこちに死体が散乱する、悲惨な風景が目に飛び込んできたのだ。

「これは、随分と惨い殺し方でござるな…………」

「こいつらは、王都にいた連中か」

そこかしこに転がっているのは、全てジャック商会の者たちであった。どの死体も酷く損壊しており、見せ付けるように大きな杭が何十本も大地に突き立てられている。

悪趣味なことに、どの杭にも人間が串刺しにされており、数珠繋ぎにされた黒焦げの死体まで転がっていた。

「これは、ユーリの北に位置するミルクの部族がやったのでござろうな。窮して援軍を乞うも、中身は狼でござったか…………」

光秀は虐殺跡を冷静に分析していたが、魔王も似たようなことを思い出していた。

ミカンも「ロクでなしの集まり」と呼んでいたことを。

「どうにも、笑えん連中らしい…………」

魔王は咥えた煙草に火を点けながら、改めて周囲を見回す。

どの木にも縄で吊るされた死体がぶら下げられており、まるで地獄絵図である。相手を、同じ人間であると認識していない酷薄な部族なのであろう。

「キング殿、この様子では既にジャックは討たれておるやも知れませぬな」

「面倒な話になったもんだ…………」

そこへ、2人を追ってきたアジャリコングの一団が合流する。

他の者は馬に乗っているのだが、彼女は真っ黒な体毛を生やした巨大ゴリラに騎乗しており、その威圧感は尋常ではない。

辺りの虐殺風景を見て、一団の誰もが顔を歪めたが、彼女の表情は普段と変わらない。

「…………トゥンガの連中か。ジャックの野郎も落ちたもんだ」

目の前の風景を見て、アジャリコングはすぐさま相手を悟る。彼女は商隊の護衛を務めることが多く、ミルクの部族とは何度もやり合ってきたのであろう。

アジャリコングはじろりと視線の向きを変え、魔王へ挑発をおこなう。

「おい、キング。ビビってんなら、アタイがジャックの首を取ってもいいんだぜ？」

（一番怖いのは、お前なんだよ！　何でゴリラみたいな奴がゴリラに乗ってんだよ！）

魔王はそう叫びたかったが、白煙を吸い込み、どうにか精神を落ち着かせる。いずれにせよ、聖貨を得るためには、前へ進まなくてはならない。

「気は進まんが、行くとするか……………」

魔王はゴリラに騎乗する非常識な存在から目を逸らし、遥か前方に見える、城らしきものへと向かう。その後ろを、光秀とアジャリコングが追った。

両者は騎乗しながら、視線で火花を散らす。

「相変わらず、妙な格好をしてやがる。ド田舎から遊びに来たのか、お嬢ちゃん？」

「妙な恰好とは、その方でござろう。大猿に乗るなど、猪武者そのものであるわ。日ノ本では、お主のような考えなしの武者など簡単に討ち取られる」

「その折れそうなチャチな棒切れで、アタイの体を斬れるってのかい？」

「日ノ本の刀を侮るとは、お主はまるで見識が足りぬようじゃ」

2人は睨み合いながら、口々に相手を挑発する。

両者ともに好戦的であり、どちらが上であるのか示したいのであろう。無論、前方を歩く魔王からすれば大迷惑の話でしかない。

（お前ら、喧嘩ならリングの上でやれ！）

一触即発の空気を纏いながら、一行の視界に国境を守る城が入ってくる。

予想通りと言うべきか、城壁の前には見せしめの串刺し死体が並んでおり、一山幾らと言った風情で屍が積み上げられていた。

それを見て、アジャリコングは不敵に笑い、光秀は無言で火縄を回す。

城壁に並ぶ旗はユーリのものではなく、ミルクの旗が掲げられているようであった。

「お前たちは、ここで待っていろ」

魔王はそれだけ言い残すと、開けっ放しの城門へと近づいていく。

血の気が多い2人がいれば、不測の事態を呼びかねないと思ったのであろう。

(落城、か………あの時は、こんな凄惨な雰囲気ではなかったが)

魔王は複雑な思いを抱きながら、掲げられた旗を見る。死体が乱暴に積み上げられた、こんな景色など滅びの風景としては下の下であると。

「これをやった連中は、滅びの美学も知らんと見える………」

魔王がそう呟いた時、城壁の上に一人の男が姿を現す。

随分と軽装ではあるが、特徴的な帽子を被り、大きな弓を背負っている。その目付きは冷たく、酷薄さが表情にも現れていた。

(あれ？　こんな格好の奴を何処かで見たような………確か、元寇だっけ？)

その姿は教科書で見た蒙古の兵に似ており、如何にも機動力に富んでいそうであった。雑多な部族が割拠するミルクの中でも、極めて残酷で知られるトゥンガ族の男である。

一方の男も、特徴的なスーツを見て、面倒臭そうに口を開く。

「その窮屈そうな服………都市国家の男か。何の用だ？」

「ここに、ジャックがいると聞いてね」

「あれは我々が捕らえた。スーツ男、欲しければ金と食料を持ってこい。都市の金を掻き集め、この高さまで積み上げてみろ」

それだけ言うと、男はケタケタと笑う。最初から交渉するつもりなどないのか、男は背負っていた弓を外すと、手慣れた手付きで矢を放つ。

矢は狙い澄ましたように、魔王の足元へと突き刺さった。

「スーツ男はいつも金勘定ばかりしている。都市に戻って、上役に泣きつけ」

都市国家の人間が嫌いであるのか、男は侮蔑を隠さずに言う。大自然の中で暮らす、ミルクの人間とスーツ男は元来、肌が合わないのかも知れない。

魔王も溜息を吐きながら、どうにか口を開く。

「こちらとしては、平和に話し合いで解決したいのだが？」

「良いことを教えてやる、スーツ男。我らは欲しいものがあれば、力尽くで奪う。金勘定ばかりしている、ひ弱な連中め。その気取った舌を切り取ってやろうか？」

男は笑いながら、衣服の下にあった首飾りを取り出す。

一見すると、鉄の輪のようであったが、輪の中には無数の舌が貫かれており、何とも悪趣味なネックレスであった。

「我らは命乞いした連中の舌を切り取り、臆病者にならぬよう肝を練る。我々の前では口舌など何の役にも立たんぞ。黙って金を積み上げろ、軟弱なスーツ男」

「…………お前らのような連中がラビの村へ来たら、私は笑えんだろうな」

魔王はそう言いながら、咥えていた煙草を指で弾く。

狙い過たず、男の額に吸殻が直撃した。

「アッチ！　てめぇ、目玉を刳り貫いて欲しいのか！」

男は素早く弓に矢を番え、魔王の顔面に向けて狙いを定める。

その瞬間、男の顔面が弾け飛んだ。

無論、魔王が投擲したソドムの火によって、である。抜き手も見せぬ速さで放たれたそれは、死んだことすら理解させなかったのか、頭のない胴体は暫く立ったままであった。

それが、丸太のような音を立てて転がった時、城壁が一斉に騒がしくなる。

「な、何だ!?」

「敵襲だ！　敵が来たぞ！」

「はぁ？　ユーリの連中は皆殺しにしただろうが………」

城壁の上に兵がわらわらと集まり、騒ぎを聞きつけた光秀も飛んでくる。

その顔は上気しており、何故か嬉しそうであった。

「キング殿！　この戦、某が先陣………を………」

興奮した様子の光秀であったが、その言葉が段々と尻つぼみになっていく。

魔王の雰囲気が、ガラリと変わっていたからである。その眼光は酷く冷たく、光秀はその目が意味するところを、幸か不幸か知っていた。

相手を人ではなく、単なる数として見ている目であると。

「光秀、お前は私に仕えたいと言っていたが、生憎と私の側近は8人と決めていてね」

「は、はい………」

「だが、珍しいことに蓮はお前が気に入ったようだ。特別枠として、蓮の側仕え…………いや、与力として考えなくもない」

魔王はそんな古い言葉で告げると、城壁に群がる兵に向けて顎をやる。

何も言わずとも、その態度が語っていた。

「本気であの子を支えたいと願うのであれば、それに相応しい実力を示してみろ」

「…………承知ッ！」

言うや否や、光秀は背負っていた弓に矢を番え、凄まじい力を込めていく。

それは、この大陸では魔法、日ノ本では法術と呼ばれるもの――――

「…………南無八幡大菩薩！」

――――加具土命《カグツチ》！――――

火を纏った矢が遥か上空へと放たれ、巨大な炎の塊となっていく。渦巻く炎は、やがて激しい閃光と共に大爆発を引き起こし、城壁の上へ紅蓮の雨を降らせた。

「うわぁぁぁ！　火、火が降ってきた！」

「おい！　誰か、水を…………ぎゃぁぁぁぁぁ！」

「クッッソ！　何だ、この火は！　水をかけても消えねぇぞ！」

人も、城壁も、鉄をも燃焼させながら、紅の雨が辺り一面を舐め尽くしていく。降り注ぐ炎に分別はなく、嬉々として肉と骨を焼いているようであった。

光秀はそのまま、開けっ放しの城内へと単騎で飛び込む。

城内では火を消そうとする者、逃げ惑う者で混乱を極めていた。

何せ、この火が消えないのだ——光秀の扱う火炎は特殊なカテゴリーに位置し、水や土をかけた程度では鎮火してくれない。

たちまち城内は黒煙に包まれ、大規模な火計でも食らったような有様と化した。

「遠からん者は音に聞けッ！　我が名は明智十兵衛光秀である！」

光秀は古めかしい名乗りを上げ、騎乗したまま刀を振るう。利三の前面に立った兵は容赦なく突き殺され、それを躱しても旋風のような刃で首を刎ねられた。

本来であれば多勢に無勢、たちまち包囲されるところであるが、城壁に降り注いだ炎は勢いを増し、風に乗って凄まじい勢いで燃え広がっていく。

久しぶりの闘争に興奮しているのか、利三は恐ろしい速度で戦場を駆け抜け、目に付いた兵を片っ端から突き殺しては、空へと放り投げる。

残忍凶悪で知られるトゥンガ族の男たちも、こんな戦場は見たことがなく、蹂躙されるがままであった。我先にと逃げ惑う兵を見て、光秀は高らかに笑う。

「その方ら、これだけの数がいながら、男《おのこ》は一人もおらんのか！」

光秀のそんな叫びに呼応するように、利三の両角が眩い光を放ち、辺り一面を薙いだ。

——鎌威太刀《かまいたち》——

この大陸における「颪」の第四魔法に匹敵する風刃が吹き荒れ、辛うじて踏みとどまっていた兵たちが残らず切り刻まれていく。

「さぁさぁ、次は誰が相手じゃ！」

光秀は城内の倉庫群に向けて再度、加具土命を放ち、空まで紅蓮に染め上げていく。大暴れといった様子を見て、魔王も呆れたように笑う。

（何ともはや…………史実通り、火付けは得意ということか？）

魔王は内心で笑ったが、この男こそ大陸全土に火を点けて回っている張本人なのである。

こんな放火魔に言われては、光秀も心外であろう。

鎮まらない騒ぎに業を煮やしたのか、城の奥から部隊を率いる将が姿を現す。

その男は周囲とは違い、鉄製の鎧兜を身に纏った重戦士であった。容貌からして、歴戦の男であることが窺える。

「…………こんな小娘一人に。恥を知れ、貴様ら」

男は苦々しい表情で唾を吐きながら、分厚いサーベルを抜き放つ。

その姿を見て、逃げ惑っていた兵たちも勇気付けられたのか、一斉に声を上げる。

「遊撃将だ！　遊撃将が来てくれたぞ！」

「ははっ、あの小娘め！　これで終わったな！」

兵を押し退けるようにして現れた男を見て、光秀も無言で利三から降りる。

真正面から向き合った2人の姿は、まるで古の蒙古兵と、鎌倉武士のようであった。

「小娘、お前の首を引き千切り、豚の糞に突っ込んでやる」

「異国の者は、口上まで下品であるな」

光秀は薄く笑い、下段に構える。

遊撃将と呼ばれた男は、怪鳥のような叫び声を上げながら距離を詰め、大上段からサーベルを振り下ろす。交差する刹那、光秀は軽々とサーベルを跳ね上げ、狐《こ》のように刃を奔らせた。

「倶利伽羅郷《くりからごう》・神威《カムイ》――――ッッッ！」

次の瞬間、男の影が二つに割れた。

光秀の放った刃が、鉄製の兜や鎧ごと肛門まで切り裂いた結果である。文字通り、真っ二つとなって崩れ落ちた将を見て、兵たちは言葉を失い、次に慌てて逃げだした。

こんな場所にいては、命が幾つあっても足りないと思ったのであろう。一連の動きを見届けたのか、魔王の隣にアジャリコングがやってくる。

「随分と野蛮な部下だな、キング？　血の気が多いったらありゃしねぇ」

（お前にだけは言われたくねーよ！）

巨大なゴリラに騎乗し、腕を組んだその姿は野蛮どころか、野生の王そのものであった。

魔王のそんな思いをよそに、アジャリコングは口角を上げ、しみじみと漏らす。

「綺麗な面をしてるが、あの女はアタイと同類だ」

「ほぅ、同類とは？」

「殺し合いと、血の匂いが…………三度の飯より好きってことさ」

それだけ言うと、アジャリコングは悠然とした足取りで城内へと向かう。入れ替わるように、興奮した様子の光秀がやってくる。

「キ、キング殿！　某の戦働きはどうでござったか⁉」

「…………大したものだ」

「で、では、合格でござるか⁉」

犬のように目を輝かせる光秀に、魔王は一瞬だけ苦笑いしたが、黙って頷く。今の無双っぷりを見て断る理由はないと。

（それに、蓮はあの性格だから、茜以外に友人が居ないしな…………）

実際のところは、そこが大きかったのかも知れない。蓮の前ではつれない素振りをしつつも、心の底では心配していたのであろう。

この男も大概、面倒見いタイプである。

２人はその後、のんびりとした足取りで城内へと向かったが、入り口は既にアジャリコングの一団が制圧したようであった。剣戟が響く部屋へと向かうと、そこには部隊長と思わしき屈強な男と向かい合う、凶悪レスラーの姿があった。

男の手には使い込んだ槍が握られており、魔王も興深げに戦いの趨勢を見守る。

（あの女は、どう戦うんだ？　まさか戦場で、プロレス技なんて使えないだろうし…………）

男も素手のアジャリコングを見て、侮りを浮かべながら槍を突き出したが、その動きはあまりにも緩慢であった。

アジャリコングはその巨体とも思えぬ速さで懐へと飛び込むと、有無を言わせずに持ち上げ、そのまま垂直落下式ブレーンバスターを叩き込む。

ドガシャァァン！　と、およそ聞いたことのない音と、激しい振動が辺りに響き、男の上半身が床に埋まる。

地面から足だけ生えたその姿は、下手なホラー映画よりホラーであった。

（ほんとに使いやがったよ、こいつ！　って言うか、スケキヨか！）

想像を絶する展開に、トゥンガ族の男たちも思わず固まったが、アジャリコングの動きはもう止まらなかった。

「オラ、よこせェ――――ッッ！」

「「は、はい！」」

屈強な男たちが10人がかりで一斗缶らしき物体を輿に載せて運んできたが、彼女は無造作にそれを片手で掴み上げ、目の前で呆然とするトゥンガ族の男へそれを叩き込む！

最初にまず、男の頭部が破裂し、そのまま上半身まで爆裂四散した。

まるで、迫撃砲でも直撃したかのような有様である。彼女が愛用する一斗缶（？）は超重量の凶器であり、これを食らえば、トラックに跳ねられるようなものであった。

およそ、「人間」にカテゴライズされる者が、振り回せるような代物ではない。

「ゲェーッハッハッハッハッ――――――ッ！」

一斗缶を手にしたアジャリコングが、とうとう大口を開けて嗤う。

超重量の一斗缶が無造作に薙がれ、その方向にいた男の上半身が千切れ飛ぶ。アジャリコングは軍勢の中へと突っ込むと、右に左に、正面に、一斗缶を無作為に振り回す。

歩く暴風雨のような存在に誰も近づくことができず、秒単位で撲殺死体が量産されていたが、それを見ていた魔王の顔も段々と青褪めていく。

「何だ、ありゃ………凶悪レスラーってレベルじゃねーぞ！」

「あの姿を見るに、種子島で仕留めるしかないでござろうな」

「百発撃ち込んでも、何か笑いながら起き上がってきそうなんだが………」

「もしくは距離を取って、長槍で仕留めるしかないでござるよ」

トゥンガ族の男たちも、光秀と同じ結論に辿り着いたのか、槍衾を作ってアジャリコングへと立ち向かったが、彼女は口に手をやり、そこから勢い良く火を噴き出した。

火炎放射器を思わせるような凄まじい炎が吹き荒れ、前面にいた20人ばかりが一瞬にして火だるまと化していく。

「おいおいおい！　遂に火ぃ噴いたぞ、あいつ！　ゴジラかよ！」

「むむむ………あのような手があったとは！　何とも妙手でござるな！」

「妙手とか言ってる場合か！　只の怪獣じゃねーか！」

目の前の光景を見て、好き勝手に騒ぐ2人であったが、相手も黙っていた訳ではない。

見るからに筋骨隆々の大男がアジャリコングの前へと立ちはだかり、牛の首すら落としそうな巨斧を振りかぶった。

「図に乗るなよ、この化物がぁッ！　その頭をカチ割ってやるよッ！」

「おぅ、殺《や》れるもんなら殺《や》ってみろや――――？《金剛体》」

アジャリコングの頭に向けて、容赦なく巨斧が振り落とされたが、その額にぶつかった瞬間、巨斧の方が粉々に砕け散る。

男は手にしていた斧の残骸を見つめ、暫し呆然としていたが、そこへ、巨木を思わせるようなアジャリコングのラリアットが飛んできた。

「しゃあおらッッッ！」

その大木のような腕が振り抜かれた瞬間、首ごと引き千切られたのか、男の頭部があらぬ方向へと飛んでいく。切断面からはポンプ車のように血が噴き上げ、アジャリコングの全身が鮮血で染め上げられた。

「そんなチャチな斧で、アタイの首が獲れると思ったのかよ？」

まるで、彼女の往く先の全てが血染めのリングと化していくような有様である。

余りの光景にドン引きしたのか、魔王の口は半開きとなり、光秀は力強く頷いたかと思うと、感嘆の声を上げた。

「何とも美事な《金剛体》でござった！　天晴れなる武士《もののふ》かな！」

「いや、あれはもう、ターミネーターの一種だと思うぞ………」

その後も、アジャリコングが往く先々で死体が量産されていき、狼狽した兵たちが次々と討ち取られていく。

部隊を率いる将も光秀によって討たれており、まさに壊乱状態である。やがて、トゥンガ族の兵たちは次々と武器を捨て、降伏すると叫び出した。

それを聞いて、アジャリコングは勝ち誇った表情で振り返る。その顔面は返り血で染め上げられており、地獄からの使者のようであった。

「…………降伏、だとよ。こういう時、あんたならどうするんだい、キング？　生き埋めか、鋸引きか？　それとも、煮殺すのかぃ？」

「…………生憎だが、どれも私の趣味ではないな」

「何だい、アタイと一緒で牛裂きが好みだったのか。案外、話が判るじゃゃねぇか」

（勝手に理解者にすんじゃねーよ！　そんな趣味あるか！）

魔王が返答に窮していると、奥から鎖で縛られた2人の男が引っ張り出されてくる。かつて、ジャック商会の四天王として、権勢を振るっていたクラブとダイヤであった。

2人は喉元にナイフを突き付けられており、人質のような格好で広間に姿を現す。

「武器を捨てろ！　こいつらがどうなっても知らねぇぞ！」

「一歩も動くんじゃゃねぇ！　幹部の身柄が欲しけりゃ、大人しくしろ！」

ジャックだけでなく、商会幹部の身柄も欲していると判断したのだろう。本来であれば、その判断は間違っていなかったのだが、相手が相手である。

魔王からすれば、ジャック商会の幹部など、敵でしかないのだから。光秀とアジャリコングは確認するように振り返ったが、魔王は無言で頷く。

光秀は手にした火縄銃を構え、アジャリコングは一斗缶を振りかぶる。その異様な姿を見て、ナイフを突き付けていた男たちは狼狽した声を上げた。

「お、お前ら、判ってんのか！　こいつらはジャック商会のか…………んぶッッ！」

「や、やめろ！　おい、そんなもんを投げ…………あびゃぁぁぁぁ！」

光秀は何の躊躇もなく、人質ごと鉛玉を撃ち放ち、アジャリコングの投げた一斗缶は、相手を物言わぬミンチ肉へと変えた。

魔王も咥えた煙草に火を点けながら、呆れたように言う。

「お前たちは臆病者にならぬよう、肝を練っているのではなかったのか？　他人は惨く殺すが、自分がされるのは御免蒙るでは、筋が通らんだろう」

それを聞いて、辺りにいた兵らは一斉に叫び声を上げながら逃げ散っていく。アジャリコングの配下がそれを追ったが、魔王はもう興味すらなさそうであった。

「さて、ジャック君と久しぶりの再会といこうか…………」

大広間への扉を開けると、そこにはズタボロの姿で玉座に座るジャックの姿があった。

意識が朦朧としているのか、侵入者への反応すらない。

「おいおい、まさか死…………ん？」

玉座の後ろから、何処かで見た服装の男が現れ、魔王は警戒する目付きとなった。

過去、何度か遭遇したサタニストの格好と酷似していると。

「お初にお目にかかる。黒き翼を僭称する者――――」

それは、サタニストを率いるリーダーにして、上級魔族であるユートピアであった。その姿と声だけを聴いていれば、まるで大貴族のような優雅さを持った男である。

「確か、サタニストだったか？　こんなところにまで、ご苦労なことだ」

「ご明察。私はサタニストを率いる、ユートピアと申します。どうか、お見知りおきを」

ユートピアは恭しく手を振り、典雅な貴族のように挨拶をしてみせた。光秀とアジャリコング
はそれを無視するように武器を構えたが、魔王はそれを押し留める。

一度、相手に聞いてみたいことがあったのだ。

「サタニストを率いる、ね………お前たちの目的は何だ？」

「世に、混沌と破滅を――」

「なに？」

聞き覚えのある言葉に、魔王の顔が歪む。

座天使から与えられた指輪が、まさにその二つを望んでいたのだから。ユートピアも、それを
知っているのか楽しそうに嗤う。

「奇しくも、あの忌まわしき座天使と我々は志を同じくしていた、と言う訳です。天使と悪魔が
相思相愛であったなど、実に愉快な話だとは思いませんか？」

「まるで、つまらん話だ。お前はジョークのセンスがないらしい」

「つれないことを。ケールやオルイットだけでなく、私とも遊びませんか？　こう見えて、私は
人形遣いなどと呼ばれておりまして。そちらの芸には少々、自信があるのですよ」

言いながら、ユートピアは軽快に指を鳴らす。途端、床一面に大きな魔法陣が浮かび上がり、
紫色の光を放ちはじめる。

「黒き翼を僭称する者。今度は、邪魔させませんよ――――」

ユートピアはそれだけ言い残すと、ジャックの髪を掴み、鏡の中へと姿を消した。

それを追う暇もなく、大広間には不気味な振動が広がり、やがて、魔法陣から不気味な怪物が呼び出される。世に、地獄の騎士《ヘルズ・ウォーリア》と呼ばれる高位の魔族であった。

かつて、串刺し公の腹心として、猿人たちを苦しめた同種であるが、ユートピアは人形遣いの異名に相応しく、これをいとも簡単に召喚してみせた。

地獄の騎士の威容を見て、光秀は正眼に刀を構え、アジャリコングは思わず舌打ちする。

「キング殿、どうやら厄介な相手のようでござるよ…………！」

「チッ、面倒な魔法陣を。おい、キング！　こいつは何度も来るぞ！」

アジャリコングが言った通り、それは大量の魔物をウェーブに乗せ、何度も送り込む波状召喚《サモン・ウェーブ》と呼ばれるものであった。

局地的な逆侵攻とも呼べる、災害クラスの召喚術である。

だが、それを聞いた魔王は面倒臭そうに一言漏らすだけであった。

「…………何度も？　そんなものに付き合っている暇はない」

その言葉が終わる前に、地獄の騎士は巨大な鎌を振り上げ、魔王へと叩き付ける。無情にも、前面に展開したアサルトバリアがそれを受け止めた。

「言っておくが、お前など本来、私の前に立つ資格はない――――ズルをするな」

傍から聞くと、それは奇妙な言葉であったが、魔王の表情は些かも変わらない。

レベルを上げすぎれば不利にしかならない会場で、それでもカンストまで鍛え抜いた勇者のみがラスボスと相対する資格を持つ。それは、かつての会場における、揺るぎないルールであり、この男の心中へと根付いたナニかである。

元来、魔王という存在に立ち向かえるのは、比類なき勇者だけであると。

何より、この男の美学として――ラスボスと戦う者には相応の力量と準備、そして、魂を削るような繊細な作業と、緊張感を強いるというものがある。

それは随分と身勝手な要求であるが、ラスボスを倒し、〝世界〟を覆すにはそれぐらいの努力をして当然であると思っているのだ。

故に、この男は悪びれない。

それどころか、怒気を込めて相手の胴体へ蹴りをぶち込んだ。

「この木偶の坊が…………かつてのプレイヤーに、お前のような軟弱者はいなかったぞッ！」

魔王は吐き捨てるように言い放ち、ソドムの火を投擲する！　直撃を食らった地獄の騎士は、木っ端微塵の残骸と化した。

圧倒的な暴力に、光秀とアジャリコングは言葉を失ったように佇んでいたが、魔王の口から、更に衝撃的な台詞が飛び出す。

「…………この部屋ごと、叩き潰すぞ。外に出ていろ」

「「へっ？」」

そんな奇妙な言葉に、２人の声が重なる。

魔王は有無を言わさず2人を大広間から廊下へ放り投げると、何を思ったのか、ソドムの火を床へと突き立てる。

「こんな茶番に付き合っていられるか…………消えろ――――ッッッ！《迅雷》」

ソドムの火から、強烈無比なサードスキルが放たれ、大広間の床から壁、そして、天井に至るまで凄まじい稲光が駆け抜けていく。

雷が落ちた、としか思えない雷鳴が響き渡り、魔法陣はその力に屈するように形を歪め、遂に床ごと崩壊してしまった。

崩れ落ちた床は、やがて壁に亀裂を走らせ、天井まで崩落させていく。

「…………面倒なオブジェクトなど、破壊してしまうに限る」

魔王はそう嘯きながら、まるで何事もなかったように城の外へと向かう。

光秀とアジャリコングも、その背を夢遊病患者のように追った。何が起こったのか、まだ正確に把握できていないのであろう。

中庭に出て、魔王が一服をはじめた時、一際大きな音が鳴り響く。大広間の崩壊と共に、城の一部まで崩れ落ちはじめたのである。

この世のものとは思えない轟音を立てながら、城であったものが崩れていく。

ユートピアが用意した災害を、それを上回る規模の災害で上書きしたようなものである。

力業もここに極まれり、という話であった。崩れ落ちていく城を見て、アジャリコングは目が覚めたように大声で笑いだす。

「ゲェーハッハッハッハ！　やるじゃねぇか、おい、キング！　魔法陣どころか、まさか城ごとぶっ壊すとはな！　お前とは良い酒が飲めそうだよ！」

アジャリコングはそう言いながら、魔王の背中をバシバシと叩く。

自分のお仲間である、と思ったのであろう。

「キング殿、城を落とすのは最高に気分が良いでござるな！　さぁ、祝宴を張りましょうぞ！」

光秀も、極楽とんぼといった表情で扇子を仰ぐ。

辺りには死体が散乱しているのだが、この2人はまるで気にならないらしい。

(火を噴く怪獣と、絡み酒の女と宴会とか、何の罰ゲームだよ…………！)

そこへ、利三とゴリラがやってきたことにより、場が一層に騒がしくなる。主人に似たのか、其々の騎獣も酒を求めているようであった。

「ルー♪」

「ウホッウホッ！　ウノォーーーーーーーッッ！」

「…………珍獣動物園かッ！」

魔王の突っ込みはさておき、ユートピアの乱入、というトラブルはあったものの、北方を巡る騒動はひとまず、これで収束することとなった。

次なる大舞台は、大陸の経済を支配する都市国家である。

新人

Shinjin

【種族】人間　【年齢】20歳

【レベル】3　【ステータス】不明

スキル

危険察知

ぼんやりとした予感や、危険を察知する第六感。
熟練度が高まれば、それは「予知」へと昇華する。

警戒警報

危険人物に対し、脳内で微かな警報が鳴る。
成長すれば「信号」へと変化するが、
本人が対象に危険を感じていなければ発動しない。

死神の瞳

あらゆる「死」に関する、触覚。
成長すれば幸か不幸か、死神が振り下ろす鎌まで幻視するようになる。

成長途上にある新人。
お調子者ではあるが、根は素直で善人でもある。
素直さとは一種の財産でもあり、そう遠くない未来、
様々な壁を超えかねない存在。

頂上会談

――都市国家　ゴルゴン商会本部――

あれから数日、長い騒動の結末を迎える時がきた。渦中にありながらも、常にキングの動向を注視してきた男が舞台に上がる時がきたのである。

「そうですか。ジャックはサタニスト、いや、魔族に…………」

豪華な執務室では、アジャリコングの報告に耳を傾けるゴルゴンの姿があった。

頬杖をついたその表情には、僅かに憂鬱なものが含まれている。長年の宿敵、その最期に何か思うところがあったのであろう。

「魔に魅入られ、魔によって最期を迎えるとは、皮肉なものです」

ゴルゴンは優れた情報網により、ジャックの体には魔の血が混じっていること、サタニストの裏側には魔族が存在することを察している。

それだけに、一連の騒動が完全に終わったことを確信した。魔族に連れ去られ、子飼いの兵を失ったジャックなど、最早、恐るるに足りないと。

「いずれにせよ、あの男がユーリで復権を果たすことは、もうないでしょう」

言いながら、ゴルゴンの頭は別のことで一杯であった。彼にとって、もうジャックの身柄や、ユーリティアスなど、埒外のものでしかない。

彼の頭にあるのは、黒き石――――石炭のことで埋め尽くされていた。

「それで、キングはこちらに向かっているのですか？」

「はっ！　私は一足先に、御党首様に報告をと」

「…………群を抜いた働きでした。ゴッチ、アジャリに褒美を」

ゴッチと呼ばれた男は執事服を着ていたが、その肉体は筋骨隆々であり、服がはち切れそうであった。年齢は50を超えているであろうが、精悍そのものである。

彼が運んできた小箱には、びっしりと宝石が詰まっていた。

捨て値で売却したとしても、軽く豪邸が建つであろう。この冷酷な男が、部下から揺るぎない忠誠を捧げられる理由の一つであった。

流石のアジャリコングも、眩い宝石群を前に声を震わせる。

「ご、御党首様…………アタイには、こんな褒美を貰うほどの戦功は…………」

「よいのです。あの男の前で、存分に武威を見せ付けたそうですね。私は、水火も辞さぬ貴女の忠誠と暴虐を、高く評価しているのですよ」

「あ、ありがたき幸せッッ！」

アジャリコングは何度も頭下げ、恐縮した体で執務室から出ていく。

実際、彼女が暴れ回る姿を見て、魔王は完全にドン引きしていたのだから、武威を見せ付けたとの評価は間違っていない。

ゴッチは去っていく大きな背を見ながら、ゴルゴンへ控えめに進言をおこなう。

「御党首様。そろそろ、ご結婚を考えられては？」

「………結婚だと？　私には、キャサリンがいる」

ゴルゴンはそんな進言を鼻で笑ったが、古くから一族に仕えるゴッチからすれば笑えない話であった。気持ちはどうあれ、キャサリンはもう、子を産める年齢ではないのだから。

「お言葉ですが、彼女の年齢では子を成すことができません」

「それがどうしたと言うのです。私の愛は、そんなことでは些かも揺るがない」

「………アジャリは粗忽な面もありますが、丈夫な子を産んでくれるかと」

「確かに、彼女は良い女になるでしょう。あと、40ほど歳を重ねればね」

ゴルゴンの変わりない返答に、ゴッチは密かに頭を痛める。

とは言え、ゴルゴンとて理由なく老婆好きになった訳ではない。一族の中から最も優秀な者が党首として選ばれるという因習が、彼の人生を変えてしまったのだ。

彼は兄弟や従妹、その支持者から命を狙われ続け、常に神経をすり減らし続けてきた。

その人生を振り返れば、睡眠中であれ入浴中であれ、片時も油断できない日々であったのだ。

当然、食事に毒を混入されるなど日常茶飯事である。

身内まで買収され、裏切られたことなど数えきれない。

そんな過酷な幼年期から青年期において、キャサリンは常にゴルゴンを守り、その傍らに寄り添い続けた女性なのである。

彼のキャサリンに対する信頼はいつしか愛情へと変化し、溺愛と呼べるものとなった。

ゴルゴンは己を守るのではなく、むしろ、彼女を守るために一族へ牙を剥いたのである。

その結果は――――一族郎党皆殺し、という歴史に残る大粛清を生んだ。

これまでの経緯を知るゴッチとしては、複雑である。無理強いこそしたくないが、かと言って商会の跡を継ぐ後継者がいないのは、致命的な問題であった。

何せ、一族の全てを皆殺しにしてしまったのだから。ゴルゴンが死んでしまえば、一族の血が完全に途絶えてしまうのだ。

「御党首様。せめて、こちらをご覧ください」

「………また、見合いの肖像画ですか。ゴッチ、貴方はキャサリンに次ぐ古株ではありますが、私の意思を無視するような権限は与えていませんよ」

「誇り高きゴルゴンの、一族の血を、御党首様の代で絶やす訳にはいかないのです。どうか」

ゴッチの鬼気迫る表情に、ゴルゴンも疲れ果てたように肖像画を手に取る。

そこには、見た目も麗しい令嬢が何人も描き出されていた。家柄も確かであり、どの女性も、16～25という若さである。

「…………ゴッチ、このような赤ん坊を私に見せてどうしろと？」

「あ、赤ん坊とは言い過ぎではありませんか？　どの女性も若く、健康的な」

「……私は赤子に愛を捧げる趣味などない。女性は60を超えて、はじめて美しく輝くと何度も教えた筈です。何故、こんな常識が判らないのか………」

それだけ言うと、ゴルゴンは乱暴に肖像画を投げ出す。

手にしているだけで穢れる、と言わんばかりの態度であった。

彼に近付いてくる若い女性や若い男は刺客であることが多く、ゴルゴンの中で生理的嫌悪すら抱かせる存在であるのだ。

筋金入りの拒否具合に、ゴッチは肖像画を片付けつつ、人知れず溜息を吐く。この懊悩から、彼が解放されるには神医と名高い、悠との出会いを待たなければならなかった。

そして、放火魔として名高い魔王も、ようやく都市国家へと辿り着く。知略縦横と恐れられるゴルゴンと、稀代の詐欺師との、世紀の一戦がはじまろうとしていた。


――会談当日――


豪奢極まりない迎賓館の一室で、魔王とゴルゴンが向かい合う。

魔王の後ろには光秀が澄まし顔で立ち、ゴルゴンの傍ではキャサリンがテーブルの上に紅茶や皿を並べたりと忙しそうに動いていた。

格調高いテーブルの上には、贅を凝らした料理や果実、各種のワインなどが並べられており、実に華やかなものである。

無論、これらは儀礼的に並べられたものであり、手を付けている暇などないであろう。

(これが、噂のキングですか………)

目の前のソファーに深々と腰を預ける男に、ゴルゴンは腹の中で唸っていた。

尋常ではない眼光と、威圧感である。

ジャックも大概、狂暴な男であったが、これは次元が違うと感じたのだ。加えて、その所作の一つ一つには洗練されたものがあり、まるで大国からの使者のようでもある。

(体から滲み出る〝暴〟の気配と………気品が一つに合わさっている)

これまで数多くの人間を見てきたゴルゴンであったが、こんな奇妙な人間を見たのは初めてであった。その姿には、荒くれどもを束ねる傭兵団の幹部とは思えない風格があり、先程から妙に座りが悪い。

「まずは初めまして、と挨拶しておきましょうか」

ゴルゴンが口火を切り、魔王もカップを掲げる。

それだけの動作で、ゴルゴンは妙な敗北感を覚えた。こちらから挨拶させ、己は名乗りもせずに悠々とカップに口を付けている。

その姿は自分の方が目上であり、立場も上であるとでも言わんばかりであった。

(この男、増長したか。いや、黒き石を握る………背後の者からの指示でしょうね)

交渉を有利に進めるため、高所から口を開く者は多いが、ゴルゴンはその足を掬うのを得意としている。何よりも、彼の背後には巨大な商会があり、言葉の重みが他者とはまるで違うため、下手な態度を取った者など、破滅しか待っていない。

「まずは、キング。貴方の」

「その前に、一つ言っておきたい――――私は君たちが述べる、キングなどと言う男は知らん。見たこともない」

「………何のジョークですか？　あまり、愉快なものとは思えませんね」

「ついでに言わせて貰えれば、天獄などという連中も知らん」

魔王は懐から取り出した煙草を咥え、光秀がそれに火を点ける。いい加減、キングなどという恥ずかしい名を払拭しようとしたのだろう。

だが、それを言われたゴルゴンの方は堪ったものではない。

それが冗談であるのか、何かの狙いがあっての発言なのか、それとも、トランス中毒で妄言でも吐いているのか、訳が判らなかったからだ。

「失礼ですが、キング。貴方はトランスでもキメておられるので？」

傭兵の中には、戦場の苛烈さを前に怯えを消すため、時には、戦闘後の興奮に呑まれるようにしてトランスを使用する者もいる。

他にも、戦傷から来る痛みを消すために使用する者も多い。用法と用量さえ間違わなければ、確かに医薬品ではあるのだ。

だが、魔王はそんな言葉を一蹴するように口を開く。

「私はありのままの、事実を述べたに過ぎん。君たちはどうやら、大きな勘違いをしているようだったのでね」

「困りましたね………その様子では、何から話せば良いのやら」

ゴルゴンは途方に暮れたように、眼鏡の奥にある冷酷な目を曇らせる。トランスの中毒者も、酔っ払いも、本人だけは素面のつもりなのだから性質が悪い。

酔っていないと口にする者ほど、泥酔しているケースと同じである。

「言っておくが、私はその手の薬物が嫌いでね。社会を壊すモノだと認識している」

「おやおや、傭兵にしては珍しい倫理観の持ち主ですね。拍手でも送れば宜しいので？」

ゴルゴンは心中に苛立ちを感じながらも、相手の狙いが何であるのかを考える。

どうでもいい話をのらりくらりとしながら、こちらから黒き石についての話を出させるつもりなのか、本当にトランス中毒なのか。

こう言った話は切り出した方が負けではあるが、あえてゴルゴンは口にした。

「良いでしょう、こちらから切り出そうではありませんか。率直に問います、貴方の背後にいる者は、我々に黒き石を売りたい、そうですね？」

「ふむ――――」

「ユーリから連れ出したスラムの住人は、それを掘り出す鉱夫であり、貴方の背後にいる者は、数々の無理を押し通すために聖貨を欲している。あの国は未だ、聖貨に対する幻想や思い入れが強いですからね」

「…………ほぅ？」

「ジャックを消してくれた礼に、こちらからは望み通り聖貨を出そうではありませんか。これでひとまず、そちらの目的の一つは達した訳だ。元手もかけずに大した策士ですよ、貴方の背後にいる者は」

「…………なるほど」

ゴルゴンが流暢に語り、魔王も重々しい態度で頷く。その様を見ていると、言葉の一つ一つを吟味しているような姿でもある。

同時に、ゴルゴンの言葉を舌の上で転がし、愉しんでいるようでもあった。傍目から見たその姿は、実に不遜極まりない。

「それで、キング。貴方の背後にいる者は、聖貨を何枚欲し」

「――――その前に、私がその背後にいる者、そのものだとしたら？」

「は？」

魔王が嗤い、ゴルゴンの顔が固まる。

口には出さずとも、そこには「本気でトランス中毒なのか」と書いているようであった。

そもそも、ゴルゴンからすれば《黒き石》の話が大本命であって、聖貨など既に終わった話でしかない。こちらが払うと言っているのだから、後は枚数だけの問題である。

そんな話はさっさと切り上げ、本題へと入らなければならない。黒き石の価格、その産出量の見込み、輸送の手段、話し合わなければならないことが、山ほどある。

心ばかりが逸り、焦れたようにゴルゴンは言う。

「キング。すまないが、貴方ではなく、背後の者と直接会談を行いたい」

「だから、その本人が目の前にいる」

「いい加減に――――」

そこまで言って、ゴルゴンの言葉が止まる。

馬鹿馬鹿しい話ではあるが、ふと、先程からキングが繰り返している内容が全て事実であったとしたら、と思ったのだ。

「…………貴方が、聖光国に現れた魔王と名乗る男であるとでも？」

「先程から、そう言っている」

「判りませんね。なら、どうしてキングなど――――ぁっ！」

ゴルゴンは何かに思い至ったのか、短い声を洩らす。

魔王はありのままを述べたに過ぎないのだが、ゴルゴンの優れた頭脳が、優れているが故に、斜め上の答えを導き出す。

（この男が噂の魔王だとして、キングに成りすました理由…………）

真っ先に浮かんだのは、全ての禍根を他者に押し付けるということ。

ジャック商会は壊滅したとはいえ、逃げ散った残党もまだまだ多い。都市国家内で蠢いているゲリラ部隊も健在だ。だが、ゴルゴンはその考えをすぐさま捨てる。

今更、この男がジャック商会の残党などを恐れるとは思えない。

（…………違う！　成りすましたのではない！）

ゴルゴンがその答えに至った時、背中に冷たい汗が流れた。

一種の思い込みに、これまでの常識に、自らの視界まで狭めていた、と砂を噛むような思いが込み上げてきたのだ。

ゴルゴンは額に手を当て、鋭い目付きで天井を睨む。

「まさか、ユーリティアスそのものまで狙いであったとは。随分と迂遠だが、確かに労少なく、支配の方から転がり込んでくる」

ゴルゴンのそんな言葉に、魔王は薄く笑う。

その邪悪な笑みを見て、ゴルゴンは自らの考えが正しかったのだと確信を抱く。

無論、魔王はゴルゴンが何を言っているのか判らず、取りあえず笑っておけ、と判断しただけであったが。

「成りすましたのではなく、新たに創り上げたのですね——民衆が求める英雄を。なるほど、確かに知らんと嘯くのも頷ける話だ」

白煙を燻らせながら、魔王はあらぬ方向へと目をやる。

本格的に、頭の中が渋滞してきたからだ。

(こいつ、さっきから何を言ってるんだ⁇　トランス中毒者って、お前じゃないのか⁉)

魔王の困惑をよそに、ゴルゴンは可笑しそうに笑う。世に知略縦横と謳われる優れた頭脳は、何と未来まで雄弁に語ってみせた。

「貴方の狙い通り、ジャックが消えたことで、あの国は内外共に混乱が続くことになる。下手をせずとも、他国に攻め込まれる可能性が高い。今は、一時の開放感に浸っているのでしょうが、やがて現実に気付くでしょうよ」

これはゴルゴンの言う通り、良くも悪くも強権を振るってきたジャックが消えたことにより、ユーリティアスの経済や軍事は、ガタガタになるであろう。

これまでジャックに良いようにされてきた王宮に、それを立て直すような力も、指導力も残されてはいない。民衆がもう、完全にそっぽを向いているのだから。

「誰も仰ぎ見ることができなかったジャック、それを打ち倒した英雄。混乱の中、現実に気付いた民衆は誰に助けを求めるのでしょうね？　王宮も、英雄の助けを欲することでしょう」

「ふむ…………」

「だが、それが聖光国で暴れ回っている魔王と名乗る男などでは、少々マズイ。第二のジャックとしか思えず、民衆も王宮も確実に拒絶したことでしょう。ならば、新たに英雄を作り上げれば良い――――貴方はそう考えた」

「…………なるほど」

魔王は軽く頷いていたが、腹の中では密かに感心していた。

複雑に絡み合った誤解を解き、キングなどと呼ばれるのを避けようと思っていたのだが、彼の話を聞いていると、そこには知略溢れる、実に華麗な男の姿があったのだ。

魔王は思う――――今度、田原に突っ込まれた時にはこれを使おうと。

虎の威を借る狐、という言葉があるが、この男は他人の知恵を容赦なく流用し、自らに都合が良いように使わんと決心した。まさに、クズ界の絶対的王者である。

「確か、国境にある城の一部まで破壊したとか？　何とも、念入りなことですね」

皮肉な笑みを浮かべながら、ゴルゴンが苦笑する。

まるで、ミルクからの侵略を促すようなものであると。

事実、ミルクの部族がこんな機会を逃す筈もなく、ゴルゴンの言葉はのちに真実となる。

「ジャックは柿を手に入れようと、ボロボロになるまで木を叩きましたが、貴方は熟した柿が、落ちてくるのを待つだけで良いと言う訳だ」

「………………ふむ」

「天獄のキングというのも実に良かった。旭日の勢いでその名を挙げている傭兵集団の幹部ともあれば、ね――――私もジャックも、見事に踊らされたという訳だ」

「いやはや………………」

魔王は感に堪えたような声を洩らしながら、ゴルゴンの言葉を丸暗記する。内容自体は、殆ど頭に入っていなかったが、これは使えると思ったのだろう。

大袈裟に肩を竦めながら、魔王は困ったと言わんばかりに口を開く。

「聞きしに勝る智謀。流石は都市国家の雄、とまで謳われる御党首ですな――――」

「踊らされた身としては、それも嫌味にしか聞こえませんがね」

そんな狙いなど欠片も存在しなかったが、御名答――と言わんばかりに魔王は重々しく頷く。

その内心は良いアイデアを貰った、とほくそ笑んでいた。

一方のゴルゴンも、相手の狙いを完全に読み切ったと満足気な表情である。

「そう言えば、スラムの住人の移動には、大臣まで付き添っているとか？」

「おや、御党首は随分とお耳が早い」

その返答を聞いて、ゴルゴンはしみじみ思う。

この男は最初から、全てを計算し尽してユーリへやってきたのだと。
既に、国家の中枢まで見事に押さえ込んでいるではないか。
ゴルゴンはその計画の堅牢さに一定の評価を下したが、計画など立てようと思えば誰にでも、
それこそ、子供であっても机上の空論であれば立てられるであろう。
ゴルゴンが震撼したのは、その計画を遺漏なく、最後まで転がし切ったことだ。立てた計画を
完璧に遂行する、これは誰にでもできるようなことではない。
ましてや、この男は王宮と民衆、ジャック商会とゴルゴン商会という全ての勢力に対し、一策で
同時に攻略を行った。
気が付けば、全ての勢力が翻弄され、良いようにやられてしまっているではないか。
（じき、ユーリの国境は破られ、民衆の生活は崩壊するでしょう…………）
この戦乱の時代、弱った国を周辺諸国が放っておく筈もない。
畑は荒らされ、商品は奪い取られ、女は犯され、男は奴隷として連れ去られる。解放の夢から
覚め、現実に気付いた民衆は、虚像で創り上げられた英雄を喝采して迎え入れるだろう。
これは余談だが、強力な独裁者が消えた後――待っているのは往々にして解放などではなく、
混乱である。現代でも、近い歴史を遡れば、イラクのサダム・フセインなどが倒れた後、一時は
解放騒ぎが続いたが、その後に訪れた混乱は未だに収まっていないのだから。
（化物め…………〝魔王〟などと名乗るだけはある）
聖光国が飲み込まれるのも、時間の問題だとゴルゴンは確信する。

愚かな大貴族が莫大な富を握り、飾りと化した聖女がいるだけの国など、この恐るべき男が、全てをかっ攫ってしまうであろうと。

その原動力となるのが、聖貨であるとゴルゴンは当たりをつける。むしろ、ゴルゴンのような立場からすれば、混乱よりも安定した状態の方が商売がし易い。

ここは思い切った量の聖貨を出すべきか、と思案に耽る。

「では、キング――――いえ、魔王。聖貨と黒き石の話を進めたい」

「当方からは、聖貨を21枚要求したい」

それを聞いて、ゴルゴンは内心で唸る。

今後のことを考えれば、聖貨の価値は天井知らずになるのではないか、と。

ユーリティアスの支配を考えれば、高値を要求されても無法とはいえないが、目の前の男は、かの国の支配を目論んでいる。

それを考えると、今となってはジャックの討伐などに価値はない。

だが、魔王は恐るべきことを口にした。

「その代わりと言っては何だが…………………向こう一年、石炭1トンにつき、大金貨10枚でそちらに卸そう」

「………なにっ⁉　そんな安、い、いや、失礼」

その反応を見て、魔王はしみじみ思う。

やはり、石炭には大きな価値があると。

魔王は炭鉱跡に取りあえず、５００人ばかりの人間を入れようと考えている。

そして、人間一人が掘り出せる量は、一日に精々２キロ程度であった。

プレイヤーの中には、軍艦島愛好会と呼ばれる特殊な集団もいたが、それらであっても、一日に10キロ程度が限界であったのだ。

気力も少ないド素人を投入しても、取れる総量など一日に１トン程度であろう。

炭鉱として知られる軍艦島などが、最盛期には一日に２０６２トンもの採掘量を誇ったことを考えば微々たる量であるが、ゴルゴンからすれば冗談としか思えない話であった。

彼は脳内で素早く計算する、たった大金貨10枚で失われた秘宝が入ると。

魔王も必死で算盤を弾く、赤字だけは避けねばと。

（炭鉱跡での仕事は重労働だしなぁ。せめて、給料は弾んでやらないと…………）

一人につき、一日に銀貨を２枚支払っても、魔王の手元には大きな純利益が残る計算である。

一日稼働させれば、現代の価格にして一千万の儲けといったところであろうか。

無論、炭鉱跡から産出される資源が枯れることはない。

それも当然の話で、燃料を得るためのエリアに赴いているのに、枯渇しました、などと表示を出そうものなら、プレイヤーから大ブーイングを食らっていたであろう。

魔王の考えでは、一年も鍛えれば作業にも慣れるだろうとの目論見もあった。

（何か職業訓練所みたいだけど、まぁ、今後に期待しようか…………）

魔王は久しぶりに、現代日本の社会システムを思い出す。

この世界には免許も資格もないのだから、手に職を付けさせるしかないと。

今回の訓練は、この男にとっても非常に都合が良い話でもあった。いずれ設置するであろう、採石場や採掘所にもその経験を生かせるのだから。

多種多様な資源を掘り出し、石材を切り出し、時には木材を伐り出す。

この男が求めるのはそういった専門家たちであり、それらを運搬するプロだ。

魔王がそんな思案に耽っている頃、ゴルゴンは込み上げる喜悦を抑えかねるように体を震わせていた。普段の彼からすれば、商談中にこんな態度を見せるなど、ありえないことである。

「随分と剛毅な提案ですね。その分、聖貨で穴埋めといったところですか」

ゴルゴンからすれば嘘のような値段だが、その分、聖貨の要求は重い。この魔王と名乗る男はよほど聖貨を、それも、早急に欲しているのだろうと察する。

常識で考えれば、聖光国で更に勢力を伸ばすため、要人にばら撒きたいのであろうと。

一方の魔王は長時間の会談に疲れたのか、光秀に無言で合図を送る。

「少し、小休憩を挟もうではありませんか。御党首も、酒を嗜まれるとか？」

「ええ、それも良いでしょう。今日は希少なワイ――――ンを!?」

光秀が恭しく差し出したのは、例の火酒である。

それを見て、流石のゴルゴンも絶句する思いであった。人嫌いで知られるドワーフが、火酒を簡単に譲る訳がないのだから。

（この男、聖光国の大貴族に理外の大金でも積んだか………？）

火酒を見て、ゴルゴンは深い森へと想いを馳せる。実のところ、彼の商会は一部のドワーフと繋がっており、極少量ではあるが年に一度、取引を行っているのだ。

つまり、人間社会に出回る火酒とは、全てゴルゴンが調達したものなのである。

それを思い返し、ゴルゴンは勝ち誇った気分でいたが、その顔が凍り付く。光秀が更に、雷水と思わしき瓶を差し出したからである。

「馬鹿な…………ッ！　何故、そのようなものを持っている⁉」

雷水に至っては、ゴルゴンですら調達が困難な品であった。

ドワーフは頑なに取引を拒み、話すら聞いてくれないのだから。これを入手しようと思えば、それこそ強奪でもするしかないであろう。

知ってか知らずか、魔王は泰然とした姿で雷水をグラスへ注ぐ。

「話の判る友人がいましてね。彼の作る酒は、手放しで賞賛できる」

（この男、ドワーフと個人的なツテがあると、私に誇示しているのか…………ッ！）

魔王としては、特に悪気があった訳ではない。むしろ、聖貨や今後の取引を考え、誼を通じておこうと良い酒を出しただけの話である。

一方のゴルゴンからすれば、マウントでも取られているようで、愉快な気分ではない。自分ですら入手が難しい酒を、悠々とグラスに注いでいるのだから。

魔王からグラスを受け取ったキャサリンは、《天使のスプーン》と呼ばれるスキルを発動させ、毒物が混入されていないことを確認する。

「御党首様、問題ありません」

「………そうですか」

ゴルゴンは、キャサリンが確認したものしか口にしない。幼い頃には反発心もあってか、彼女の制止も聞かずに食事を取り、何度も生死の境を彷徨ったこともある。

ゴルゴンは無言でグラスを掲げ、魔王もそれに応える。数年ぶりの雷水に、ゴルゴンも思わず表情を崩す。まさに、痺れるような感覚が口の中で弾けたのだ。

仄かに笑顔を浮かべたゴルゴンを見て、キャサリンは安堵したように問いかける。

「御党首様、お味は如何でありましょうか？」

「ドワーフの偉そうな態度は忌々しいですが、この酒は別格ですね。できるなら、この酒は雪がしんしんと降り積もる夜に、２人きりで飲みたかった………」

独特の空気を放つ２人に、魔王も気まずそうに目を逸らす。咥えた煙草へと火を点けながら、この老婆は誰なのかと考えてみるも、答えはでない。

（世話係にしては、親しすぎるしなぁ………あっ、そうか！　お祖母ちゃんか！）

２人の関係など何も知らない魔王は、適当に祖母と孫なのだろうと当たりをつける。むしろ、歳の差がありすぎる２人を見て、恋人や夫婦と言った単語はまず浮かばないであろう。

（祖母思いの青年だったのか………今時、珍しいな。案外、良いところがあるじゃないか）

この男は家族の絆が薄くなった、と叫ばれる現代社会で生きてきたのもあってか、ゴルゴンに対し、ひょんなことから素朴な好意を抱いてしまう。

「御党首、この雷水は進呈しよう。２人で存分に愉しまれるといい」

「…………雷水を⁇　まさか、これは驚きましたね」

言うまでもなく、ゴルゴンはこれまで無数の物品や、賄賂を捧げられてきた。

人々は様々な便宜を求め、彼に哀願するように頭を下げる。

とは言え、どんな品を贈られようとゴルゴンの心が動くことはなかった。何と言っても、彼は大陸を代表する大商会のトップであり、手に入らないものなど存在しないのだから。

しかし、雷水や石炭などは、彼がどれだけ求めても手に入らぬ品なのである。それを聞いて、ゴルゴンは意を決したように立ち上がった。

「魔王、貴方には特別にお見せしよう――――私の宝をね」

「ほぅ、宝とは興味深いですな」

一行は迎賓館を出ると、海に面した港へと向かう。

そこには巨大な「蒸気船」が鎮座しており、それを見た魔王も驚愕の表情を浮かべる。だが、何かに納得したのか、鋭い眼光で船体のあちこちを観察した。

（先史文明、か…………過去に高度な文明が存在していたのは、これで確定したな）

船自体は古い時代のものであり、船の両側には大きな輪が取り付けられている。

いわゆる、外輪船と呼ばれるタイプのものであった。

現代ではスクリューを船尾に付け、推進力を得る型に取って代わられたが、今でも観光船などではこのタイプを見ることができる。

光秀も目の前に浮かぶ巨船を見て驚愕の色を浮かべたが、会談中であることを意識したのか、慌てて口を閉じ、澄まし顔となった。

魔王の頭に浮かぶのは、監獄迷宮で見た近代的な工場――――あれは、魔物を延々と生み出すリサイクル工場のようであった。

それらを思い出しながら、魔王は海に浮かぶ蒸気船へと目をやる。

「なるほど、石炭…………いや、黒き石を欲する訳ですな」

「…………ええ、まぁ」

ゴルゴンからすれば、魔王の反応はどうにも肩透かしであった。秘蔵の古代の断片《オーパーツ》を見せたと言うのに、無反応に近い。

この船は「動かない船」、「海に浮かぶ棺桶」として嘲笑の的であったのだ。

それだけに、これを嗤った時には大いに嗤い返してやろうと思っていたのだが、その目論見は見事なまでにスカされた。

「御党首、これらの船は、何隻あるのかお聞きしても？」

「……今は三隻しかありませんが、西方のローゼスにも眠っているとか。いずれ、全ての船を私が買い取るつもりです」

ゴルゴンは機嫌を直すように、キャサリンの肩を優しく撫でる。この魔王はまだしも、連れている女が非常に若く、癇に触って仕方がないのだ。

普段の彼なら、とっくに蹴り飛ばして海に叩き込んでいるだろう。

一方の魔王も、祖母の肩を優しく撫でるゴルゴンを見て、微かに笑みを浮かべる。

（大人になっても、お祖母ちゃんを大切にしているんだな…………若いのに立派な奴だ）

手持ち無沙汰となった魔王も、何とはなしに隣のポニーテールを引っ張った。

光秀が困った表情を浮かべたが、この男は一向に気にせず触り続ける。

それを見たゴルゴンの顔は、反吐が出ると言わんばかりに険しくなっていく。女性の美を全く理解していない男だと、哀れに思ったのであろう。

「魔王。貴方はこれが、黒き石で動くのを知っていたのですね」

「まぁ、そうなる」

「そうですか…………」

ゴルゴンは突然、巨船を前に両手を広げ、大声で叫ぶ。

その姿は、玩具を前にした子供に近いものがあった。

「魔王、私はこの古代の断片を動かし、大海を自由自在に駆けたい！　それは一族を狂わせた、父や祖父にもできなかったことだ。そのためには、貴方の要求する代価を幾らでも用意しよう。但し、私は裏切りを許さない」

ゴルゴンの冷酷な目が魔王を見据え、光秀が身構えるほど場の温度が急激に下がった。しかし魔王は一向に気にならないのか、堂々たる態度で嘯く。

「安心したまえ。私の炭鉱は枯れることがない。この船を幾らでも動かせるだけの産出量を約束しよう。いずれ《扇形庫》を設置すれば。蒸気機関車を走らせることも可能になる」

「………枯れない？　センケイコ？」

魔王はサラリと、田原が過労死しそうなことを呟き、ゴルゴンはその発言に首を捻る。

聞き慣れない単語が、幾つも出てきたからだ。

「魔王、貴方は古代の断片について、何かを知っているのですか？」

「知っているとも言えるし、知らないとも言える」

ゴルゴンはそんなどっちつかずの発言に苛立ったが、これは魔王の本音でもある。

例えば、こういった蒸気船などなら「知っている」と言えるだろう。但し、古代と言っても、
その幅は限りなく広い。

智天使や堕天使などに代表される類のものなど、この男は何も知らないのだから。

「ところで、御党首。この船は薪や木炭などでは動かないのですかな？」

「…………そんなものは、とうに試しましたよ。結果は語るまでもないでしょう」

「なるほど」

魔王からすれば、それは奇妙な話であった。蒸気船であるなら、木炭や薪でも推力を得られる
だろうと。石炭でなければならない、という部分に妙な引っ掛かりを覚えたのだ。

それはまるで、〝決められたルール〟のようであると。

一方のゴルゴンからすれば、魔王の発言は実に嫌らしいものであった。こちらが出す黒き石が
なければ、船は動かないぞ？　との念押しでしかない。

極めて不快であったが、船を動かすためにゴルゴンは辛うじて耐える。

「魔王、念のために聞いておきますが、黒き石の売り込み先は私だけでしょうね？」

「無論、御党首の他に売る予定はない」

その発言には迷いがなく、キッパリとしたものであった。魔王からすれば、こんな面倒な商談を何度もやらされて堪るか、という思いである。

一流の大商人たるゴルゴンも、その言葉には〝誠〟を感じざるを得なかった。

「そうですか……ならば、全てを忘れ、全てを水に流します。貴方は聖貨と代価を得て、私は黒き石を得る。そうですね？」

「その通り。私も、この船が縦横無尽に海の上を走るのを楽しみにしている。この手のものは、男の浪漫ですからな」

「ろ、ろま………まぁ、私の宿願ではありますが」

顔を歪めたゴルゴンと、魔王が握手を交わし、ここに契約が結ばれた。

炭鉱跡から掘り出される黒き石、その専売契約である。魔王からすれば、一種の職業訓練でもあり、今後を見据えた人材の育成でもあった。

ゴルゴンからすれば、イカれた掟を作り、一族を滅茶苦茶に破壊した父や祖父を乗り越える、悲願に近いプロジェクトである。

鉄の棺桶と嘲笑され続けた、この船が動いた時、大陸中の人間が驚愕するであろう。そして、ゴルゴンの名を称えるに違いない。

その名声は、商売にも大きく響く。

人々は噂の船を見ようと港へ殺到し、その船が運んできた品は飛ぶように売れるであろう。

当然、そこには彼のもう一つの夢――人の手によって最上級《ハイエンド》を製作することも含まれている。

その時、ゴルゴンの名は不朽のものとして歴史に刻まれるであろう。

誇らしげに蒸気船を眺めるゴルゴンを見て、魔王はからかうように口を開く。

祖母思いなところや、蒸気船を動かしたいと叫んだり、ゴルゴンが何やら純粋な子供のように見えてきたのだ。

「…………世界一周旅行」

「何ですって？」

「この船であれば、そこの御婦人にそんなプレゼントもできるのでは、と思ってね」

「この船で…………世界を、一周…………？」

魔王としては、孫から祖母へ最高のプレゼントと言ったニュアンスであったが、それを聞いたゴルゴンは身を震わせ、言葉を失った様子であった。

「では、御党首。次の機会に」

「え、えぇ…………」

こうして、互いの思惑が奇妙に絡み合いつつ、北での騒乱は終息を迎えた。同じ頃、スラムの住人を連れた蓮も、聖勇者との会談に臨まんとしていた

本当の異世界

――北方諸国　ルーキーへの街道――

《とまぁ、今頃はそんな話になってんだろうナ》
《貧しい人々に職を与える。マスターの慈愛ですね》
《おっ、そうだナ》

スラムの住人を連れ、蓮がルーキーの街へと向かっている。

その間、田原と《通信》を交わしていたのだが、そこでは北で行われているであろう会談を、見てきたように語る2人の姿があった。

言うまでもなく、受け止め方はまるで違う。

田原は炭鉱跡の設置と、この世界における《石炭》の地位、何よりもキングと名乗った裏側について、あれから一つの答えを導き出していた。

それは一策を以って、王宮と民衆、両商会の4つを同時に攻略したという結論である。たった一つ、キングと名乗ったことから始まった策謀は、見事に大輪の花を咲かせた。

オマケに、スラムの難民たちを労働力として吸収し、それを餌に、次は聖勇者まで誘き出そうとしているのだ。骨までしゃぶり尽くすとは、このことであろう。

その後のユーリティアスについても、田原とゴルゴンの考えは一致している。

絶対的な独裁者が倒れ、いずれ混乱に陥るであろうユーリティアスという熟した柿は、自然に手中へ落ちてくると。今後の展開まで含めると、何重に重ねられた策略であったのか、想像するだけで途方に暮れるような内容であった。

《まっ、今回は柿が落ちてくるまで、時間の猶予があるから助かるけどよ。いつもこうだと良いんだが、長官殿の動きは速すぎるんだよナ》

《マスターは村のことも考え、今回は機が熟すのを待つことにしたのかと》

魔王がこの通信を聞けば「何の話やねん！」と慄くであろうが、2人の語っている内容は別に突飛なものではない。

日本の歴史で言えば、織田信長が長篠の合戦で武田家を破った後、追撃せずに引き上げた事例に似ていると言っていいだろう。

あのまま侵略を行っていれば、故郷や家族を、友を、大切な人々を守らんと、草木に至るまで立ち向かってきたに違いない。

だが、信長は大勝したにもかかわらず、それらを放置し、内から腐っていくのを見越していたかのように、待ちに待った。そして数年後、ロクに戦らしい戦もせずに殆ど無傷で相手の領地を征服してしまったのである。

《…………愛国心のある民衆を、本当の意味で征服なんてできねぇからナ》

田原のその発言は、かつての大帝国になぞらえたものであろう。

それを聞いて、蓮も一つ頷く。

《同意します。相手が我々を求めていなければ、統治など覚束きません》
《…………そうだナ。肝に銘じておくよ》
蓮のその言葉には、相手から求められるだけの、善政を敷かなければならない、という厳しい忠告も含まれている。
田原としては、苦笑を浮かべるしかない。
《それと、田原さん。黒き石のことですが――》
《心配すんナ。長官殿はいずれ、《扇形庫》を設置すんだろうと思って、レールの敷設場所は確保してっぞ。まずは村から神都へ繋げる予定だ。人員が確保できりゃ、次は高速道路だナ》
《未整備の街道が多いようですね。私も今、頭を痛めているところです》
《ロクに輸送もままならねぇからナ。人も物も、今の10倍の速度で動かしてぇンだわ》
2人の通信は、淀みなく進む。
あの男の、「機関車が走ったら面白いよな（笑）」くらいの適当な思い付きを、大真面目に現実のものにしようとしているのだ。
性質の悪いことに、この2人はそれを現実にしてしまえる能力がある。
《マスターは、黒き石を如何ほどの値で交渉していると思われますか？》
《そりゃ、長官殿のことだ。嘘みてぇな安い値段だろうナ》
《はい、私も同意見です》
当然、これも2人の受け取り方は全く違う。

蓮は民衆の技術、生活レベルの向上のためにも安価で、と考えているが、田原はこの世界では枯渇した燃料を広く普及させ、それを武器にするためと捉えている。

何せ、普及した後に供給を止めてしまえば、敵対する国家は大打撃を受けざるを得ない。

大昔でも荷留という戦略があり、現代であっても石油やガスの供給を停止し、相手の国を絞り上げるという手法があるのだから。

人とは我儘なもので、一度、便利さを覚えてしまえば、もう元には戻れないのだ。蒸気船や、蒸気機関車などを知ってしまえば、とても元の生活には戻れないであろう。

温泉旅館の人気の一つにも、クーラーによる涼しさと言うものがある。快適さを、便利さを、知ってしまえば、もう戻れない事例の一つと言っていい。

《木炭も、大いに普及させるべきかと。魔石の費用から、民衆を解放せねばなりません》

《あぁ、こいつは長官殿の政策の中でも、目玉になんだろ》

水と火は、人間の生活から切っても切れないものである。それだけに、貧民であっても、その費用をケチることはできない。

ラビの村においては、労働者を水の苦しみから解放した。

その次は火である、と言うことらしい。これを聖光国全土に広げてしまえば、その支持がどうなるか、それこそ火を見るより明らかであろう。

《んじゃま、大臣サンへの応対をよろしくしたのまぁ。後、噂のアイズってのが弾いた奴の処分はそっちに任せるからよ》

《了解しました》

あれから、アイズと新人は無事に合流を果たし、蓮に名刺を差し出したのである。魔王からの直接のスカウトとあってか、蓮も疑うことなく2人を迎え入れた。

今では道中で危険な人物を選び、報告する仕事まで与えられている。

スラムの住人たちの大半は、ジャックに無理やり借金を背負わされた者たちが占めていたが、中には根っからの犯罪者もいる。

大方の犯罪者を見分け、アイズは恐る恐る蓮へと声をかけた。

彼からすれば、蓮という少女は理解不能な存在である。

一点の曇りもない天使のようでもあり、その反面、上級悪魔すら駆逐しかねない、途方もない恐ろしさを内包している少女なのだ。

「あの、その、蓮さん…………連中を、一つの部隊に纏めました」

「ありがとうございます」

蓮から極寒を思わせるような視線を向けられた瞬間、アイズの背筋が凍る。彼から見た蓮は、何もかもが完璧で、何もかもが不可解でありすぎたのだ。

透き通った空気感と、近寄りがたい高貴な気配、吹雪のような冷たさに、その美しさ。

いっそ、人間以外の生物である、と言われた方が納得できたであろう。

アイズはそそくさと蓮の傍から離れ、新人の下へと戻る。彼女の傍にいるだけで、途方もない緊張を強いられるのか、びっしょりと汗を掻いていた。

　そんな苦労も知らず、新人は不満気に口を鳴らす。

「…………ズルいですよ、アイズさんは。僕にも一度くらい、報告させて下さい」

「あほぅ！　お前に報告させたら、何を口走るか…………」

　あの少女を怒らせるようなことになれば、何が起こるか判らない。アイズからすれば、とても新人に任せられるような仕事ではなかった。

「彼女、最高にキュートですよね…………見て下さいよ、服まで可愛いなんて！」

「…………お前は、気楽で良いわな」

「何かこう、可愛いのに近寄り難くって、勇ましいお姫様みたいな感じがしませんか？」

「お前の目が成長したら、とても直視できんようになるよ」

　蓮が手にする槍は、アイズからすれば地獄そのものである。事実、蓮は人間無骨を縦横無尽に振るい、数え切れないほどの強者を倒してきたのだから。

「それにしても、あの大臣様は何を考えてやがんだか…………」

「あれ、ズルいですよね！　職権乱用ですよ！」

　その恐ろしい存在に、ユーリティアスの大臣は蕩けるような笑顔を向けているのだ。まるで、姫を見守る生まれながらの執事のように。

「おめぇと一緒で、色ボケした顔をしてやがる」

「あんな人と一緒にしないで下さい！　僕はこう、純粋な気持ちで…………」

「はいはい…………」

色ボケに純粋も不純もあるか、とアイズは言いたくなったが、馬鹿馬鹿しさに手を振るだけに留めた。大臣の姿を見て、アイズは改めて思ったのだ。

人柄や人間関係というのは、本当に重要であると。大きな商談や、国家的な事業であっても、意外とそんなところで決まってしまうものだ。

もしも、あの新しい雇い主が前面に出ていたら――――大臣は決して、あのような態度を見せなかったであろう。

恐らくは第二のジャックとして、相応の警戒をしたに違いない。

だが、蓮という少女を間に挟むことによって警戒心が薄れ、この移送が終わる頃には、大臣は彼女の虜になっているのではないか、とさえ思えるのだ。

実際、大臣は今も蓮の隣に馬を並べては、上機嫌な姿で話しかけている。

「しかし、あの方は天獄とは無関係であったのですな」

「はい。マスターは一部の方から恐れられていますが、とても心優しい方です」

「しかし、聖光国では随分と暴れ回っているとの噂も………」

「ご安心を。マスターが築かれる〝世界〟を、どうかその目で御覧下さい。私も、喜んで案内させて頂きます」

「うむうむ、そうじゃの」

大臣が他愛なく、ころころと笑う。

どういう訳か、この少女の近くにいると気分が良いのだ。

体の中の淀んだ空気が澄み渡り、全身が生き返るような気持ちになる。何よりも、彼女の服を見ているだけで、自らの青春時代を思い出すのだ。

歳を忘れ、時には叫びたくなるような衝動すら込み上げてくる。若かりし頃、都市国家で見た海に向かい、大声で叫んだあの日のことを。

蓮のセーラー服を見て、大臣は惚れ惚れとしたように言う。

「それにしても、何度見ても素敵な服じゃの」

「マスターから頂いた、大切な服です」

「我が国にも是非、取り入れたいものじゃが………」

「ラビの村には、腕の良いデザイナーがいるとか。温泉旅館もありますので、向こうに到着した際には是非、疲れを癒して下さい」

「ほほ、それは楽しみじゃて」

大臣はオンセンリョカンなるものが判らぬまま、ころころと笑う。

最早、仕事を忘れて完全に旅行気分である。長きに渡り、ジャックから抑圧されていたこともあってか、その解放感たるや筆舌に尽くし難いものがあるのであろう。

まして、隣には世に隔絶した美少女までいる。これでウキウキしない者がいれば、それは男ではない、とまで大臣は思っていた。

彼からすれば、十数年の苦労の後に訪れた、ご褒美そのものであると言えよう。

「さて、そろそろルーキーの街じゃの」

入念に打ち合わせをしてきたこともあり、一行の足取りは遅延なく進んでいく。やがて集団はルーキーの街へと差し掛かったが、そこからは大臣の出番であった。

彼は国王からの丁寧な親書を手渡し、通過に関する許可を得ることに成功したが、事前に通告していたこともあってか、実にスムーズなものである。

何より、ジャックが失脚したとの報が入っており、共和国は触らぬ神に祟りなしとでも言わんばかりの態度をとった。

下手に手を出せば、火傷しかねない案件であると判断したのであろう。

大臣と役人の折衝を横目に、蓮はルーキーの街並みへと目を向ける。

そこには聖勇者と呼ばれる人物が復旧作業を行っているのだが、蓮はその著名な人物を、この大移動へ同行させなければならない。

思案に耽る蓮を見て、スラムの少女・ウリンが笑顔で話しかける。この一家とは、少なくない縁もあってか、蓮も柔らかく応対してみせた。

「蓮しゃま！　キングしゃまの村って。どんなところなのですか？」

「…………そうですね、風光明媚な場所であるのは間違いありません」

「ふーこー？」

「とても綺麗な場所だということです。皆さんにはカジノ、いえ、黄金の神殿で仕事をして頂くとのことでした」

「お、黄金の神殿!!?　キングしゃまは、黄金の家を持っているのですか??」

「はい、マスターに不可能はありませんから」

「すっごーーーいっ！」

魔王が設置したカジノは、ラスベガスに実在する建物をモチーフにしている。

その絢爛豪華さときたら、とてもこの世のものとは思えず、黄金の神殿としか言いようがないものであった。そして、建物の中はそれを裏付ける装飾が施されており、そこで行われる数々のギャンブルは文字通り、黄金を降らせることになる。

比喩ではなく、二重の意味で黄金の神殿となるのだから、酷い話であった。

「蓮しゃま、誰か来ます！」

「…………あの人が、聖勇者と呼ばれる方のようですね」

その人物は体格こそ小柄であったが、遠目に見ても、まるで隙が見当たらない。

蓮は冷たい目で、噂の人物との接触を待った。


――――北方諸国　ルーキーの街――――


ここは迷宮へ潜り、冒険者として生計を立てんとする者が集まる街である。

しかし、現在は逆侵攻による影響で監獄迷宮は閉鎖されており、街には仕事にあぶれた男女で満ち溢れていた。

聖勇者の指揮の下、極度の混乱からは立ち直りつつあるが、街並みを見ると、まだまだ元の姿に戻るには時間がかかりそうである。

連日の復旧作業にもかかわらず、ヲタメガは休日返上で指揮を取り続け、就寝前にはハマーからの手紙を読む、というのが一日のルーティーンのようになっていた。

「ダルマさんは、本当に表裏がない方ですね………」

聖勇者からも名前を間違えられているハマーであったが、手紙を読むヲタメガの表情は非常に柔らかく、仄かに笑みまで浮かべている。

ハマーはその生真面目な性格から、日常を事細かく記し、それを連日のようにルーキーの街へ送り続けているのだ。

当初、手紙は郵便物を取り扱う業者に依頼していたのだが、今ではガルーダと呼ばれる、風の高位精霊が配達するまでになった。

手紙と言うより、日記に近いそれをハマーが毎日送ってくるせいである。その馬鹿正直さには流石のヲタメガも苦笑いを浮かべるしかない。

「不思議なものですね………これを読まなければ、今では一日が終わった気がしません」

その内容と言えば、冴えない中年男の、冴えない日常なのである。

とても、聖勇者が読むに値する手紙ではないのだが、ヲタメガは手紙が届くのを、今では待ち望むようにまでなっていた。

無論、ハマーの冴えない日常だけではなく、ヲタメガが注目するような情報もある。

「貧民が連日、列をなす病院………」

悠が運営する野戦病院は、北方諸国の中においても、小さな話題になりつつある。

どんな大怪我や病気であっても、たちどころに治癒するとの噂であり、大半は冷笑を浮かべるだけであったが、中には真顔になる者もいた。

大病を患っている患者の中には、藁にも縋りたい心境の者も当然のようにいる。

手紙を続けて読んでいくと、若い女性から軽蔑されて落ち込んでいるとの記述もあった。連日ハマーをからかっているメスガキのことであろう。

「この女性はむしろ、ダルマさんに好意を抱いているのでは…………？」

色恋にはまるで鈍感なヲタメガであるが、ハマーの冴えない、それでいて賑やかな日常を読んでいると、つい笑顔がこぼれてしまうのだ。

多くの重責を担い、大陸中の民を救わんと孤立無援の戦いを続けるヲタメガにとって、ハマーからの手紙は一種の癒しであったのかも知れない。

「皮肉なものですね…………堕天使が支配する村に、日常生活があるなど…………」

北方諸国を見れば、戦乱や貧困、疫病や流民などで溢れ返っている。

薬も買えぬ貧民たちは雑草のように死に絶え、食うものがない流民たちは木の皮まで剥がし、それを煮込んで口にしているのだ。

彼らに平穏な日常など、あろう筈もない。あったとしても、それは地獄のような日々が延々と続くだけの日常である。

そんなヲタメガの下へ、早馬から驚くべき一報が届く。

ユーリティアスを実効支配する、ジャックが打ち倒されたとの知らせであった。

「天獄の、キング…………？」

ヲタメガもその名は知っていたが、一介の傭兵団が国家の頂点に喧嘩を売るなど、あまりにも不自然な話であった。その後も途切れなく続報が届き、ヲタメガはこの事件の裏に、あの魔王が存在していることを敏感に察する。

「黒のロングコート、五ツ星を壊滅させた少女、ジャックの失脚。そして、スラムの住人たちが聖光国へ移動…………？　都市国家と、ゴルゴン商会…………」

現地から離れた場所にいるヲタメガには、断片的な情報から推測するしかない。一つ確定したのは、ジャックが完全に失脚したということである。

そこから導き出される結論は、ゴルゴン商会は大いにそれを歓迎するであろうこと。

（最悪の場合、堕天使とゴルゴンが手を結んだ可能性がありますね…………）

ヲタメガは断片的な情報から、最悪のケースを想定する。

そして、その想定は決して間違っていなかった。

「あの方は、何をしようとしているのか…………」

ヲタメガの頭に混乱が走る。

圧政を敷く独裁者を打倒し、虐げられていたスラムの住人を引き取る。表だけ見れば、まるで英雄の所業ではないかと。

聖勇者の焦りをよそに、噂の移民集団が刻一刻と近づいてくる。

答えが見つからぬままに時は流れ、遂に当日を迎えることとなった。

郊外に2千人にも及ぶ移民集団が現れ、ルーキーの街は騒然となった。

確認に出た三連星も顔を顰めながら、集団へと目をやる。

「ヲタメガ様。どうやら、あの集団のようですな………」

「ええ、ユーリティアスの紋章。かの地に住まう、スラムの住人たちと思われます」

眼鏡の奥で、ヲタメガの目が冷たく光る。大規模な「奴隷売買」の集団のようにも見えるが、周囲を固める兵が整然としすぎていると。

集団の最後尾には輜重隊まで付き添っており、まるで軍の移動であった。三連星はそれを見て口々に感想を述べる。

「………奴が、民を自領に引き取るのは二度目ですな」

リーダー格であるカイヤは、顔を顰めながらも事実を述べる。

「下らん。奴隷として使役するのが目的であろう」

皮肉屋のアルテマは、口髭をしごきながら言う。

「邪悪な魔王めが………あのような男、早々に討伐すべきであるッ！」

直情型のマッシュルームは、感情も露わに拳を突き上げる。それぞれの意見を聞きながらも、ヲタメガの頭を占めるのは、一人の少女であった。

見慣れぬ異装に、凍えるような気配。

あの少女が、著名な五ツ星を壊滅させたのであろうことは想像に容易い。少女もまた、自分を見ているとヲタメガは感じていた。

「妙なものですね。あの集団には、まるで暗さがありません」

「…………つまり、奴隷の売買ではないと？」

ヲタメガのそんな言葉に、カイヤが反応する。

これから過酷な場所へ売られるのであれば、彼らの顔は悲壮感で満ちていたであろう。だが、どの顔を見ても悲壮感などなく、むしろ希望に満ちた色さえあるのだ。

「どうやら、先方は私に話があるようですね」

ヲタメガはそう呟くと、こちらに向かって来る2人へと歩み寄る。

一人はヲタメガもよく知る人物、ユーリティアスの大臣であり、その隣には、黒曜石を思わせるような美しさと、鋭利さを感じさせる少女が並んでいた。

大臣はヲタメガの姿を見て、嬉しそうに声を上げる。

「おぉ、聖勇者殿！　これは久しぶりじゃの」

「…………ご無沙汰しております」

大臣がにこやかに話しかけてきたが、ヲタメガの意識は隣の少女へと向いたままであり、そこから流れてくる冷たい気配に肌を粟立たせていた。

蓮も同じく、ヲタメガを注視しており、互いに言葉を交わさぬまま、何かを見極めようと穴が開くほど鋭い観察を行っている。

「挨拶はさておき、まずは役所への手続きに参ろうかの。聖勇者殿、積もる話はまた後で」

「お待ちしております」

言いながら、大臣は軽やかにルーキーの街へと向かう。まだ復旧作業は続いているが、大きな瓦礫などは撤去され、随分とマシな景観にはなっている。

大臣が去ったのち、蓮は丁寧に一礼し、ヲタメガも胸に手を当て、頭を下げた。

「私は蓮と申します。貴方が、マスターの仰っていた聖勇者ですね」

「………世間からは、そのように呼ばれているようです。この集団は、あの方が？」

「はい。飢えに苦しむ人々に、職と住居、給金を与えます」

「失礼ですが………あの寒村に、彼らを養える富があるとは思えません」

ヲタメガの知るラビの村とは、魔王が現れる前の風景のものしかなく、とてもこんな大集団を養えるような場所ではない。

彼らに職と住居を用意し、給金まで支払うなど馬鹿げた話であった。

奴隷として使役するにしても、彼らに割り振るだけの無数の仕事が必要であり、生きるために必要な最低限の水と、食料も用意しなければならない。

生かさず殺さず、労働力として奴隷を使役するのは、言うほど簡単な話ではないのだ。

「マスターの事業には膨大な人手が必要です。今後、仕事は加速度的に増加することでしょう。貴方にも、その手助けをお願いしたいのです」

「私に、何ができると言うのですか………」

蓮の言葉に、ヲタメガは自嘲気味に笑う。

彼は文字通り、その半生を貧民の救済へと費やしてきた。

だが、彼の願い虚しく、大陸を覆う戦乱は一向に収まる気配がなく、貧民や流民などは増える一方である。どれだけ諸国を巡って炊き出しをおこなっても、一時の飢えから救うのが精一杯であったのだ。

消火活動をしている隣で、次々と火を放たれているようなものである。

徒労と言えば、これほどの徒労もない。

「貴方のこれまでの行為は、とても尊いものです。ですが、食を与えるだけでは限界があるのも事実でしょう。マスターの救済とは事業を起こし、雇用を生み出すこと。そこから得た利益で、更に事業を起こし、大陸全土を塗り替えることにあります」

「大陸を…………塗り替える？」

話の規模の大きさに、ヲタメガは眩暈を起こしそうになった。

それは人という生物が成しうるようなことではなく、それこそ天地を新しく創造する奇跡でも起こさなければならない。

「あの方はジャックを打倒してまで、労働力を求めたというのですか？」

「マスターの前に、愚かな小人など消え去るのみです」

「ははっ…………相変わらず、強引な方だ」

ヲタメガは眼鏡をあげ、乾いた笑い声を上げる。政治的配慮もあり、自分が躊躇して成し得なかったことを軽々とやってのけているのだから。そこには配慮も国家も何もなく、歯向かう者は容赦なく蹴散らし、己の意のままに突き進む男の姿があった。

「いえ、超高次元存在とは本来、そう言ったものなのかも知れませんね…………」

ヲタメガのそんな言葉に、蓮は逆らわない。

彼女にとっても、マスターとはまさに、世界を支配する超高次元存在そのものであり、疑問を挟む余地すらなかったからだ。

「マスターは貴方の同行を求めています。何かを変えたいと望んでいるのであれば、どうか私と共にラビの村へ」

「何かを変えたい、ですか…………」

ヲタメガの脳裏に、選定の儀が蘇る。皇国では16歳を迎えた男子を集め、聖衣箱による次代の聖勇者を選定する儀式があるのだ。

あの日、彼は世界を変えたいと望み、貧しき者への救済を願った。

（あれから、もう10年ですか…………）

燃え広がる戦乱と、権力者たちの野心は留まるところを知らず、干ばつや疫病に襲われる中、働き盛りの男は兵として招集され、野晒しとなった田畑など数え切れない。

略奪によって、村ごと消滅したケースもある。

（何処かで昼寝をしている誰か、でしたか…………）

ヲタメガの頭に浮かぶのは、魔王の言い放った暴言であった。

《…………大いなる光だと？　そんなものは寝言以下の愚物に過ぎん。本当にそんな偉大な存在がいるのであれば、お前があくせく働く必要が何処にある？》

《その光が起こす〝奇跡〟とやらで、今すぐにでも貧民を救ってやればよいではないか！》

まさに暴言の類であったが、ヲタメガの耳には堪えるものであった。

諸国を巡りながら、ずっと思い悩んでいたことでもある。

何故、光は大陸を覆うこれだけの惨状を放置しているのかと。どうして、人々の祈りに応え、その姿を現し、救いを示してくれないのかと。

「…………確かに、あの方は実際の行動でそれを示していますね」

ヲタメガの瞳に映るのは、うらぶれたスラムの住人たち。これらに仕事と住居を与え、あまつさえ給金まで支払うなど、これまでの常識からすれば、ありえない話であった。

「………………判りました。彼らがどう扱われるのか、私もこの目で確認したい」

これまで様々な諸国を巡ってきたせいか、彼は権力者と称される存在に対して、強い不信感を抱いている。今日聞いたことが、翌日には真逆になっているなど日常茶飯事であり、自分の目で確認しなければと決意したのであろう。

ましてや、このような貧民の群れが連れ去られるのは二度目である。彼の性格上、とても見過ごすことなどできず、この点では見事に、あの魔王の思惑通りとなった。

聖勇者の慎重な発言を聞き、蓮も静かに頷く。

「貴方はマスターの世界を目の当たりにし、きっと驚かれることでしょう。そして、極めて多忙になると思われます」

「…………？」

そんな予言のような言葉に、ヲタメガは首を捻る。

後者は先の話だとしても前者は間違いなく的中するであろう。そこには近代的な病院があり、如何なる病や、怪我をも治癒してしまう女医がいる。

更には涸れぬ井戸や、尽きぬ泉、寝ているだけで負傷を癒す神聖な森まであるのだ。

ラビの村は既に、枚挙していけばキリがないほどの〝奇跡〟に満ち溢れた空間と化しており、これまでの常識が通用しない世界であった。

そこは最早、大野晶の世界と呼んだ方が早いであろう。本当の異世界とは、果たしてどちらであるのか、実に興味深い話である

舞台袖の演者たち

煮え滾る鍋の底、とでも言うべきか。

魔王が北方で暴れている頃、聖光国の貴族たちは哀れなほどに右往左往していた。

貴族派を牛耳るドナが檄を飛ばし、それに雷同した者たちが一斉に蜂起したのである。中立の立場など許されない、内戦の勃発であった。一族や家を守るために、彼らは必死に情報を集め、密かに集会を重ねては、耳にした話を交換しあう。

貴族派と武断派、どちらが勝つのか――――と。

当初、貴族派に多くの者が傾いたのは言うまでもない。その財力、兵力、血筋、どれを見ても武断派に勝ち筋が見えなかったからだ。

しかし、彼らの議論は尽きることがなかった。

今回ばかりは選択に失敗すれば、確実に家が滅ぶからである。

「お主らは一つ、大事なことを見落としておる。ゲートキーパーの存在よ」

「確かに、あの要塞であれば…………」

「攻城戦においては、篭城する側と比べ、3倍の兵力が必要であると聞く」

大方、戦記物でも読んだのであろう。妙な付け焼刃の知識を披露する者もいたが、衆目の中で賢しげに振舞っているだけの話である。

だが、動き出した情勢は止まることなく、その姿を刻一刻と変えていく。

その度に彼らは動揺し、更に議論は紛糾することとなった。

最初の契機は、社交派を率いるマダムの参戦である。彼女は武断派との共闘を表明し、魔石の価格を吊り上げ、民衆の生活を圧迫するドナの非を鳴らした。

マダムとアーツの接近は既に知れ渡っており、それ自体への驚きはなかったが、その妹までも武断派との共闘を表明したことにより、貴族社会に衝撃が走ることとなった。

「まさか、芸術派までか…………」

「いったい、何が起きているというのだ⁉」

「マダム・エビフライに刃を向けるなど、世の芸術家からどれだけ罵倒されるか…………」

「だが、ドナ殿は〝水〟を握っておる。これを忘れてはいかん」

更に外部からの援軍の存在が知れ渡り、彼らの脳は張り裂けんばかりとなった。

西方の軍事大国である、ライト皇国からは火精霊騎士団《サラマンダーナイツ》が派兵され、北方の金獅子と謳われるゼノビア新王国からも、精兵が到着したという。

そこへ、追い打ちをかけるようにス・ネオが共闘勢力への資金捻出を表明したため、貴族らは迷走に迷走を重ね、へとへとの有様となった。

どの家も、気の利いた者をス・ネオへと派遣し、その真意を探ることとなったが、戻った者が口々に語るのは「100万枚の大金貨」、「本気の後押しである」との内容ばかりであった。

彼らの混乱と焦燥は、察するに余りある。

貴族派も新たな共闘勢力も、其々に外部勢力を引き込んでおり、こんな大規模な内戦を彼らは想定していなかったのであろう。

そんな揺れ動く貴族たちの心を、遂に決定付ける一報が届く。

武断派が大敗した、との知らせであった。


――――聖光国　中央――――


武断派の小部隊が、水を乞いながら歩いている。

水の魔石を占有するドナが、その価格を急激に上げ、絞ったせいであろう。ホワイトは各地に給水所を設け、これに対抗してみせたが、数が数である。

水を求めて彷徨い、給水所に列をなす膨大な民を全て救うなど、不可能な話であった。

「おい、こんな一杯の水で足りるかよ！」

「そうよ、こっちは子供が４人もいるのよ！」

「てめっ、順番を守れよ！　ぶっ殺すぞ！」

どの給水所も殺気立った民が押しかけ、そこかしこで、殴り合いがはじまる有様である。人の醜さと言うべきであるのか、ドナの醜さと言うべきであったのか。

斥候として出された貴族派の部隊は、それらを見ては嘲笑い、からかうように給水所へ群がる民に襲撃を仕掛ける。

「雑草どもが…………目障りだッ！」

「貴様らのようなゴミクズに、水など無用よ！」

「そのまま渇き死ね。視界が穢れるわッ！」

彼らは手にした槍を振るい、羊でも狩るようにその命を奪っていく。中には弓で民衆を狙い、獣を狩るように射る者もいた。

「雑草を狩るのもいいが、あれは北の野蛮人どもの部隊ではないのか？」

「何ともうらぶれた姿よな…………」

「土産として、あの首を持って帰るとするか」

煌びやかな衣装に身を包んだ、貴族派の部隊が武断派の兵を追う。武断派の兵たちはその姿を見た途端、慌てて逃げ散ることとなった。

「くはは！　武断派も落ちぶれたものよな！」

「あのような野蛮人ども、馬の小便でも飲んでいればよいのだ」

各地で武断派の兵が蹴散らされ、その惨めな敗走が人の口から口へと伝わっていく。その後、何度か大規模な衝突があったが、勢いに乗る貴族派の軍勢は軽々とそれを蹴散らした。

武断派の劣勢は日を追うごとに濃くなり、日和見の貴族の多くがドナの下へと走っていく。

そこへ、追い打ちをかけるような事件が起きた。

皇国から派遣された騎士団が、旗幟を鮮明にしない者の領地を焼き討ちしたのである。まるで共闘勢力に与すれば殺す、と言わんばかりの野蛮な行為であった。

火精霊騎士団の過激な動きに怯え、多くの家がドナに従属を誓っていく。

無論、共闘勢力側も黙ってやられていた訳ではない。

彼らも手を打ち続けていたものの、貴族派の将兵がそれを上回ったのだ。

実際、マダムの領地から何度も補給部隊が出されたものの、貴族派の兵はそれを途上で捕え、全て強奪してしまうのである。

ドナは〝水〟という武器を使い、その供給を止めたことにより、戦う前から武断派を骨抜きにしてしまったような格好であった。

この頃には、皇国の騎士団だけでなく、ゼノビアの将兵も各地を巡回しては補給部隊を襲い、目ぼしい村から略奪を行うまでになっていた。

まるで、聖光国の全土が干上がり、火で炙られているような有様である。民からすれば、外部勢力に占拠されたような心境であったろう。

地を覆う怨嗟の声は止まず、戦局は貴族派に大きく傾きつつあった。


――――聖光国北部　ゲートキーパー――――


劣勢が伝えられる中にあって、要塞の内部は実に活況であった。

水に窮しているなど、全て演技に過ぎないのだから。今も、武断派の将兵たちは銭湯から水を汲み出しては桶に入れ、各家庭へと配っていた。

「どんどん、運べ！　幾らでも水が出るぞ！」

「ひゃっほーーーーーい！　何度やっても夢みてぇだな！」

「ガキみたいにはしゃいでないで、さっさと運びな！」

「わ、判ってるよ………」

「あははっ！　また父ちゃんが叱られてやがらぁ！」

将兵だけでなく、運搬作業には女子供らも交じっている。熱した剣を槌で叩き、鍛冶《たんや》する女もいれば、赤子を背負ったまま鏃《やじり》の調整をしている母親の姿もあった。

汲み出された水を贅沢に使い、洗濯をしている女も多い。中央の女性とは違い、北方の女性は気が荒く、男顔負けの一面を持っている。

「しかし、アーツ殿はいつのまに外部から協力を取り付けられたのか………」

「1万枚の大金貨だぜ？　あれを見た時は、震えが止まらなかったたな」

「あれだけの資金があれば、長期間の篭城にも耐えられる。我らが盟主の頼もしさよ！」

要塞の広間には、これ見よがしに大金貨の詰まった木箱が積み上げられていた。ス・ネオから届いた贈り物であり、その周囲には共和国から贈られた軍需物資もある。

以前にマダムから届けられた莫大な物資も倉庫へ厳重に保管されており、要塞の内部はかつてないほどの豊かさに溢れていたのだ。

世間の評判とは、まるで裏腹な状態である。

そんな活気に満ちた要塞の指令室では、外で幾つもの任務をこなしてきたサンボを、アーツが出迎えたところであった。

「ご苦労だったたな、サンボ」

「なんのなんの、外を軽く駆け回ってきただけですじゃ」

「犠牲者を抑えながら、敗走したと見せかけるのは容易ではない。見事な手腕だった」

「連中は狩りでも楽しんでいるような有様でしたな。何度も武具や旗を奪わせたので、青瓢箪の貴族どもは、気が大きくなっとることでしょう」

それを聞いて、アーツは皮肉げに口角を上げる。

水に窮した振りをしながら、惨めに逃げ回る。

元々、貴族派の将兵は自尊心の塊のようなものであり、そこに成功体験が加わったことにより手に負えない怪物と化しつつあった。

その姿を有体に伝えるのであれば、ブレーキの故障した車のようなものである。勝利に奢った軍勢を打ち破るなど、アーツからすれば赤子の手を捻るより容易い。

サンボは逃げ散る際に、武具や旗なども慌てた体で捨て去っており、彼らの自尊心を強く満足させることも忘れなかった。

「あのような連中に背を見せるなど、屈辱であったろう……この戦が終われば、皆《みな》に詫びねばならんな」

「何の、途中から誰が一番早く逃げられるか、皆《みな》でレースを楽しんでおりましたわい」

そう言いながら、サンボは誇らしげに胸を叩く。

勝つために、一時の恥を忍ぶなど、サンボからすれば何でもないことであった。そして、逆に恥を掻けないのが貴族派の将兵である。

彼らは周囲に見せ付けるよう、何処までも勇敢に、優雅に振舞わなければならない。それが、貴族社会というものであり、変わらない空気でもあった。

「それにしても、あのセントウとやらには驚きましたな…………」

サンボは水桶を運ぶ人勢の兵たちを見下ろしながら、しみじみと言う。あの奇妙な建物が現れてから、要塞内の生活が丸ごと変わってしまったのだ。

「見て下され、アーツ殿。女どもが毎日、入浴と洗濯をするようになりましたわい！」

「以前と比べ、随分と清潔な環境になった」

銭湯から汲み出した水は、飲料水や煮炊きだけでなく、毎日の洗濯にも使用される。今では、一日の終わりに入浴するのが要塞内での大ブームとなっていた。

「ゲートキーパーに、これだけの物資が積み上げられたのも初めてですなぁ…………」

「私の力ではない。全て、あの方の指図によるものだ」

アーツはそう答えながら、改めて震撼する思いであった。気付けば要塞内にはバタフライ家、ス・ネオ、キッド商会からの支援物資で溢れているのだから。

どの面子を見ても一筋縄ではいかない者ばかりであり、この3者から協力を取り付けるなど、まるで魔法のような手練手管であった。

詳しい事情を知らぬリンボも、感に堪えかねたように口を開く。

「金もある、物資もある、湯水にも困らぬ。これまでの困窮が、まるで嘘のようですじゃ」

「…………あの方が現れてから、全てが変わった。それも、良い方向にな」

事実だけ並べてしまえば、確かに凄まじい変化であった。塩にも事欠いていた日々が、今では遠い昔のようでもある。

それらを踏まえ、サンボは極めて重大なことを口にした。

「…………………本当に、復活されたのですな」

聞かずとも、その問いが何を意味しているのか、アーツには即座に響く。

夜の支配者、堕天使ルシファーのことであると。

「あの方が出した包帯は、瀕死の状態にあった私を、瞬く間に治癒してしまった」

「光を失ったワシの目も、たちどころに治りましたなぁ…………」

「ラビの村には、摩訶不思議な施設が溢れている。温泉旅館と呼ばれる夢のような空間、尽きぬ神聖な泉や、寝ているだけで怪我が治る森林、黄金の光に満ちた神殿…………」

言いながら、アーツは馬鹿らしくなってくる。

こんなものを、どうやって人間が作り、建てると言うのであろうか。それこそ、大いなる光の奇跡でもなければ不可能ではないかと。

「…………夜の支配者に、アーツ殿は従われるのですな?」

そんなサンボの問いに、アーツは長い沈黙を続ける。あれから何度となく考え、どれだけ悩み抜いたことであろうか。

堕天使ルシファーの再降臨など、真っ当な思考を停止させてしまうものであろう。

アーツは迷いながらも、一つ一つを噛み砕くように言う。

「我々の生活は変わった。それも、劇的に。そして、我々を取り巻く環境も変わった」

「そうですな。アーツ殿とあのマダムが手を組むなど、驚天動地ですじゃ」

「この国も変わった。聖女様も。貴族派の連中だけだ、いつまでも変わらぬのは」

「このままでは、渇死する民が増えるでしょうなぁ」

「水を止める愚か者と、無限の水を与える者。どちらかを選べと言われれば、私は後者を選ぶ。それがたとえ、堕ちた天使であってもだ」

アーツはそこまで言って、腹の中から太々とした息を吐き出す。天使様に対する信仰は失っていないからこそ、信じてみる気になったのであろう。

「ワシも、アーツ殿の言に従いましょうや」

「…………本当に、良いのか？」

「小難しい話は判りませんが、ワシはあの女医に大きな借りがありますでな。それに、皆の顔を見て下され。どいつもこいつも、はしゃいでおりますわい」

サンボの隣へ並び、アーツも指令室から広間を見下ろす。そこには互いに競い合って水を運ぶ男たちと、その尻を引っぱたく女たちの笑顔があった。

水をかけあい、びしょ濡れになって笑う子供たちの姿も見える。

「こう見えて、ワシは找儘でしてな。この貧しき地に笑顔と、豊かさを与えてくれるのであれば堕ちた天使様であっても、ワシは喜んで付き従いましょうや！」

サンボの現金な言葉に、アーツも苦く笑う。

だが、武断派の貴族から盟主と仰がれるアーツも、その言葉に頷かざるを得ない。彼は麾下にある者たちを導き、その生活を守らなければならない立場にある。

「では、そろそろ始めますかな？」

「あぁ、本当の戦というものを、連中に教えてやるとしよう」

2人はそう言って笑い、指令室を後にする。

これに対する貴族派は、まさに連日連夜のお祭り状態にあった。


――――ドナの領地　門番の智天使――――


多くの無辜の民が、血を流しながら築いた要塞では、連日のように祝宴が張られていた。

元々、貴族は宴に参加するのが仕事のような部分があるが、そこへ連日のように、戦勝が飛び込んでくるのだから堪らない。彼らのボルテージは、天をも突かんばかりであった。

「この兜を見てくれ。北の野蛮人から回収したものだ」

「武断派など、ゲートキーパーから出れば弱兵に過ぎんわ！」

「私の部隊は、連中の旗を持ってきよったぞ」

「………マダムなど、所詮は戦場を知らぬ女であったな」

「然り然り！　彼女が出す補給部隊は、逆に我らを潤しておる！」

戦利品を周囲に見せびらかし、相手を徹底的にこき下ろす。

山海の珍味を口にするより、彼らはアーツやマダムを罵倒するのに忙しそうであった。

「連中が巣穴から這い出るように仕向けた、ドナ殿の手腕よ！」

「うむ、美しき一手よな。ス・ネオからの補給部隊も、北方の諸国が押し留めていると聞く」

「干上がった獣を狩る。これこそ、我ら貴族派の舞台に相応しい！」

連日の勝利に彼らは沸き立ち、ワインがその興奮に火を点ける。パーティー会場には、様々な楽曲が鳴り響き、中央では華やかに踊る男女の姿もあった。

テーブルに並べられた料理は、どれも庶民には手が出せないものばかりである。

貴族派を牛耳るドナと、その甥であるクルマも頬を赤らめながら杯を交わす。

「クルマよ。お主の策、見事に当たったの」

「奴らを干し上げたのは、叔父上の財力の賜物。僕は案を出したに過ぎません」

「しかし、こうなってくると手応えがないの。奴らを少々、買い被っておったか？」

「人間、水がなければ3日と持ちませんからな。どうやら、野蛮人も人の類であったようで」

「かっはっはっはっ！」

武断派は魔王の設置した《銭湯》により、水に困ることなど一生なくなったのだが、他の民にとっては地獄である。

水が乏しい地域では奪い合いがはじまり、強盗の被害まで続出するようになっていた。今ではどの村も自警団を結成するようになったが、事態は更に悪化していく。

ゼノビアと、皇国の軍勢の参戦である。貴族派の軍勢は武断派を蹴散らし、戦功を誇ることが多かったが、他国から来た彼らはそうではない。

ゼノビアの軍勢は、貴族派以外の領地で略奪をおこない、皇国の軍勢はサタニストの炙り出しという名目で、目に付いた村や街を放火して回っているのである。

水責め、火責め、トドメに外部からの強盗団といった三重苦であった。まさに、この世の地獄とはこのような状況を指して言うのであろう。

「ゼノビアから来た猟犬も、各地を派手に荒らしまわっているようで」

「アレは中々、ワシ好みの良い仕事をする。愚かな雑草どもは、定期的に躾けねば偉大なる我らの慈悲によって、生かされておることを忘れよるからの」

無秩序な略奪を、ドナは躾けであると嘯いたが、それに頷くクルマも大概であった。

民衆など鞭で叩かねば判らない、犬畜生の類であると思っているのだろう。

「しかし、例の男は気に入らんの」

「………………レオン将軍、ですか。事情があって、叔父上への挨拶もままならぬとか」

クルマは困った、と言った視線で会場へと目をやる。

噂の将軍はパーティー会場にも、戦場にも出ず、部屋に籠りっきりなのだ。

「古来より、英雄と呼ばれる者は変わり者が多いですからな………………」

「英雄など、我らの時代には不要であるわ。アーツと同じく、あれも過去のガラクタよ」

ドナは吐き捨てるように言うと、不機嫌そうに黙り込む。

それを見て、クルマはそっと耳元で囁く。

「まぁまぁ、叔父上。他にも報告がありまして」

「………報告、とな？」

「ホワイト殿が頼りにしているであろう、聖堂騎士団の長を転ばせておきました」

「なにっ⁉」

聖堂騎士団とは、神都を守り、時には聖女の指揮下に入って働く集団である。それが、あろうことか、寝返ったとの報告であった。

「多少の時間はかかりましたが、3千の兵を引き連れ、こちらへ向かっているとのこと」

「でかしたわっ！　それでこそ、我が甥よ！」

勢い良く立ち上がり、ドナは破顔しながらクルマの背を叩く。3千という数より、ホワイトへ与える心理的効果を高く評価したのであろう。

玉座から立ち上がったドナの姿を見て、全員が何事かと注目する。

「皆の者、聞くがよい！　我が甥が、聖堂騎士団の長を転ばせよったわ。今、3千の兵を率い、大慌てでこちらへ向かっておるらしい」

ドナは勝ち誇った表情で告げ、会場内に喝采の声が溢れる。

彼らにしてみれば、ようやく分別がついたのか、と言ったところだ。聖堂騎士団の総員は8千ばかりであるが、それを率いる長が消えてしまえば、後は案山子のようなものである。

「何とも決断が遅い………剣を振ることに夢中で、頭は疎かであるらしい」

「所詮は平民上がりよ」

「よさんか、味方は味方。番犬を従えるのは、貴族の嗜みであるわ」

其々の口から、まるで好き勝手な言葉が溢れる。

ドナはここぞとばかりに、勿体ぶった口調で満座へ檄を飛ばす。

「無能で汚らしい輩どもが、この国を狂わせて久しい。古の時代、智天使様と共に悪魔王へ立ち向かった我等の勇猛な祖先は、泣いているであろう！　我らは再び、この高貴な血に懸けて立ち上がらねばならんッッ！」

「「おおおおおぉぉぉぉぉぉぉぉぉ！」」

ドナの威勢の良い言葉に、諸侯は頬を紅潮させては酔い痴れる。

彼らは自らの系譜に強い誇りを持っており、そこをうまく刺激したのだ。当然、政敵がいなくなれば更なる富が転がり込んでくる、という目論見もある。

頃合い良しと見たのか、クルマは気取った姿で指を鳴らす。

「では、叔父上。例の件も含め、後はお任せを」

「うむ………」

奥から現れた大勢の女性を見て、ドナは鼻を膨らませながらパーティー会場を後にする。その誰もが見目麗しい女性ばかりであり、彼が強引に掻き集めた美女軍団であった。

ドナは〝淑女選び〟と称し、定期的に女を囲うために選別を行うのだ。

役人が領内の女性を強引に集め、ドナの館へと送るのである。

婚約中であろうと、既婚者であろうと、お構いなしであったため、この無慈悲な選別は様々な悲劇を生むこととなった。

ナンバーズと呼ばれる子供たちも、とりわけ貧しい層から選別された集団であり、その趣旨としては、何をやって壊しても構わない玩具と言ったところである。

大勢の美女を引き連れ、ドナが向かった先は異常な熱気に満ちた一室であった。

「ちと、ここで待っておれ」

その言葉に、多くの女性たちは目を伏せ、頭を下げる。

ドアを開けた先には、檻が一つ設置されているだけであり、他に調度品などは何もない。その檻も、火の魔石で作り上げられた特注品である。

檻の中には、小さな白い生物が横たわっていた。その全身を包む体毛は、雪を思わせるような白銀であり、フェネックに良く似ている。

飢えているのか、弱っているのか、その姿からは生気を感じない。

「強情な獣めが………いい加減、水晶を出さんか！」

この白い獣は「スノーフェネック」と呼ばれる希少な存在である。

極寒の高山などに住む獣であったが、乱獲され、今では絶滅種として姿を見かけることがなくなってしまった。

溶けない氷とまで称される「スノークリスタル」を生み出すからである。

かつて、ユキカゼは囚われていたスノーフェネックを救出し、そのお礼にスノークリスタルを貰ったことがあるのだが、救い出した時には既に瀕死の状態であり、そのまま息絶えてしまったと言う経緯があった。

「まぁ、良い。その気にならんのなら、今後もお前の仲間を狩り続けるまでよ」

ドナはそう言いながら火の魔石を投げ付け、スノーフェネックの体が大きく跳ね上がった。

名が示す通り、熱さが弱点なのである。

ドナはその後、狂奔と言った有様で魔石を投げ続けたが、贅肉に包まれた体が災いし、すぐにその肩が大きく上下した。

「汚らしい獣が……さっさと水晶を出せッ！　でなければ、お前はいつまで経っても囚われたままであるということを忘れるな？」

ドナは肩を聳やかしながら、熱気に満ちた部屋を後にしたが、スノーフェネックだけでなく、この要塞にはもう一人、囚われた存在がいた。


連日のように繰り広げられる華やかなパーティー会場から離れ、レオンは一人、テラスで星を見上げていた。その顔には憂鬱な色が浮かんでおり、心ここに有らずといった姿である。

（私は、こんなところで何をしているのか…………）

幽閉された姫を探すこともままならず、祖国を滅ぼしたゼノビアの国境で戦う日々。

そこへきて、今度は聖光国の内戦に派遣される始末である。彼は聖光国と関わりを持ったことなどなく、それこそ、何の恨みも憎しみも喜びもない。

無言で夜空を見上げるレオンに、副官であったゾルムが声をかける。

「いやー、連日の仕事で肩が凝りますわ。今日は戦利品が多くってね」

「………お前の仕事とは、無辜の民から財を奪うことか？」

「小賢しい民を躾けろ、と命じたのはドナの旦那でね。こっちとしちゃぁ、泣く泣く、歯向かう男どもをぶっ殺しては女を犯し、略奪に励む日々ってわけですわ」

そう言って、ゾルムは肩を揺らしながら大笑いする。彼の鎧にはべったりと返り血が付着しており、略奪した首飾りを誇示するように、首から幾つもブラ下げていた。

「即刻、略奪行為を止めろ。お前のやっていることは、山賊以下の所業だ」

「勘違いして貰っちゃぁ困る。今のあんたは一兵卒だ」

その言葉を聞いて、レオンは歯噛みする。

ゼノビアの前線からレオンが離れ、不在であることが知れると危険なため、派遣された軍勢を指揮しているのはゾルムなのである。

レオンの存在は徹底的に秘匿されたままであり、指揮権も何も与えられていない。

「しかし、噂の武断派ってやつぁ、案外、歯応えがなくてビックリしとりますわ」

「………相手の敗走には、必ず理由がある」

「理由もなんも、連中は水を止められたみたいでね。戦う前から干上がっとりますわ。立つのもやっと、ってな具合にね」

「武断派を率いる将を侮るな。我々が生まれる前から戦場に立っていた男だ」

「あんたは部屋から出てねぇから、連中がどんな状態なのか知らねぇのさ」

ケラケラと、小馬鹿にするようにゾルムが言う。

普段はレオンの命令に従わざるを得ないため、この機会に嬲ろうとしているのであろう。

「私はゼノビアに遺恨があるが、あたら兵の命が奪われるのは看過できん」

「俺は隊長、あんたは一兵卒だ。ったく、何度言えば判るんだぁ？」

「ならば、私を戦場に――」

「おめぇはここで、じっとしてろ。戦場でちまちま小言なんざ聞きたくねぇんだよ。これはな、隊長様からの命令だ。判ったか、あぁん？」

ゾルムは嫌味っぽく言い残し、肩をそびやかしながら部屋を出ていく。こうなると、レオンとしてはどうすることもできない。

（武断派の将は、こちらを油断させようとしている…………）

度重なる敗走。

捕捉され続ける補給部隊。

干上がった相手の軍勢。

略奪によって得られる、大きな財貨。

（勝利が常態化した時こそ、最も危険なのだ…………）

かつて、レオンが仕えていたパルマ王国もそうであった。救国の英雄と謳われるレオンが勝利を重ねる度に後方の王宮は浮かれ、危機感を失っていったのである。

王は膨れ上がる軍費を削減し、前線からの忠告にも耳を貸さないようになっていった。最後はコウメイの離間の策により、レオンは遠ざけられてしまうのである。

勝利の常態化とは麻薬のようなもので、人から理性を奪うものであると言えるだろう。

(どんな戦場であっても、浮かれる将兵を押し留めるのは至難の業…………武断派を率いる将はアーツと言ったか。老獪で、厄介な男のようだ)

レオンが危惧した通り、後にゾルムが率いる軍勢は壊滅してしまう。

彼の命運が尽きるのは、もう少し後の話である。


ゼノビアとは別に、皇国から派遣された将も上機嫌にワインを傾けていた。

火精霊騎士団《サラマンダーナイツ》を率いる若き将、フレイである。彼の騎士団は赤色の鎧装束で統一されており、フレイに至っては、毛髪まで燃えるような緋色であった。

その目には勝気な光が溢れており、如何にも自尊心が高そうである。気取った仕草でグラスを傾け、フレイは白ワインで蒸されたムール貝を口へと運ぶ。

テーブルの上には鹿肉のパテや、葡萄酒の入った兎肉のシチュー、オオライチョウの丸焼き、卵と砂糖がふんだんに使われたクレープなどが並んでおり、実に豪勢なものである。

「まぁまぁの食事だね。二等国にしては」

ライト皇国には幾つかの「名家」が存在し、其々が数百万の農奴を抱えている。フレイはその名家の御曹司であり、生まれた時から全てを与えられてきた男であった。

この名家というのが、実に厄介な存在なのである。抱える農奴や、資金力も突出しているが、名家の党首たちが合議し、皇国の頂点たる教皇を選出するのだ。

たとえ教皇であっても、名家の意に反し、逆らうことは甚だ危険なのである。

フレイは皇国きっての名家として知られる、リュクサンブール家の御曹司であり、教皇ですら機嫌を損なわぬよう、穏やかな笑みを向ける厄介な存在であった。

そんな腫物扱いの男に、副官が一枚の紙を手渡す。

「フレイ様、こちらが南部のリストとなります」

「んー、南部は豊かな田園と鉱山が広がっている、か………」

「恐らく、豊かな地域にはサタニストは存在しないかと」

サタニストの炙り出し、その討伐を大義名分として掲げ、彼らは派兵されたのである。だが、彼らのやっていることは魔女裁判そのものであった。

難癖を付けては村のあちこちを探索し、果てには集落ごと焼いてしまうのである。疑わしきは全て燃やしてしまえ、と言わんばかりの狂暴さであった。

フレイは羊乳から作られた高価なチーズを口にしながら、優雅に髪を掻き上げる。

「この国は、サタニストを生み出し続けている。全土が浄化候補さ」

彼らは「清めの火」と称して、皇国に敵対する地域を焼け野原にしてきた騎士団なのである。

それは聖光国内においても、変わらぬスタンスであるらしい。

「しかし、北部であればともかく、中央部には貴族派の領地も多く………」

「悪を滅するためには、躊躇してはならないのさ。僕たちの放つ火が、この世に大いなる光と、安寧を齎すのだから」

フレイは酔っている訳ではなく、正気でそう思っているのである。

そのために、どれだけの民が苦しみを味わおうとも、彼の心には響かないのであろう。まして二等国の民がどうなろうと、フレイからすれば知ったことではない話である。

「副官君。それより、アレは見つかったのか？」

「残念ながら、未だ………」

「僕が苦労して捕らえた鷹を逃がすなんて………あの大神官は、とんだ無能者だね」

フレイはそう言うと、苦々しい表情でグラスを置く。

諸国のあちこちを焼き払い、無関係の民衆を処刑しながら、イーグルを追い込んでいったのは彼ら火精霊騎士団なのである。

亜人の捕縛や討伐などは皇国では重い功績として称えられるため、皇国の人間は亜人と見るや目の色を変えて、これらを追うのだ。

しかし、副官はこれ以上、フレイが余計な真似をせぬように抑えるように言う。

「鷹を回収すれば、教皇聖下もお喜びになられるかと」

「………………足りないね」

「と、申しますと？」

「失ったものが戻っても、マイナスがゼロになっただけさ。それじゃ、戦功としては軽い」

「サタニストの討伐に加え、鷹を回収すれば、十分な功になるかと」

教皇はフレイの無鉄砲さを知り抜いているため、副官には有能な人物を据えたのであろう。

だが、フレイの分不相応な野心は留まるところを知らなかった。

「僕はね、あの不届き者から、聖衣箱《ホーリークロスボックス》を取り戻さなければならないんだ――――」

「フレイ様、それは…………」

そんな不穏な呟きに、副官は絶句する。

また、病気が出たと。

フレイは己こそが聖勇者に相応しいと幼い頃から信じており、周りの者たちも迎合するように阿り、囃し立ててきたのである。

全てを手に入れてきた御曹司が、図に乗るのも無理からぬ話であったろう。

しかし、古代の断片たる聖衣箱が、忖度などする筈がない。箱が選んだのは名家の御曹司ではなく、名も無き貧民の少年であった。

あの「選定の儀」から、10年――――

結果を見れば、箱の選定は正しかったと言わざるを得ない。聖勇者として選ばれたヲタメガは権力者に抗い、民のために戦い続けてきたのだから。

フレイのような、選民意識が服を着て歩いているような男が選ばれていれば、この大陸はどうなっていたことか。

「あの無能に、あの貧民に、あの醜い男に、僕の聖衣箱が奪われたままなんて…………ッ」

ぶつぶつと呪詛を吐き出すフレイであったが、神聖な儀式の結果であり、如何に名家の御曹司であっても、それを覆すことはできない。

彼は何の罪もない集落を焼き払うことには長けていたが、軍才など皆無であり、目立つ戦功を挙げられぬまま燻っていた。

そんな焦りを見せるソレイに、そっとクルマが近寄る。こちらも、聖光国を代表する御曹司であったが、フレイとは違って悪知恵が働く。

「その様子を見るに、大功を欲しているようですな？」

「…………ドナの甥か、貴様に何が判る」

「判りますとも。現在の聖勇者《ホーリーブレイブ》が邪魔である、と言うことくらいは」

「貴様…………」

クルマから見たフレイなど、まるで子供同然であった。

実力もないのに地位だけは高く、分不相応な野心を持ち、焦がれている。まるで、利用されるために生まれてきたような存在であると。

「他国の私から見ても、あの儀式は不可解なものでしたな。選ばれた名家の人間ではなく、名もなき貧民が聖勇者として認められるなど」

「そうだ、その通りだ…………あの貧民め、何か小細工をしたに違いない！」

「本来の場所へ、本来あるべき方の下へ、あの箱を戻すべきでしょうな。薄汚い貧民に聖勇者を僭称されるなど、貴国にとって恥でしかない」

クルマの煽り立てるような言葉に、副官の顔色が変わる。

余計なことを吹き込むな、と。

「クルマ殿、そこまでにして頂こう。他国の者に、我が国の儀式をとやかく言――――」

「いいや、彼の言う通りだ。副官君、君は黙っていろ」

「フレイ様………！」

副官の言葉を遮るように、フレイは顎を振る。

向こうに行ってろ、と指図したつもりなのであろう。上官の命には逆らえず、副官は後ろ髪を引かれながらも距離を取る。

「それで？　ドナの甥よ、僕にどうしろと？」

「誰も文句を付けられぬ大功を挙げ、それと引き換えに、聖衣箱の授与を願い出れば宜しい」

「悪くない案だが、大功とは？」

「この内戦における最大の戦果、神都を陥落せしめる立役者になられればよい」

「神都を………陥落させる………？」

まるで、悪魔の囁きであった。

確かに、他国の首都を落とせば功績としては抜群であろうが、別に教皇は彼にそんな命令など下してはいない。

サタニストの討伐、そして、不穏分子の掃討が彼に与えられた任務である。神都に攻め込み、それを陥落させるなど、完全に任務外のものであると言わざるを得ない。

「如何ですかな、この案は？」

「確かに、神都を落とせば………聖下も、僕のことを認めざるを得ないだろう………」

「失礼ながら、教皇の眼《まなこ》は曇っておられる。選ばれし血脈ではなく、不可解な選出を重要視し、本来の聖勇者である貴方が、ここで燻っておられるのだから」

「………………っ」

「教皇の目を覚まさせるべきでしょうな。時には身を挺し、時には、耳に痛い忠言もおこなう。これは、本来の聖勇者たる貴方にしかできぬ務めだ」

「君の、言う通りだ………僕は、良い子でありすぎた………」

それだけ言うと、フレイは肩から力を落としたように会場を立ち去っていく。副官はその背を追おうとしたが、何を言っても無駄だと悟ったのか、クルマへと噛み付いた。

「貴様、何のつもりだ⁉　あのようにフレイ様を焚き付けるなど！」

「焚き付けるなど、私は本音を語ったに過ぎない」

「何が目的だ！　我々の任務に、神都の攻略など含まれていないのだぞ！」

「実は、叔父上が嫌がりましてな」

何が可笑しいのか、クルマは背を曲げて笑いはじめる。神都を落とし、聖女や民を人質として使えば、武断派も降伏するであろうとクルマは進言してきたのだ。

だが、ホワイトのいる神都に直接兵を送るのは、ドナとしては避けたかったのであろう。

余り過激なことをして、嫌われたくないという心境であったに違いない。そんな下らない事情を聞いて、副官は余計に逆上した。

「そんな下らぬ事情のために、我々を利用すると言うのか！」

「これも、叔父上の一世一代の恋のため。皇国の皆様には是非、一肌脱いで頂きたい」

クルマはそれだけ言うと、大笑いしながら副官の傍を離れる。

フレイもフレイだが、それを焚き付けるクルマも大概であった。

副官は歯噛みしながらフレイを追ったが、残念なことに彼は忠告を聞くようなタマではなく、どう諭しても後の祭りである。

その頃、華やかなパーティー会場の遥か地下ではアズールが食事を運んでいた。

彼が向かった先は、ナンバーズと呼ばれる子供たちの牢屋である。


錆び付いた鉄の匂いと、鯨油の臭気に満ちた空間であった。

そして、腐った肉と汚物の匂い。

華やかな会場と比べ、ここは時間が止まったように静かであった。

ドナが遊び半分で掻き集めた、１００人もの少年少女たちであったが、貴族派の諸侯に様々な形で消費され、既に人数は10人を切るまでになっている。

残った子らも、半死半生の者ばかりであり、今では食事に手を付けることもない。

1秒でも早く死ぬこと、それが望みだからである。実際、頭を石壁へとぶつけ、自殺した者も過去にはいたが、今では自殺防止の首輪を嵌められ、自害することもままならない。

「この要塞はじき、大きな戦いの舞台となります」

アズールのそんな声に、反応する者はいない。

応える気力もないのであろうが、殴られすぎて鼓膜が破けている者もいる。誰も音を発しない空間に、アズールの声だけが響く。

「貴方がたの避難場所を探し続けましたが、私の力では叶いませんでした」

片足を失った子、眼球を抉り取られた少女、異常な性癖を持つ諸侯に、男性器を切り取られた少年などが、アズールに視線だけ向ける。

遊び半分に顔の皮を剥がれ、豚の皮を縫い付けられた少女などは身じろぎもしない。

この牢には、命というものが尽き果てているようであった。

「今はこんな服を着ていますが、私は暗殺を生業としてきました。人の命を奪い、相手の心臓を止めることが日常であったのです」

それは、誰に聞かせる訳でもない独白。

最後の懺悔であったのかも知れない。

「日を追うごとに私は壊れてしまったのか、感情を失い、命と呼ばれるものが羽毛のように軽くなっていきました。果てには、世界から色彩まで消えてしまったのです」

虚しい独白であったが、アズールの心の声なのであろう。過去も現在も未来も、彼にとっては全て灰色の世界でしかないのだから。

「人の心を失った、こんな私ですが…………貴方たちを見ると、胸が痛むのです。消えていく命を、温度を…………確かに感じるのです」

心臓の鼓動を確かめるように、アズールは胸の辺りを強く握りしめる。

感情を失い、凍りかけの心臓ではあったが、そこにはまだ、微かな鼓動が感じられた。

「若に、貴方たちの解放を願いました。叶うかどうかは未知数ですが、命を賭ける価値がある。私はそう判断しました。どうか、お元気で」

アズールの言葉を聞いて、眼球を失った少女の目から涙がこぼれる。こんな状態になっても、まだ自分たちを気にかけてくれる人が存在したのかと。

アズールが立ち去った後、牢内に嗚咽のような声が漏れたが、それはどんな感情から出たものであったのか。

翌日、派手なファンファーレと共に火精霊騎士団が出陣し、後に悪名高い「光の暴走事件」を引き起こすこととなるが、この時にはまだ、誰も知る由もないことである。

そして、かの騎士団に因縁のある少女も、一つの決断を下そうとしていた。


――――ラビの村　野戦病院――――


「本当に、良いのね？」

「…………お願いします」

悠は確認を取るように相手の目を覗き込んだが、それに対し、イーグルは無言で頷いた。その静けさとは裏腹に、目には強い決心が宿っている。

「翼の治癒なんて、私も生まれてはじめてね…………」

「お手数をおかけします」

悠は翼に触れ、それがどんな形であったのか入念にチェックする。どれだけ破損していようと神医と呼ばれる悠からすれば、元に戻すことなど造作もない。

彼女は失われた手足や、壊れた臓器だけでなく、先天性の症状まで治癒してしまうのだ。

――――あらゆる病と怪我を完治させる――――

大野晶は悠にそんな特殊能力を与えたが、他にマッドサイエンティスト、マッドドクターとの設定をこれでもかと詰め込んでおり、今の悠は幾らでも人体を弄ることが可能であった。

彼女が所持する《記録改竄》のスキルも併せると、人の心をも自在に弄ぶ悪魔のような存在であると言えるだろう。

悠の指が様々な医療機器へと変化し、それが翼に触れた瞬間、処置はあっけなく終わった。

「これが、鷹の翼…………綺麗だわ…………」

「桐野さん、ありがとうございます」

銀色に輝く翼を見て、悠もうっとりとした声を漏らしたが、イーグルははしゃぐこともなく、静かに頭を下げた。

その姿を見て、悠は確信したように口を開く。

「皇国の騎士団に、因縁があるようね」

「…………はい」

「彼らと戦うために翼を？　長官は貴女に、そんな許可を与えたのかしら？」

「…………これは、僕の問題です」

イーグルはこれまでの因縁に、決着を着けようとしているのであろうが、悠からすれば少々、困った話でもある。

長官の完璧な計画に、狂いが生じかねないと――

無論、あの男に計画のけの字もある筈がなく、最初から狂いっぱなしであった。無計画のままここまで来たことが、人間界の奇跡のようでもある。

そこへ、見計らったように魔王との《通信》を終えた田原がやってきた。

「………このタイミングで貴方が来たってことは、最初から流れに入っていたのね」

「まっ、そう言うなって。いつものことじゃねぇか」

ヘラヘラと笑う田原を尻目に、イーグルは無言で立ち上がる。

その顔には、不思議と穏やかな笑みが浮かんでいた。

「こんな僕を受け入れてくれて、村の皆さんには感謝しています」

完全に覚悟を決めているからこその、笑顔であったのだろう。それを見た田原と悠も、これは監禁でもしない限り、飛び出すだろうと判断する。

イーグルは歌うように、かつて魔王が口にした台詞を暗唱してみせた。

「あの人が言っていたんです……途中がどれだけ惨めだろうと、何度負けようと、最後に勝てば良い。自らの意思がある限り、再挑戦の機会は幾らでもあると」

その言葉を聞いて、田原と悠も真顔になる。

其々に、思うところがあったに違いない。

両者は別に無敵な存在ではなく、敗北も知っているのだから。それどころか、落城や国の崩壊も目の当たりにしてきた身である。

田原は万感の思いを込めて、イーグルの背を押すように言う。

「………………長官殿からありがたい伝言だ。思いきりブン殴ってこい、責任は取る、ってよ」

「ありがとうございますっ！」

それだけ言うと、イーグルは野戦病院を後にし、玄関で待ち構えていたルナと鉢合わせる。

既に馬車まで用意しており、準備万端といった姿であった。

「ルナ………どうして………」

「下僕の考えていることなんて、とっくにお見通しよっ！　皇国と揉めるなら、私も付き合ってあげるから感謝しなさい！」

「ルナ、彼らは危険なんだ。死ぬかも知れないんだよ………………？」

「ノロマなあんたとは違って、私はスーパー偉くて強い聖女様だから問題ないわ」

いつもながらの態度に、イーグルとしては苦笑いするしかない。

それに、皇国の騎士団が方々を荒らしている現状を思えば、イーグルの件がなくとも、ルナは出陣したであろう。聖女とは本来、民を守り、導く存在なのだから。

只、一口に聖光国と言っても途方もなく広いのだ。相手の場所が判らなければ、ルナとしても出発のしようがない。

「それで、皇国の連中は何処にいるの？　何か情報はある？」

「…………僕はあの騎士団のことは良く知っている。彼らは必ず、神都へと向かう筈さ」

目立ちたがり屋で、尊大なフレイの姿を思い出したのか、イーグルの顔が歪む。かの騎士団の暴走が、浄化と称した炎が、どれだけの命を奪ってきたことであろうか。

「神都を襲うなんて、絶対に許せないわ…………行くわよ、イーグル！」

「うん！」

こうして、一台の馬車が砂塵を巻き上げながら神都へと向かった。
・・・戦いは途切れることなく、負の連鎖も続く。複雑に絡まった様々な糸を、快刀乱麻に断つのはあの男の登場を待たなければならないであろう。

再降臨の夜

――聖光国南部　マダムの領地――


イーグルとルナが旅立つ、少し前。

聖光国の各地で戦火が広がっていたが、南部と東部にはまだ及んでおらず、特に豊かな南部の田園地帯を見ていると、牧歌的な空気すら流れている。

「さて、今日も鬼ごっこゲームの始まりってナ」

様々な物資を積んだ荷馬車の群れを前に、田原が指示を出していた。マダムに代わり、田原が采配を振るっているのである。

「良いか、敵さんを見かけたらすぐに逃げろ。恐らく、この地点で襲撃を仕掛けてくる」

御者や人夫たちは真剣な表情でそれを聞いていたが、よくよく考えると奇妙な話でもあった。運んだ物資を守らずに、逃げろと言っているのだから。

田原は敵の索敵能力ギリギリの範囲に補給部隊を送り、それを強奪させている。別にアーツと打ち合わせをした訳ではないのだが、戦略としては似たようなことを考えているらしい。

「りょ、領主代行様。本当に、逃げて良いので？　後から罰せられるなんてのは……」

「盛大に、泣き喚きながら逃げてくれや。連中も、あんたらの首よか、自慢するための戦利品を優先するわナ。それが、この国の貴族ってやつだ」

田原の指示は明快で、敵が襲撃してくるポイントまで割り出している。そこが判っていれば、逃げること自体はそう難しい話ではない。

「さて、お前さんの部隊はこっちの山道を抜けて――」

相手の自尊心をくすぐる勝利、それを与え続けるための奇妙な指示が続く。

別に、田原も酔狂でこんな指示を出している訳ではなく、複数の狙いがある。まず、武断派と同盟関係にあるマダムが、何もせずに手を拱いていれば相手は不信感を抱くであろう。

故に、田原は敵に不信感を抱かせぬよう、如何にも戦場を知らない、戦下手の女貴族と言った具合に指揮を取っているのである。

案の定、貴族派は連日の勝利に浮かれ、暴走をはじめた。

各地における略奪や、放火、雑草狩りと称した民衆への虐殺行為。そこへ、水の魔石まで天井知らずの価格吊り上げである。

聖光国の民からすれば、命を弄ばれているようなものだ。田原の思惑通り、貴族派や外部勢力は民衆からのヘイトを一身に集めることとなった。

合間に一服を入れながら、田原は気の抜けた表情で空を見上げる。

（ったく、判りやすい相手で助かるわナ。これで、民意は完全にこっちへ傾いた）

ごく自然な感情として、民は新勢力の勝利を願うであろう。貴族派が勝てば、このような悲劇が何度でも繰り返されるのだから。

新勢力が勝利し、どんな政権が誕生しようとも、「貴族派よりはマシ」と考えるに違いない。

まさに、思う壺であった。

田原は白煙を漂わせながら、魔王がこれまで打ってきた布石を改めて振り返る。

（オルゴールの釣り針。サンボの治療。バタフライ姉妹の篭絡に、アーツとの同盟。聖女ルナと聖女ホワイトの篭絡。東部再開発による、商売人への手懐け、労働者へのバラ撒き）

挙げていけばキリがないが、見事に計算された国盗りであった。

それだけではなく、敵への対応も抜かりなく打っている。

貴族派の首領たるドナを挑発し、何度なく恥をかかせ、焦らせ、怒らせ、遂に彼は暴走気味に決起し、敵対勢力だけでなく、民に対しても牙を剥いた。

その結果は、悲惨の一言である。民衆は財を奪われ、水を奪われ、火で炙られる地獄のような状況へと追い込まれたのだから。

（あんたの狙いは判ってるぜ、長官殿？　民衆は今、渇望してる――――英雄の存在を）

無論、あの男にそんな狙いはないのだが、流れ的にはユーリティアスと同じである、と言っていいであろう。どうしようもない混乱や貧困、社会の崩壊を前にして、往々にして民衆が求めるのは都合の良い、英雄などと言った存在である。

聖光国の今の状況は、じき、ユーリティアスにも訪れるに違いない。

田原と悠はその狙い（？）を補助すべく、聖光国内に《情報操作》を駆使した、一つの噂話を流布している。

――――堕天使様が再降臨し、民を虐げる存在に天罰を下す――――

魔王が堕天使様であると噂され、時に本人もそのように振舞っていることを確認した2人が、この世界の信仰を逆手に取った謀略である。

聖光国の民は《大いなる光》や《天使》を信奉し、それに対して祈り続けたが、生活は一向に良くならず、格差は広がるばかりであったのだ。

思えば、最後の天使が消滅してから2千年もの月日が過ぎた。

2千年、である。

その間に捧げられた祈りは、決して小さなものではないだろう。

人間とは不思議なもので、こうなってくると《大いなる光》に抗い、それと戦い続けた存在へ一種の尊敬や憧憬を抱き、英雄めいたものまで幻視してしまうものだ。

歴史上、悪人とされてきた人物が時を経て、再評価されるのに近いと言える。

（さ～て、貴族派の皆さんよぉ。この調子で、たっぷりヘイトを買って頂戴ってナ）

田原は内心で笑いつつ、魔王へ《通信》を飛ばす。

天罰を下すなどと噂されている男は、昼寝からようやく目覚めたところであった。

――――ユーリティアス　宿屋――――

《…………うむ、会談は問題なく終わった。噂の御党首は、何とも好青年であったな》

《だっはっはっ！　泣く子も黙るって噂の御党首様だが、長官殿から見たら好青年ってか？》

田原に言わせれば、悪人としての次元が違うと言ったところであろう。

諸々の報告を伝えながら、魔王はゴルゴンが話していた内容を臆面もなく流用し、それとなく話の辻褄を合わせることも忘れなかった。
その姿はすれすれの綱渡りを続ける、オレオレ詐欺師に近いものがある。
《こう言っちゃなんだが、あんたは一つの行動や、言葉に幾つも策を乗せすぎなんだよナ。振り回される周りの身にもなって欲しいっつーの》
(馬鹿野郎、振り回されてるのは俺なんだよ！)
咄嗟に魔王は叫びそうになったが、ゴルゴンの智に便乗した今となっては、そんなことを口に出せる筈もない。最後には重々しく、「考慮しよう」などと言葉を濁す始末である。
《ドナちゃんは相変わらずだが、皇国とゼノビアの連中も遊びに来ててナ。略奪やら放火やら、元気に駆け回ってやがらぁ》
それを聞いて、魔王は暗澹たる気持ちで天井を仰ぐ。
完全にガチの、戦争がはじまってしまったと。前々から、貴族派と名乗る連中が不穏な動きを見せていたのは耳にしていたが、いまいち実感が湧かなかったのだ。
この男はドナと会ったこともなく、貴族派のことなど何も知らないのだから。
《それと、ルナの嬢ちゃんのお友達なんだが、悠に翼の治療を相談しにきたみてぇでナ》
《…………ほぅ》
《思い詰めた様子だったらしい。俺の見たところ、ありゃ飛び出すナ。どうにも、こっちに派遣された騎士団は因縁のある相手らしいンだわ》

皇国から派遣された火精霊騎士団と、イーグルとの因縁を聞き、魔王も考え込む。そもそも、初対面の時から彼女は皇国の集団に囚われ、酷い目に遭っていたのだから。

火精霊騎士団に追われ、全てを奪われる、イーグルの人生はこれの繰り返しであった。

(何年も追われた挙句にリンチを食らって、しまいには磔か………俺ならキレるな)

自分の身に置き換えて考えれば、笑えない話であった。

この男であれば、100倍の暴力で相手を殴り返すであろう。

いつも俯き気味の、憂い顔をしたイーグルの表情を思い出し、魔王はいたたまれない気持ちになってくる。

(あの子には、あの子にしか判らない痛みがあるんだろう………因縁のある相手に、どう決着を着けるかなんて、他人が口出しできるようなことじゃない)

現代でも、法では裁けない悪人や犯罪など、幾らでも転がっている。それらの犯罪者に対し、多くの被害者が泣き寝入りせざるを得ないのが現実であった。

被害者が自ら剣を取って立ち上がるのであれば、この男はそれを否定しないであろう。

(………つか、皇国だぁ？　あいつらはまた、喧嘩を売ってきやがったのか！)

ようやく、そこに気付いたのか、魔王の胸に不快感が込み上げてくる。奇妙な鉄クズに喧嘩を売られ、それを排除したばかりであるのにキリがない。

(…………そうかい、そうかい。そんなに喧嘩がしたいなら、こっちも喧嘩好きのスタイルで買ってやろうじゃねぇか！)

魔王の目に、怪しい火が灯る。
同時に、思い切ったことを田原へと伝えた。
《…………遠慮する必要はない。思いきりブン殴ってこいと伝えろ。責任は私が取る》
《ヒュ〜〜♪　こんな頼もしい言葉はないねぇ。それと、ルナの嬢ちゃんだが…………》
《あいつのことだ、一緒に飛び出すだろう。好きにさせてやれ》
いつかの騒動を思い出したのか、魔王も苦笑を浮かべる。自重しろ、などと伝えたところで、あのルナが大人しく聞く筈もないのだから。
《それと、悠が報告書を纏めたみてぇでナ。俺も、ドナちゃんたちの要塞を探ってきたんだが、ありゃ、ざっと4万は集めてやがったナ》
《…………随分と集めたものだ。ともあれ、旅館で報告書に目を通そう》
通信を終えた魔王は、嬉しそうに餅を焼いている光秀へと声をかける。
彼女はここに、置いていくつもりであった。
「少し、所用ができた。ここでのんびり待っているといい」
「むぅ、それはどれくらいでござるか？」
「さぁ、まだ判ら…………って、コートを掴むな！」
「そうは言われても、一人は寂しいでござるよ」
ようやく同郷人に会えた、という想いがあるのだろう。
その気持ちは、この男にも判らないでもない。

「少々、込み入った話でね。騒ぎが終われば、私の村に招待しよう」

「むぅ………」

先日の騒ぎに続き、血生臭い話に巻き込んでばかりでは格好が付かない。ドナとの諍いなど、光秀には何の関係もないことであり、己が片付けるべきだと考えているのだろう。

「行く前にせめて、どうお呼びすれば良いのか教えて貰いたいでござるよ」

「えっ？」

先日の会談で、キングと言う名を否定したこともあり、魔王も返答に詰まる。

光秀の前で魔王と名乗るのはどうにも抵抗があり、九内と伝えても〝宮内〟などと取りそうで空恐ろしいものを感じたのだ。

言い淀む魔王を前に、光秀は軽々と口を開く。

「では、判りやすく〝上様〟はどうでござろうか？」

「暴れん坊将軍か！」

「…………………やはり、将軍家とも何らかの関係が」

「ねーよ！　もう、お前はキングで良いわ！」

魔王は捨て台詞を残し、逃げるように《全移動》で姿を消す。お陰で「高貴な人である説」は払拭されるどころか、根強く残る結果となった。

（さて、村に戻るのも久しぶりだな………）

魔王の視界が一瞬で、温泉旅館の執務室へと切り替わる。

そこには既に、田原と悠が様々な書類を広げ、魔王の到着を待っていた。

「今、戻った」

「長官、お疲れ様でした」

「今回はほんっと、荒稼ぎだったよナ？」

悠から手渡された花を受け取り、魔王の顔に穏やかな笑みが浮かぶ。

今回は濡れたような煌めきを放つ、黒薔薇の花束であった。その花言葉は物騒なものが多く、貴方はあくまで私のもの、決して滅びることのない愛、永遠などである。

そんな花言葉など露知らない魔王は、暢気な言葉を放つ。

「お前から花を受け取ると、村に帰ってきたと実感するな」

「ありがとうございます」

「………紫も良いが、私はこの黒も気に入った。悠、次も楽しみにしているぞ」

「長官………♡」

悠が花を育てるという平和な趣味を続けていることが嬉しくなったのであろう。魔王は心から安堵し、嬉しそうに述べた。

独特の空気を放つ２人を見て、田原は「あちゃー」と頭を抱える。

その黒薔薇は、かつての大神官が土壌となっているものであり、壊死した肉が咲かせたものであった。それを知る田原は、背筋が寒くなるような会話から目を背ける。

「さて、例の報告書を受け取ろうか」

悠が差し出した報告書を受け取り、魔王はおもむろにページをめくる。

どういった方法で調べ上げたのか、そこにはドナの要塞が細部に至るまで図で描かれており、集まった軍勢なども詳細に記されていた。

更に貴族派の武装や、備蓄されている食料、大まかな美術品なども報告書に並んでいたため、魔王は軽い眩暈に襲われる。そもそも、報告書自体が六法全書のような分厚さでもあり、魔王は理解することを早々に放棄した。

「なるほど、興味深い報告書だ――――」

「はい、長官のために念入りに吐…………調べさせて頂きました」

魔王はおごそかな手付きでページをめくり、思案に耽っているような表情を作る。

内容は全て右から左に流れていたが、パラ読みしながらも、この男が注目していたのは聖貨の枚数と、その在り処であった。

「悠、聖貨はどうなっている？」

「申し訳ありません。聖貨に関しては土壌…………いえ、情報が足りず」

「そうか…………」

魔王は聞きながら「泥鰌？」と首を捻ったが、追求はしない。知ったところで、外道に相応しい結末だと片眉も上げなかったかも知れない。

この男は本来、女子供を甚振るような屑には至って冷淡だ。その点、あの暴走族を生み出した一面を濃厚に備えている。

（これは…………）

適当にパラ読みしていた魔王の手が止まる。ドナが淑女選びと称し、領内の見目麗しい女性を掻き集めているという項目であった、

（何処かの王様か、皇帝とかがやってたな…………傍迷惑な話だ）

歴史上、似たようなことをした権力者はまま存在する。魔王はそれらに対し、苦笑するばかりであったが、次の項目では真顔となった。

（ナンバーズ…………何だ、これは…………!?）

そこには幼い子供が拉致され、日夜享楽の宴が繰り広げられていると記されていたのだ。

ドナの飼い犬であったミリガンが吐いた諸々の供述を元に、ナンバーズが辿っていった悲痛な最期や、その実情が描かれていた。

ミリガンは耐え難い苦痛から逃れるために、洗い浚いを告白したのだろう。

その内容は、常人であれば吐き気を催すものであったが、聴取相手が悠であったこともあり、そこには淡々とした記述で、事実が事実として並んでいた。

「何故――――」

私に知らせなかった、と言いかけて、魔王は辛うじて口を閉ざす。

今更、そんなことを2人に問い詰めたところで、言いがかりに近い。

もっと言えば、魔法を防ぐ品や魔道具を探すことが急務であって、ドナの優先順位が低かったこともある。

　そんな魔王の心情など知らない田原は、頭を掻きながら暢気に話す。

「貴族派の連中が、馬鹿みてぇにヘイトを集めてくれててナ。こっちとしちゃ助かってンだわ。この調子で暴れてくれりゃ、寝てても支持が集まるわナ」

　それを聞いて、悠も可笑しそうに笑う。彼女からすれば、愚かな虫が自ら火に飛び込んでいるようなものである。

「ヘイトを集める、タンク役としては優秀ね。頭の方は空っぽだけれど」

「全くだナ。長官殿、当分は泳がせといて、最高のタイミングで出張るとしようや」

　ヘイトを集めるだけ集めさせて、民衆の限界が来たところで立ち上がる。それが、田原と悠の描く戦略であり、魔王も同じ考えであるという認識であった。

　だが、返ってきた返答は真逆のもの。

「いや、すぐに赴くことにしよう。田原、聖城に行く準備を。ホワイトと会う」

「うぇ!?　ちょ、長官殿、こんなに早く出張ったら、折角の………」

「悠、私に以前と同じ改竄を行え」

「え？　あ、あの、お言葉ですが、長官」

「────お前たち、聞こえなかったのか？」

　魔王の怒気を含んだ口調に、田原と悠が慌てて立ち上がる。その姿はまるで、極雷に撃たれたようであり、その肌には鳥肌が立っていた。

　それは抗いようもない────〝創造主〟の声。

考えるよりも先に、全細胞がその命令に従うべく、反射的に動きだす。2人が出て行った後、執務室には創り上げられた――――堕天使ルシファーが降臨した。

己の姿を鏡に映し、魔王、いや、堕天使が嗤う。

「胸糞悪い連中を消し飛ばすのも、〝奇跡〟とやらに入るのか？」

魔王がそう嘯いた時、準備を終えた田原と悠がおずおずとした姿で執務室の扉を開ける。その姿はどうにも、親に叱られた子供のようであった。

田原は遠慮がちではあったが、己が導き出した結論を述べる。

「…………長官殿、ホワイトちゃんを連れて、大芝居ってことで良いのかい？」

「うむ」

それは、数段飛ばしの会話。

今回ばかりは、魔王の思惑と田原の予想が一致した。

ホワイトの前で、それも、堕天使の格好で好き勝手にやってきた連中を一掃すれば、効果的であると考えたのだろう。

魔王は念のために、村に残る近藤へと《通信》を飛ばす。

《少しの間、我々は西へ赴く。この村に近付く不審者がいれば、容赦なく始末しろ》

《は、はぇい！》

噛み気味の返事を聞きつつ、全員の手が繋がれる。堕天使ルシファーと、稀代のスナイパー、そして、白衣を着た悪魔の輪であった。

この3者が一つの戦場に現れるなど、相手からすれば悪夢以外の何物でもない。そこがどんな戦場であれ、一面の更地と化すであろう。

「さて、醜悪な豚を出荷しようではないか――――」

その言葉と共に、執務室から3人の姿が消える。

聖光国を、いや、この大陸の運命を左右するであろう、決戦の刻が近づいていた。


――聖光国　聖城――


国家の中心たる聖城が、揺れに揺れている。

遂にドナが野心を剥き出しにし、周辺の貴族へと号令をかけたのだ。領内に構えた要塞には、続々と貴族派の私兵が集結しつつある。

その規模たるや凄まじく、誰がどう見ても謀叛だと判断せざるを得ないであろう。

西側の貴族だけではなく、中央や南部からもドナの下へ奔る者が現れ、聖堂騎士団の団長まで3千の兵と共に寝返った、との報が入ったところであった。

元々、貴族派一色であった西側だけではなく、中央にまで綻びが発生したことで、聖城は今、名状し難い混乱に陥っている。

「ホワイトや、アーツが5千の兵を率いて南下を始めたようじゃ！」

「そうですか…………！」

聖城の奥で、ホワイトとオババは洪水のように流れ込んでくる情報に一喜一憂していた。

とは言え、喜べる情報は余りにも少ない。

守備の要であった、聖堂騎士団の大半が寝返ってしまったのだから。残った5千ばかりでは、神都の防衛だけで精一杯であろう。

何より、水の魔石が止められたことにより、貧民層がたちまち干上がってしまったのだ。

裕福な者であれば、多少の備蓄もあるであろうが、暴徒と化した民がそれらの家を集団で襲うケースも増えている。

「醜悪なドナめ…………民から水を奪うなど、あやつは悪魔かぇ！」

オババは杖を振り上げ、憤るものの、現状は何も変わらない。各地に給水所を設け、備蓄用の魔石を放出しているが、民衆のヒステリックなパニックは広がる一方である。

既に食料品などの買い占め騒ぎも発生しており、その混乱は極致に達しつつあった。

「皇国とゼノビアの軍勢も、何とか食い止めねばなりません…………」

只でさえ、国内は蜂の巣を突いたような騒ぎであるのに、更に外部勢力の跋扈である。皇国は浄化と称して方々を焼き払い、ゼノビアの軍勢など山賊集団そのものであった。

重い沈黙が流れる部屋に、いつもと変わらぬ姿のクイーンがやってくる。

「しけた面しやがって…………酒はねぇのか？」

「クイーン、冗談なら後にして！　今はね」

「酒でも飲んでるしかねぇさ。今はな…………」

クイーンはいつものように円卓に足を放り投げ、頭の後ろで手を組む。

その眼光は鋭く、冗談を言っているような顔付きではなかった。クイーンのことを、誰よりも知るホワイトは、何か考えがあるのかと思い直す。

いつもは口煩いオババも、無言でクイーンへと視線を送る。

「クイーン、何を考えているの？」

「ヌシのその顔……………何かを待っておるのぢゃな？」

「相手の軍勢は、ざっと5万だ。この戦いは、ドナの命《タマ》を取らなきゃ終わらねぇ」

クイーンの配下には、108騎もの命知らずの集団がいる。それらが奮迅して、小競り合いに何度勝利を重ねようとも、大勢は覆らないであろう。

クイーンたちは戦えば戦うほど消耗していくが、相手は5万からなる大軍勢であり、幾らでも補充が利く。これでは、そう遠からぬ未来に磨り潰されてしまうのが目に見えている。

オババはそれを聞いて、何かを悟ったのか、厳しい表情となった。

ドナが要塞から離れるなど、聖城へ乗り込んでくる時ぐらいであろうと。それは即ち、大勢が決し、貴族派の勝利に終わった後のことである。

「戦いが終わり、聖城へ乗り込んできた時に討とうと言うのか。それでは、後の祭りぢゃ」

「…………せめて、この手で八つ裂きにしなきゃ気が済まないんでな」

クイーンのそんな言葉に、2人は返す言葉もなく黙り込む。全てが終わった後にドナを討ったところで、それは根本的な解決にはならない。

クルマなどが跡を継ぎ、粛々と貴族派の治世を敷くだけであろう。

どう転んでも詰んだ未来であったが、オババは念のためにホワイトへと告げる。

ずっと、躊躇して伝えてこなかったことを。

「恥知らずのドナめ………お主の身柄を要求してきておる」

「私を、ですか？」

「大方、お主を正妻にでも据えて、支配の正当性を謳いたいのぢゃろうて」

「………そうですか」

実のところ、ドナの目論見は成功する可能性もあった。自分の身を犠牲にすれば、この騒乱が終わるともなれば、心優しい彼女はその通りにした未来もありえたであろう。

逡巡するホワイトを見て、クイーンは吐き捨てるように言う。

「止めろ、姉貴。あんな豚の言いなりになっても、ロクな結末にならねぇよ」

――お前の言う通り、その豚は地上から消える――

重い沈黙が続く部屋に、漆黒の羽が降り注ぐ。

慌てて顔を上げると、そこには聖壇に腰掛け、堂々と足を組む男がいた。

ホワイトはその姿を見て喜色を浮かべたが、オババは「ヒェッ！」と短く叫んだかと思うと、そのまま腰が抜けたように尻餅を突く。

流石のクイーンも言葉を失ったのか、そのまま椅子ごと後ろに倒れ込んだ。

食い入るように黒き翼を何度も確認し、口をパクパクとさせる。その翼から、これまで感じたこともない漆黒の気配を嗅いだからだ。

「少々騒がしい場所になるが、舞踏会へのお誘いにきた――――」

その言葉の、何と頼もしいことであろうか。ホワイトからすれば、絶望に満ちた局面が、その一言だけで覆っていくようであった。

「………ルシファー様っ！」

その声に、その姿に、ホワイトは堪らず駆け寄り、そのまま抱き付く。

その姿を見て、隣にいた悠は無言でその目を細めた。田原は一人、「俺ぁ、関係ねぇからな」と言わんばかりに口笛を吹き、あらぬ方向へと目をやる。

絶対に巻き込まれたくないと思ったのだろう。

「ねぇ、聖女さん………？　長官はお忙しいの。さっさと支度して。しろ」

「きゃ！　だ、だだ誰ですか！　貴女は！」

悠が恐るべき腕力でホワイトを引き剥がし、氷のような目付きで準備を促す。

支度と言われても、ホワイトからすれば訳が判らない。

横を見れば、屈強な男性までいたことに気付き、先程の抱擁を見られていたかと思うと、穴があれば入りたいような心境であった。

魔王は一連の騒ぎをあえて無視し、矢継ぎ早に指示を伝える。全員に丁寧な説明などをしていたら、日が暮れると思ったのだろう。

「クイーンと言ったか………西の騒ぎが終わるまで、聖城で不測の事態に備えろ。ホワイトは私と共に来い。これを機に、面倒な連中を一掃する」

「そ、それはドナのことでしょうか？　彼らは数万の軍勢を集め…………」

「幾ら数を集めようと、我々の前では蟷螂の斧に過ぎん」

魔王はそれだけ言うと顎をしゃくり、全員の手が繋がれる。田原はさっさとこの場を離れたいのか、すぐさまドナの要塞を頭に浮かべ、《全移動》を行った。

残されたのは呆然としたオババと、何かを考え込むクイーンである。特にオババの方は余りの衝撃に言葉を失ったままでいた。

「馬鹿な…………あのような、黒き気配を持った存在など…………」

魔王が装備していたのは、まんま《堕天使の翼》というアイテムなのだ。オババからしても、クイーンからしても、とても笑えない代物である。

その気配が消えた今も、オババの体は震えっぱなしであった。

「堕天使、ぢゃと…………まさか、伝承にある…………」

「落ち着け、ババア」

「たわけ！　これが落ち着いてら…………けふっごほっ！」

興奮しすぎたのか、オババが激しく咳き込む。

その頭は混乱したままであったが、幾つかの疑問が氷解した。魔王と名乗る男とは、如何なる存在であったのか、《天使の輪》をホワイトに与えたのは誰であったのか。

クイーンも似たようなことを考えていたのであろう。

オババが出した結論と、同じものを口にした。

「姉貴みてぇな堅物を落としたのは、どんな野郎かと思っていたが……そうかい、古に謳われる堕天使様だったとはな！　ハハッ、こりゃ傑作じゃねぇか！」

「クイーンや、笑っておる場合か…………これは国を揺るがす、一大事ぞ！」

「揺るがすも何も、既にボロボロじゃねぇか。大方、ルナのボケカスもあれに惚れてんだろ」

「たわけッ！　聖女たる身でありながら、悪の権化に惚れるなど何事であるかぁぁぁ！」

ドナのことなど頭から吹き飛んでしまったのか、オババが絶叫する。

聖光国が信奉する三大使は《大いなる光》に従い、悪魔たちと死闘を繰り広げた存在であり、聖女はそれに仕える身なのだ。

その聖女が、よりにもよって《大いなる光》に真っ向から抗い、夜を支配したとまで謳われる堕天使に心を寄せているなど、笑い話にもならない。

「あれがルシファーか…………随分とキザな野郎だったな？　零様の足元にも及ばねぇわ」

「たわけたことを言っておる場合か！　堕天使が、この聖城にまで入り込んだのぢゃぞ！」

言いながら、オババの背筋に冷たいものが流れる。

クイーンも同じことに気付いたのか、重大なことをポツリと漏らす。

「…………ババア、聖城には魔の類は入り込めねぇ。そうだったよな？」

実際のところ、入り込む以前の問題である。聖城に近付くだけで、魔に属する者たちは大きな能力低下を余儀なくされ、触れれば《聖と光》の波動によって焼き尽くされてしまう。

聖城の、それも最奥にある聖壇室に侵入するなど、逆立ちしても不可能である。

「な、何かの間違いぢゃ………堕天使が、聖城になど………」

オババは壊れたように呟いていたが、クイーンは意外なほどに冷静であった。

あの超堅物の姉と、我儘が服を着て歩いているようなルナを、同時に落とすなど普通の男には絶対に不可能であろうと確信していたからだ。

「そうか、ルナのボケカスが言ってた魔王ってのは、ルシファーのことだったのかよ」

ルシファーには様々な異名があり、その中の一つに、魔王という呼び名がある。

クイーンはそれを思い、深々と考え込む表情となった。

「蘇った悪魔王を、魔王が消し飛ばしたなんて噂もあったな………確かに、相手が神であろうとアレなら喧嘩を売りそうだ」

クイーンは一個の武人として、堕天使の底知れぬ力を感じ取っていた。かつて聖城の前で相対した、上級悪魔を遥かに超越した存在であると。

無言でクイーンは部屋を後にし、副官のフジを呼び寄せる。

「姉御、何かありましたか？」

「喧嘩の支度をしろ。俺の鼻が、そう告げてやがる」

その言葉を聞いて、フジはすぐさま配下に伝令を飛ばす。クイーンには独特の勘があり、こと喧嘩に関して外したことがない。

クイーンの配下と、残された聖堂騎士団の面々が神都を固めるべく、慌しく駆け回る。

その一方で、ドナが誇る大要塞の正面口に、４人の男女が突如として現れた。

堕天使の格好をした魔王と、２人の側近、最後にホワイトである。たった４人で城に攻め込むなど、悲劇を超えて喜劇の類であったが、その顔には怯えがない。

自分たちが勝つことを、最初から確信しているからだ。

大金を投じた巨大な城門、見上げるような城壁を前に、魔王は噴き出すように嗤う。

「あっはっはっはっ！　聖光国における、一番の実力者の要塞と聞いていたが、何ともチンケで粗末な代物ではないか」

その発言は別に強がりでもなければ、煽った訳でもない。

この男が創り上げた難攻不落の〝不夜城〟に比べると、余りにも見劣りするものであり、遂に哄笑するに至ったのだ。

周囲を一通り確認したのか、田原は煙草に火を点けながら、暢気な表情で言う。

「長官殿、特に罠とかはねぇわ。なんつーか、平和なもんだナ」

「ふむ。周囲に罠もなけりゃ透過火線も自動操銃もなく、地雷もバリアもない。せめて、海面に戦艦の一つぐらいは浮かべて欲しかったものだが」

「ぶっはっはっ！　戦艦って、あんたも無茶言いやがらぁ！」

魔王は無造作に城門へと歩み寄り、それを見た兵たちは目をしばたたかせる。見ると、奇妙な翼を付けた男が近づいてくるのだから、混乱するのも当然であった。

「おい、あれは何だ………今、中では仮装舞踏会でもやっていたか？」

「ふむぅ、遅れてきた諸侯かも知れんな」

「しかし、後ろにいるのは…………ホワイト様に似ていないか？」

「あぁ、ドナ様に降伏、いや、嫁ぎにきたという訳か」

暗闇の中、城壁の上に立つ兵たちが好き勝手に騒ぐ。

貴族派の盟主であり、次代の王であるドナが、ホワイトを正妻に迎えるとの発表が既にされており、降伏するために訪れたと思ったのだ。

そう思うのも、無理のない話であった。正確に言えば、ここには一般人などおらず、一兵卒に至るまで、特権階級にある者ばかりなのだ。

上が驕れば下も驕る、というのは世界の常である。

故に、彼らは自身の勝利を疑わない。貴族派と呼ばれる上級国民以外は雑草に過ぎず、事実、これまではその認識で生きていくことができた。

「皆の者！　ホワイト様が降伏に参られたぞ！」

「我ら、貴族派の勝利である！」

「ドナ殿に知らせよ。今宵が初夜であるとな」

「三日三晩は可愛がられるであろうな。聖女と言っても、所詮は只の女よ」

それらの声に、城壁が爆笑に包まれる。

上から降り注ぐ嘲笑を無視するように、魔王は城門の前へ立つと、無造作に前蹴りを放つ。

上質の鋼で作られた門が、数多の魔法で強化された門が、豆腐のように粉々に砕け散り、怖気を奮うような轟音を響かせた。

「何だぁぁぁぁぁぁ⁉」

「ちょっ、な、何が起こった！」

城門の周辺で屯していた兵たちが、一斉に騒ぎ出す。何が起こったのかは判らないが、鉄壁を誇る門がいきなり吹き飛んでしまったのだ。

蹴り破った当の本人は、城内に入るや両手を広げ、芝居がかった口調で歌うように言う。

「外道どもの住処に、相応しい〝豚小屋〟ではないか。諸君には初めましての挨拶と、お別れの言葉を同時に送らせて貰おう」

魔王の言い様に、田原は膝を叩いて大笑いし、悠も思わず吹き出す。

実際、両名から見ても、ここは小屋でしかない。

城門の周辺にいた兵が次々と笛を鳴らし、雲霞のような軍勢が集まってきたが、魔王や側近の表情は変わることなく、平然としたものであった。

田原は無言で魔王の左前方へ立つと、青く光る目を軍勢へと向ける。

悠も右前方に立ち、蛇のような眼光で〝獲物〟を見た。

「ルシファー様………」

ホワイトのみは幾許かの動揺を感じているのか、魔王の左手へと巻き付き、不安げな目付きで見上げたが、それに対する魔王の返答は凄まじいものであった。

その右手が高々と突き上げられ、恐るべきスキルを発動させたのだ。

それは、かつての会場における、〝不夜城攻防戦〟で魔王が発動させるスキル。

時には、大帝国側へと寝返ったプレイヤーが発動させるスキルであった。

万の軍勢をも破る、破滅的な力の解放――湧き上がる黒き衝動に、喜悦に、魔王は数多の攻防戦を思い出したか、邪悪な笑みを浮かべる。

「我ら、地に投げ堕ちた明星！　暁に勝利を得る者――ッッ！」

――決戦スキル「破軍の剣」発動！――

魔王の右手が振り下ろされた瞬間、爆発的な黒き波動が周囲へと広がり、目を開けているのも難しいほどの暴風が吹き荒れる。

それは自身を含め、視界内の味方を極限にまで強化するスキル。攻撃・防御・敏捷に＋22もの効果を齎す、正に〝決戦スキル〟であった。

漆黒よりもなお深い、無数の黒き羽が周囲へと降り注ぐ中、田原と悠が奔る。

後の史書に「再降臨の夜」と記される、狂乱の宴が始まった。

あとがき

8巻を購入して頂き、誠にありがとうございます！

作者の神埼黒音と申します。

今回は私生活やらコロナやらのバタバタで、発売が少し遅れてしまって申し訳ありません。

来年は素早く出せると良いのですが、現在は頭が真っ白で廃人状態です。

これはもう、1年くらい酒を飲みながら休養しないと、どうにもなりませんよ。クソー、これも全てコロナが悪いんだ……コロナめぇ（酒グビグビ）

と言う訳で、今回は魔王様の知略が冴え渡った巻でしたね！　並居る強敵たちを、次々と翻弄していく姿には感動すら覚えましたよ。

勘違いだけで、ここまで人は意味不明なエリアに到達できるのかと。書いていて笑いが止りませんでした。やはり、あの男は持っていますね。お笑い的な意味で、何かを。

そして、今巻のボスとして登場したゴルゴンさんなんですが、実は2巻の時点で登場しているんですよね。アジャリコングもしれっと出てたり。

懐かしいキャラたちも、何処かでまた登場してくるかも知れませんね。

今巻のヒロイン枠としては、光秀ちゃんになるんですかねぇ………。彼女も面倒臭いタイプなので、魔王の苦労はまだまだ続きそうです。

彼女に関しては、蓮ちゃんも苦労しそうではありますが。

そして、次の9巻では…………いよいよ、貴族派との決戦です。

ここまで来るのに、長かったたぁ。

色んなキャラの、色んな結末が描かれることになりそうです。次もほぼ、書き下ろしになると思いますので、期待してお待ち頂ければ。

年末には漫画の最新刊も発売予定ですので、そちらも併せて楽しんで頂けると幸いです。

他にも、ツイッターで総合アカウントが様々なキャンペーンをしていますので、フォローして貰えるとありがたいですね。

ではでは、次の9巻でお会いしましょう。

本書に対するご意見、ご感想をお寄せください。

あて先

〒162-8540 東京都新宿区東五軒町3-28
双葉社　モンスター文庫編集部
「神埼黒音先生」係／「飯野まこと先生」係
もしくは monster@futabasha.co.jp まで

魔王様、リトライ！R
漫画：身ノ丈あまる
原作：神埼黒音　キャラクター原案：飯野まこと

コミカライズ版は
がうがうモンスターにて
絶賛連載中！
公式サイトで今すぐ読む
https://gaugau.futabanet.jp/

Mノベルス

魔王様《まおうさま》、リトライ！⑧

2021年12月1日　第1刷発行

著　者　神埼黒音《かんざきくろね》

発行者　島野浩二

発行所　株式会社双葉社

〒162-8540　東京都新宿区東五軒町3番28号
［電話］03-5261-4818（営業）　03-5261-4851（編集）
http://www.futabasha.co.jp/（双葉社の書籍・コミック・ムックが買えます）

印刷・製本所　三晃印刷株式会社

［電話］03-5261-4822（製作部）
ISBN 978-4-575-24472-4 C0093　